라 트라
비아타의
초상

변호사
고진
series

라 트라
비아타의
초상

도진기 장편소설

황금가지

britg.kr

종이책의 감성을 온라인으로
황금가지의
온라인 소설 플랫폼

인기 출판소설 무료 연재 중!

차례

1

"피고인 조판걸, 들어오세요."

사건번호가 호명되자 교도관이 대기실에 있는 조판걸을 조그만 목소리로 불러냈다.

표정 없는 세 명의 판사가 법대 위에 버티고 앉은 서울중앙지방법원의 형사법정. 평년보다 추운 12월이었지만, 라디에이터가 더운 김을 쏟아내는 실내는 따뜻했다.

'살인' 사건이 호명되는 순간, 법정은 한 줄기 겨울바람이 스며 들어온 듯 서늘해졌다. 조금 전까지만 해도 방청석에서 들려오던 웅성거리던 소음이 뚝 그쳤고, 법정은 본연의 침묵에 휩싸였다.

조판걸이라 불린 피고인은 교도관 둘의 계호를 받으며 걸어 들어왔다. 머리 위쪽에 눈으로 셀 수 있을 정도로 듬성듬성한 숱, 초라한 낯빛을 한 초로의 남자. 잔뜩 주눅이 든 두 눈은 주변을 더듬으며 눈치를 살피고 있었다. 갈색 수의를 입고 고무신을 신은 발을 어기적거리며 내딛는 노인의 모습은 보는 이에게 측은한 감정을 불러일으켰다. 한 달간의 구치소 생활로 심신이 위축되었는지 몰골은 바람이 절반쯤 빠진 풍선 같았다. 체구는 작았지만, 원래는 강단 있고 탄탄했을 것 같은 인상을 주었다.

방청객들은 사람을 둘이나 죽였다는 살인광의 얼굴이 어떻게 생겼나 보려고 다투어 목을 내밀었다. 조판걸은 쏟아지는 시선을 외면하고 고개를 푹 숙였다. 방청석 맨 뒷자리에 앉은 이유현 역시 목을 쭉 빼보았지만, 법정에 들어오는 조판걸의 얼굴을 제대로 볼 수 없었다.

사건을 수사한 형사, 더구나 강력팀장이 법정에까지 들어와 자신이 심판대로 보낸 피고인의 재판 과정을 지켜보는 일이란 전혀 없다고 해도 과언이 아니다. 그만큼 서초경찰서 강력팀장 이유현은 이번 사건에 임하는 마음 한구석 어딘가에서 불안함을 지울 수 없었다.

'오늘 그냥 자백해 주면 좋을 텐데.'

사건을 거저먹고 싶은 헛된 욕심도 든다. 솔직히 말하면 자신이 없는 것이다, 이번 사건은. 너무 성급하게 사건을 종결하고 기소한 게 아닐까 하는 두려움에서 벗어날 수 없었다.

이유현은 경찰대를 졸업하자마자 제 발로 지방경찰서 강력팀을 찾은 '경찰대의 희귀종'이었다. 말단 형사로 출발하여 현재의 팀장이 될 때까지 수년간 현장에서만 경험을 쌓아왔다. 경찰대 출신이라면 곧장 지구대소장으로 임명을 받거나 관리부서에서 펜대를 굴리고 일선의 경찰관들이 발로 뛰며 만들어 온 사건기록을 뒤적이며 커리어를 쌓을 수도 있었다. 하지만 그는 치열한 사건 한가운데에 있고 싶었다. 페이퍼 작업을 할 것 같았으면 다른 직업을 택했을 것이었다. 계급은 자신보다 낮지만 산전수전 다 겪어 온 노련한 형사들에게 배운다는 마음으로 열심히 뛰어왔다. 그러다 보니 어느덧 팀장이 되었고, 그마저 한 달 뒤면 햇수로 벌써 2년을 채우게 된다.

수사기법이라든가 신종범죄에 대한 연구도 남달리 많이 했고, 약간이지만 관록도 붙었다. 아둔한 범인이 남긴 어설픈 범죄현장을 보면 자신이 명수사관이 된 기분이 들 때도 없진 않다. 그러다가도 이번 살인사건 같은 난데없는 물건이 튀어나올 때면 자신감이 흔들리고 만다.

남녀 두 사람이 죽었다. 여자의 아파트에서 나란히 흉기에 찔렸다. 죽은 남자는 여자와는 거의 무관한 타인이었다.

사건수사를 담당한 서초경찰서 강력팀장으로서 이유현이 내린 최종 결론은 아파트 경비의 범행이라는 것이었다. 그 경비는 물론 이 법정의 피고인, 조판걸이다. 저 늙은 너구리는 지문이나 핏자국 같은 직접증거는 남기지 않았다. 하지만 사건의 정황으로 보아 '범인이란 게 있다면' 경비 외에는 범행을 생각할 수 없었다.

수사의 책임자로서 갈등했다. 부족한 증거로 기소해서 무죄판결을 맞을 것인지, 살인자를 아예 놓쳐 버리고 말지 두 가지 위험을 저울질했다. 사회방위를 위해 창을 들어야 하는 수사기관으로서는 기소해 볼 수밖에 없다는 쪽으로 기울었다. 최종 판단은 법원의 몫이다.

마침내 기소의견으로 검찰에 송치했고, 검사도 경비 외에는 범인이 있을 수 없다는 판단에 동의하여 증거 부족을 감수하고 기소에 돌입했다.

전해 듣기로는 공판에서 조판걸이 약간 이상한 행태를 보였다고
한다. 지난 1회 공판기일에서 조판걸은 검사의 모두진술(冒頭陳述)
이 시작되기도 전에 손을 번쩍 들었다.

"재판장님."

"왜 그러시죠?"

"저…… 변호사를 선임하고 싶습니다."

"변호사라면 여기 국선변호인이 있잖아요."

"거…… 제가…… 사선변호인을 선임하려고 그럽니다. 재판을 연
기해 주시면…… 감사하겠습니다……."

살인사건은 변호사 없이 재판할 수 없다. 피고인이 사선변호인을
선임하지 않으면 법원에서 국선변호인을 선임해 준다. 조판걸에게
도 물론 국선변호인이 선임되어 있다. 조판걸은 그 국선변호인을 마
다하고 뒤늦게 사선변호인을 선임하겠다며 청해 온 것이다.

"알겠습니다. 오늘은 그럼 검사의 모두진술과 범죄의 인부만이라
도 할까요?"

"그것도…… 미뤄 주셨으면 좋겠습니다. ……범죄를 인정할 것인
지도 변호사와 상의해서 답하고 싶습니다……."

살인 같은 중대 사건에서는 웬만하면 법원은 피고인의 청을 들어
준다. 더구나 변호사의 도움을 받겠다는데 기일연장을 거절할 재판
부는 없다.

공판은 2주일 연기되었다. 조판걸은 사선변호사까지 선임해서 제대로 다퉈 볼 생각인가. 이유현의 께름칙함이 더욱 커졌다. 결국 2회 공판기일에 이렇게 시간을 내서 법정까지 나와 보게 되었다.

변호사석을 힐끔 쳐다보았다. 어떤 변호사가 방패로 나설지 궁금했다. 이유현은 움찔했다.

'변호사를 바꾸지 않았다?'

여전히 1회 공판기일의 그 국선변호사였다. 이유현은 서울중앙지방법원 관내 국선변호사의 이름과 얼굴은 다 알고 있다. 국선변호사 대부분은 사선 이상으로 열심히 하지만, 저 자리에 있는 국선변호사는 하필 사건 내용 파악도 제대로 않은 채 형식적인 변호를 하기로 유명한, 경찰과 검찰에서 특히 좋아하는 사람이었다.

변호사를 바꾸지 않았다는 건 어떤 의미일까? 사선변호사를 선임해서 악랄하게 범행을 부인하려다 생각을 바꾼 건 아닐까? 재판에는 항상 의외성이 있다. 형사재판은 특히 그렇다. 혹 구금생활에 지친 조판걸이 꺼이꺼이 울며 자백해 버리지 않을까. 오늘 그 현장을 볼 수 있지 않을까. 이유현은 약간의 기대를 품어 보았다.

순간, 그의 눈에 띈 것이 있었다.

'분명히 검찰에 송치할 때만 해도 저렇지 않았는데.'

조판걸은 왼손에 붕대를 칭칭 감고 있었다. 수의 때문에 다 보이진 않았지만, 팔뚝부터 손끝까지 흰색 붕대가 둘려 있었다. 한 2주일은 된 듯 붕대는 지저분해져 있었다.

재판장도 이상하게 생각했는지 손의 안부부터 물었다.

"피고인 손은 왜 그렇습니까? 지난번 기일에는 괜찮더니."

조판걸이 고개를 들고 힘없이 대답했다.

"네, 좀 다쳤습니다……."

"미결수는 작업도 안 하는데, 다칠 일이 있었습니까?"

"네……. 부끄럽습니다……. 샤워장에서 넘어졌습니다……."

조판걸은 머리를 조아렸다.

이어 검사의 모두진술이 시작되었다.

"피고인 조판걸은 서초동 H 아파트 경비로 일하는 자로서, 11월 20일 밤 11시경, 3동 204호에 침입해 정유미를 송곳으로 목을 찔러 살해하고, 이어 위층에서 무슨 일이 있나 싶어 올라온 아래층 104호 입주자 이필호의 목을 과도로 찔러 살해했습니다."

조판걸은 몸을 덜덜 떨고 있었다.

재판장은 조판걸을 향해 물었다.

"피고인은 범행을 인정합니까?"

조판걸은 인정하지 않는다고 했다. 말투가 바보스러웠지만, 오히려 그래서 더 진실되어 보였다.

이유현의 가벼운 기대는 깨졌다.

'역시 쉽진 않겠군.'

하지만 이유현이 느끼는 재판의 어려움과 피고인 조판걸이 느끼는 낭패감은 차원이 다르다. 이유현에게는 수사의 공든 탑이 무너지는 일, 상부의 질책, 자존심의 상처 정도 — 물론 집념이 강한 그에게 절대로 사소한 일이라고 할 수는 없겠지만 — 에 그치는 것이라면, 조판걸은 재판 결과에 따라서는 영원히 자유를 잃게 된다. 앞을 읽을 수 없는 미래에 대한 두려움은 비교가 안 될 만큼 크다.

조판걸은 그 긴장감에 덜덜 떨고 있는 것이다. 그 떨림이 단지 억울해서인지, 아니면 새수 없게 잡혀 버렸다는 낭패감에서인 건지 이유현은 알 수 없었다.

갑자기 재판장이 재판 진행과는 다소 무관한 말을 했다.

"피고인 본인이 자필로 재판부에 탄원서를 많이 내셨네요. 그런데 도대체 무슨 글씨인지 거의 읽을 수가 없어요."

"네. 하도 억울해서 써 봤습니다. 손을 다쳐서 글씨가 그 모양입니다. 죄송합니다. 죄송합니다……."

조판걸은 계속해서 머리를 조아렸다.

"죄송하실 건 없고요. 손 아프시면 힘들게 탄원서 쓰실 필요 없어요. 법정에서 충분히 기회를 드릴 테니까 다 말로 하시면 됩니다. 국선변호사도 있고요."

재판장은 노인을 다독였다.

급한 마음에 탄원서를 써낸 모양이군. 이유현은 속으로 혀를 끌끌 찼다. 피고인들이 써내는 탄원서는 재판 내용에 거의 영향을 주지 못한다. 그럼에도 자필 탄원서가 그치지 않는 이유는, 담장 안에 있는 사람들이 재판에 관해 할 수 있는 거의 유일한 일이기 때문일 것이다.

조판걸은 계속해서 "네, 네."만을 반복했다.

"검찰에서는 입증 계획을 밝혀 주시죠."

검사는 몇 가지 증거를 나열했다. 역시나 증거 목록이 충실하지 못하다. 이유현은 불안해졌다. 2층에 올라갈 때 이용한 사다리, 송곳, 과도, 3동 현관 CCTV 화면……. 사실 송곳, 과도에 조판걸의 지문은 없다. CCTV 화면에도 조판걸은 나오지 않는다. 모두 직접증거가 되지 못한다. 사다리가 사용되었다는 것 역시 강력한 추정에 불과하다.

이 사건의 진정한 증거는 경비 조판걸 외의 다른 자의 범행이 불가능하다는 데에 있다. 그 점을 이제부터 검사가 얼마나 제대로 입증하느냐에 달렸다. 그래도 역시 평생의 자유가 걸린 조판걸의 두려움은 이유현보다 아득하게 높은 것이어서, 검사가 증거를 읊을 때마다 그는 바늘에 찔린 사람처럼 몸을 움찔움찔했다.

재판장이 검사를 향해 말했다.

"범행 방법을 좀 더 구체적으로 말씀해 주시죠."

"네, 피고인은 경비실 뒤쪽 창고에 있던 사다리를 꺼내 204호 외벽에 걸치고 올라갔습니다. 그때가 밤 11시입니다. 송곳으로 베란다 창문의 걸쇠를 비틀어 열고 침입했습니다. 거실을 가로질러 침대방에 뛰어들었습니다. 자는 줄 알았던 정유미는 마침 침대에 걸터앉아 남자친구와 전화를 하는 중이었고, 피고인의 침입에 놀라 비명을 질렀습니다. 당황한 피고인은 베란다 창문 걸쇠를 비틀 때 사용했던 송곳을 오른손에 들고 정유미의 목 왼쪽을 찔러 살해했습니다. 그때 2층의 소란을 들은 아래층 104호 입주자 이필호가 올라왔습니다. 이필호가 204호의 벨을 누르자 피고인은 204호 부엌에 있던 과도를 빼 든 다음 인터폰을 눌러 현관문을 열어 주고, 현관 입구 방에 숨어서 그를 기다렸습니다. 이필호가 현관문을 열고 들어온 순간 뒤에서 달려들어 과도로 목의 오른쪽 부분을 찔러 살해했습니다. 그리고 다시 베란다를 넘어 사다리를 타고 내려가 도주했습니다. 장갑을 꼈기 때문에 흉기나 집 안에 지문은 남기지 않았습니다."

검사의 말이 이어지는 중산중산 소판설은 거의 울상이 되었다. "아닙니다……. 전 아닙니다……. 억울합니다……." 하며 말을 끊으려 노력하는 것이 그가 보인 반응의 전부였다.

재판장은 이맛살을 찌푸리며 심각한 표정을 지었다. 범행의 내용이 듣기에도 잔혹했던 것이다. 다 듣고 난 뒤 검사에게 질문했다.

"검찰에서는 피고인이 애당초 204호에 침입한 목적이 뭐라고 판단합니까?"

"피해자 정유미를 성폭행하려던 것으로 보고 있습니다. 피고인은 혼자 사는 노인으로 평소에 경비를 서면서 정유미에게 흑심을 품고 있었던 것 같습니다."

"아닙니다……. 말도 안 됩니다……."

검사는 의기양양하게 쐐기를 박았다.

"피고인은 성범죄 전력이 있는 사람입니다."

중립적이어야 할 재판장의 표정조차 오호라 하듯이 변했다. 이유현은 그 전력이 별것 아니라는 걸 알고 있다. 여자 접대부가 나오는 술집에서 술값 시비를 벌이던 와중에 성추행으로 신고를 당한 내용이었다. 하지만 범죄 전력은 역시 이런 경우 좋지 않다.

"그건…… 젊었을 때 실수였습니다……. 정말 아닙니다……."

조판걸은 허리를 두 배로 굽혔다. 하지만 재판장의 시선은 이미 냉랭하게 변해 있었다.

국선변호인은 별다른 액션을 취하지 않았다. 마지막에 몇 가지 질문을 하고는 '정상참작을 해 주십시오' 하는 패턴을 취하려는 모양이었다.

조판걸은 어디가 아픈지 왼손에 두른 붕대를 끊임없이 만지작거리고 있었는데, 그 행동이 미세하지만 확실하게 이유현의 시선을 끌었다. 먼 방청석에 있는 이유현도 그랬으니 재판장은 더 그랬을 것이다.

재판장은 잠시 의아한 빛을 띠고 있다가 고개를 숙여 기록을 뒤적였다. 시선을 들지 않고 물었다.

"오른손으로요?"

"예?"

"네?"

누구에게 하는 말인지 알지 못한 검사와 변호사가 동시에 대답했다.

재판장은 고개를 들었다. 시선은 검사를 향해 있었다.

"범인이 오른손에 흉기를 들고 찌른 게 맞습니까?"

"정황상, 정유미는 정면에서 찔렸는데 목 왼쪽을, 이필호는 뒤에서 찔렸는데 목 오른쪽을 찔렸습니다. 그러니까 범인은 오른손에 흉기를 들고 찌른 것이 확실합니다. 부검 결과와도 일치합니다."

검사는 질문하는 이유를 모르겠다는 듯 얼떨떨해져서는 대답했다.

"혹시 왼손잡이가 흉기를 오른손에 들고 찌를 수는 있나요?"

"그럴 가능성은 없다고 봅니다. 한 번 실수하면 끝장인데, 살인의 순간에 잘 쓰지 않는 손에 흉기를 들고 찌르는 경우는 없습니다."

"그럼, 이거 이상하군요."

재판장이 안경을 추어올리며 말했다.

"피고인은 지금 왼손을 다쳐서 붕대로 칭칭 동여매고 있지 않습니까."

"그래서요?"

검사의 반응이 다소 도전적이었다. 재판장은 대답하지 않고 조판걸을 향해 말했다.

"피고인, 종이에 글을 한번 써 보세요."

재판장은 서기로 하여금 조판걸에게 종이와 펜을 가져다주도록 했다.

조판걸은 미적대다가 오른손으로 볼펜을 들어 글을 쓰기 시작했다. 보기에도 서툰 그의 손놀림에서 빚어져 나온 건 글씨라기보다는 벌레가 기어가는 듯한 그림이었다. 재판장이 물었다.

"탄원서도 그렇게 썼습니까?"

"……네. 오른손은 도무지…… 글씨가 알아보시기 힘들어 죄송합니다……."

"피고인은 원래 글씨 쓸 때 왼손을 사용합니까?"

"……네? 네, 맞습니다……."

법정 안이 찬물을 끼얹은 듯 조용해졌다.

역시 하는 표정을 지은 다음 재판장은 검사에게 다그치듯 말했다.

"탄원서를 보니까 이상했습니다. 내용이 아니라 글씨가요. 피고인은 아까 손을 다쳐서 글씨가 엉망이라고 했는데, 다쳐서 붕대를 감은 손은 왼손이잖아요. 그럼 오른손으로 썼다는 건데, 글씨체가 전혀 정상적이지 않습니다. 그건 평소에 글씨를 안 쓰던 손이라는 거고, 그럼 피고인은 왼손잡이란 얘기 아니겠습니까? 왼손잡이라도 글씨까지 왼손으로 쓰는 사람은 많지 않습니다만, 피고인은 글씨도 왼손으로 쓰고 있어요. 정말 제대로 왼손잡이인 것 같은데, 어떻습니까?

검찰에선 방금 범인은 오른손에 흉기를 들었다고 그러셨는데요.”

검사가 진땀을 흘리는 모습은 이유현이 앉은 자리에서도 보였다. 하긴 이유현도 똑같이 진땀을 흘리고 있었다.

“네, 네. 그 점은 다음 기일에 보완토록 하겠습니다.”

2회 공판기일은 검찰 측이 적당히 얼버무린 채 마무리되어 버렸다. 이유현은 허탈했다. 왼손잡이를 어떻게 오른손잡이로 보완한단 말인가. 이번 재판은 검찰이 완전히 카운터펀치를 맞았다.

‘의심스러울 때는 피고인의 이익으로’라든지 ‘합리적 의심이 없는 증명’ 같은 형사소송법상 원칙을 거론하지 않더라도, 이런 의혹이 불거지면 유죄는 물 건너간다. 특히나 살인 같은 중대 사건에서 의심이 들면 법원은 절대로 유죄로 하지 못한다. 더구나 그 의심은 제출된 게 아니라 판사가 직접 품은 의심이다. 게다가 이번 사건은 직접증거도 없다. 끝났다. 남은 재판은 보나 마나다.

……그런데 조판걸이 왼손잡이였던가?

경찰 수사 과정에서도, 검찰로 송치되어서도 조판걸은 한 번도 왼손잡이라는 주장을 한 적이 없었다. 이 법정에서도 자신이 주장한 것이 아니다. 물론, 흉기를 오른손에 쥐고 찔렀다느니 하는 경찰이 재구성한 범행의 구체적인 내용까지는 몰랐을 테니 그런 주장을 할 생각을 못했을 수도 있다.

하지만 그 많은 예리한 수사관들조차 누구도 “조판걸이 왼손잡이네요.”라고 말한 사람은 없었다…….

이건 이상하다. 조판걸은 변호사를 선임하겠다며 손을 들어 놓고는 국선변호인을 그대로 유지했다. 만약 우연한 해프닝이 아니라면,

그건 무슨 효과를 노린 것일까?

1회 공판기일 뒤에 조판걸은 손을 다쳤다. 아니 다쳤다며 왼손에 붕대를 감았다. 재판부에는 괴발개발의 글씨로 탄원서를 써내 눈길을 끌었다. 2회 공판이 열린 법정에서는 어수룩하게 고개만 계속해서 조아렸다. 물론 조판걸이 실제로도 어수룩한 인물이란 건 이유현도 알고 있다.

검사가 범행 내용을 구체적으로 설명하기 시작했다. 특히 살인이나 폭력 같은 범죄에서는 당시의 행위가 최대한 구체적으로 기술되어야 한다. 흉기를 오른손으로 쥐고…… 검사가 범행 내용을 제시할 때 조판걸은 유독 왼손의 붕대를 만지작거렸다. 판사의 눈길이 머물지 않을 수 없다.

그때 퍼뜩 판사는 조판걸이 낸 특이한 탄원서의 글씨에 생각이 미쳤을 것이다. 그리고 판사의 의식은 이렇게 흘러갔을 것이다.

'왼손을 다쳤다며 성한 오른손으로 탄원서를 써냈다. 그런데 그 글씨는 초등생보다 못하다. 그렇다면 피고인 조판걸은 애초에 왼손잡이가 아닌가? 그런데 지금 검사는 범인이 흉기를 오른손에 들고 찔렀다고 한다. 이건 모순이다…….'

지극히 자연스러운 전개다. 조판걸이 먼저 "저는 왼손잡이인데요."라고 말했다면 조작의 냄새를 풍긴다. 판사도 처음부터 조판걸이 위장하는 것이 아닌지 의심을 품을 수 있다.

하지만 어디까지나 표면적으로는 판사 자신이 알아낸 모순이다. 그 판사의 의식과 추리를 감히 이 어설픈 노인이 유도, 조작했다고는 꿈에도 생각할 수 없었을 것이다. 오른손잡이의 범행? 왼손잡이인 피고인? 판사 자신이 직접 품은 의문이다. 본인 스스로는 쉽게 버릴 수 없다. 합리적인 의심 이상의 의심이다. 유죄는 성립이 불가능하다…….

이유현은 조판걸의 재판이 끝난 뒤에도 멍하니 방청석에 앉아 있다가 급히 뛰쳐나갔다. 법정 바깥에서 교도소 호송차를 찾았다. 조판걸이 막 호송버스에 오르려는 찰나였다.

이유현이 그에게 다가갔다. 조판걸은 이유현의 결의에 찬 얼굴을 보더니 겁에 질린 듯 뒷걸음질 치려 했다. 교도관들 중 이유현의 얼굴을 아는 몇몇이 가볍게 경례를 붙였다. 이유현은 조판걸에게 다가가 활짝 웃으며 다정하게 손을 잡았다.

"구치소 생활 힘드시죠?"

저승사자 같았던 강력팀장이 다정한 말을 건네 오자 조판걸은 어안이 벙벙해져 제대로 대답을 하지 못했다.

"……네, ……네."

이유현은 몸을 돌려 나왔다.

걸어 나오는 이유현의 모습이 분기탱천한 아수라 같았다. 이를 악다물었고, 주먹을 꽉 쥐고 있었다.

'조판걸은 왼손을 다치지 않았다!'

이유현은 붕대를 감은 조판걸의 왼손을 그 억센 힘으로 꽉 부여잡았다. 조금 전 법정에서 왼손을 다쳐 글씨를 쓸 수 없다며 오른손으로 벌레가 기어가는 그림을 그렸던 조판걸은 아무런 반응이 없었다. 힘을 주어 악수하면 성한 사람조차 신음 소리를 낼 만큼 이유현의 손힘은 강했다. 노동으로 다져진 억센 조판걸의 왼손은 그 힘을 가뿐히 받아 냈다. 오로지 이유현의 눈만을 겁먹고 바라보았다.

소반설은 이유현의 급습에 놀란 나머지 손의 디테일한 연기까지는 신경을 쓰지 못했던 것이다. 그만큼 어수룩한 영감이고 서툰 연기자인 걸 인정해야 한다. 바로 그런 점 때문에 재판부도 연극이라는 의심을 할 수 없었을 것이다.

조판걸은 오른손잡이다.

그림이든 문학이든 영화든 결과물만 보고도 '이건 어떤 작가의 작품이다.'라는 걸 느낄 때가 있다. 지금 이 순간이 그랬다. 이건 '어떤 인간'의 작품이 분명하다. 그 숨은 인물은 법정에 나오지 않았기에 오히려 더 확실했다.

그 인물은 사건을 듣고서 경찰이 생각한 범행 방법이 어떤 것일지, 어떤 부분이 약한 고리인지 금방 알았을 것이다. 조판걸로 하여금 먼저 공판기일을 연기하게 만든다. 왼손을 다친 척하며 교도소 내 의료진에게 가서 붕대를 감아 달라고 한다. 겉으로 별 상처가 없어도 본인이 아프다는 데야 붕대 정도는 감아 주었을 것이다. 그다음 일부러 엉망인 글씨의 탄원서를 써 보낸다. 실제로는 몰래 붕대를 풀고 서투른 왼손으로 글씨를 썼을지도 모른다.

법정에서 와서는 어눌한 말투로 일관하며 어수룩한 노인이라는 인상을 남긴다.

오른손으로 흉기를 들고…… 검사가 사건을 설명하는 동안, 조판걸은 굳이 왼손 붕대를 아픈 듯 계속 만지작거려 판사의 주의를 끈다.

이거 이상한데…….

그다음은 판사가 자신의 의문에 빠져드는 일만 남는다.

이런 조작을 보통의 변호사라면 절대 하지 않을 것이다. 이유현은 확신했다.

어둠 속에서 히죽거리며 웃고 있을 어떤 인물.

이유현은 서울중앙지방법원의 긴 계단을 내려오며 휴대전화를 꾹꾹 눌렀다. 딸깍. 신호가 떨어졌다. 이유현은 다짜고짜 소리를 버럭 질렀다.

"형님! 이러실 겁니까!"

킬킬킬. 기분 나쁜 웃음소리가 수화기를 건너왔다.

"자네가 전화할 줄 알았어."

그 웃음소리의 주인은, 소위 '어둠의 변호사'라 불리는 고진이었다.

2

이유현에게 치욕스러운 패배를 안긴 그 괴사건이 벌어진 것은 한 달여 전이었다.

"지금 여자친구 집에 강도가 든 것 같아요! 빨리 경찰관 좀 보내주세요."

전화기 속의 젊은 남자가 숨이 넘어갈 듯한 목소리로 112 신고를 해 온 것은 갑자기 추워진 11월 20일 금요일 밤 11시 5분경이었다. 상황실 경찰관의 목소리도 덩달아 높아졌다.

"어떤 상황입니까?"

"여자친구하고 통화하고 있는데 '강도야!' 하는 비명이 들리고는 전화가 끊겼어요. 저도 지금 그쪽으로 달려가고 있는데, 경찰이 빠를 것 같아 먼저 전화를 드리는 겁니다."

"여자친구분 집 주소가 어떻게 됩니까?"

"강남구 서초동 H 아파트 3동 204호요."

"알겠습니다. 신고하신 분 성함과 연락처는요?"

"저는 김형빈이라고 합니다. 연락처는 010……."

김형빈이라고 밝힌 남자는 연락처를 남기고는 급히 전화를 끊었다.

근처에서 순찰을 돌고 있다가 긴급하게 호출된 지구대 경찰은 약 10분 후 현장에 도착했다. 경찰들은 허겁지겁 204호의 현관을 두드렸으나 아무런 응답이 없었다. 신형 디지털 자물쇠는 굳게 잠겨 있었다. 당장 아파트 경비를 불렀다.

경비는 60대의 노인이었는데 어쩔 줄을 몰라 했다.

"열쇠공 지금 연락 됩니까?" 경찰이 물었더니 "열쇠집 전화번호가 어디 있을 텐데……." 하며 머리를 긁적여 댔다.

경찰들이 난감해하고 있는데, 한 경찰이 소리쳤다.

"혹시 모르니까 베란다 쪽도 한번 봅시다."

경찰들은 밖으로 나가 베란다 창문 쪽을 살펴보았다. 204호는 깜깜했지만, 다행히 베란다 오른쪽 창문이 절반쯤 열려 있었다. 그걸 본 경비 영감이 재빠르게 움직였다.

"경비실에 사다리가 있습니다. 당장 가져오겠습니다."

경비실에서 꺼내 온 사다리를 걸쳐 놓고 키 큰 젊은 경찰이 급히 올라갔다. 그는 베란다 창문을 통해 안으로 들어갔다. 고층이었다면 열쇠공을 부르는 법석을 떨어야 했을 텐데, 현장이 2층이어서 쉽게 열 수 있었다. 그 경찰은 다른 경찰들이 들어올 수 있도록 안에서 현관문을 열었다.

베란다로, 현관으로 힘겹게 204호에 진입해 들어간 경찰이 발견한 것은 거실 안쪽 현관 가까운 곳에 흥건한 피와 함께 쓰러져 있는 남녀의 시체였다. 여자는 신고자의 여자친구인 집주인일 것이었다. 그렇다면 남자는? 경찰은 처음에 전화로 신고한 남자가 경찰보다 일찍 왔다가 강도에게 같이 당한 것이 아닐까 추측했다. 그러나 경찰이 도착한 지 10분쯤 지난 뒤 신고자인 김형빈이 현장에 헐레벌떡 도착하면서 이 추측은 금세 깨졌다.

경찰이 현장 진입을 최대한 막았지만, 김형빈은 맹렬한 기세로 뿌리치고 기어이 시체를 들여다보았다. 그러더니 미친 사람처럼 집 안을 뛰어다니며 울부짖었다. 경찰은 그를 진정시키느라 무진 애를 먹어야 했다. 김형빈은 이성을 찾은 다음에는 병자처럼 돌변해 다리를 부들부들 떨더니 제대로 서지도 못하고 그 자리에 주저앉아 버렸다.

이유현이 긴급호출을 받은 것은 오랜만에 정시 퇴근을 하고서 혼자 사는 양재동의 아파트에 들어가 인상을 구긴 채 멍하니 티브이를 보고 있을 때였다. 이유현은 휴식이 마땅찮았다. 타고난 강골인 그에겐 어쩌면 휴식이 필요없었다. 분출구를 찾는 젊음의 잉여 에너지는 매일매일 내달릴 곳을 찾고 있었다.

한밤중의 사건 호출은 미련이 남은 채로 헤어진 연인의 전화처럼 차라리 반가웠다. 점퍼를 걸쳐 입고 주저 없이 달려 나갔다. 연락을 조금 늦게 받아 오히려 화가 났다. 사람이 집 안에서 둘이나 피살된 대형 사건이다. 이완됐던 모세혈관이 구석구석까지 팽팽하게 조여 오는 느낌이 들었다.

사건현장인 H 아파트는 지하철 서초역에서 멀지 않은 곳으로, 지은 지 20년이 훌쩍 넘은 독신자 아파트 단지였다. 유달리 추위가 일찍 찾아온 11월의 밤공기는 싸늘했다. 이유현은 옷깃을 여미고 아파트 입구에서부터 찬찬히 주위를 살폈다.

세 동밖에 없는 소형 단지였다. 전체를 관할하는 경비실이 단 한 곳. 아파트 1동 왼쪽 편에 있을 뿐이고, 각 동마다 경비실이 따로 설치되어 있지는 않았다. 대신 각 동의 현관 위쪽에 드나드는 사람을 비추는 CCTV가 설치되어 있었다. 그것 말고는 별다른 방범시설이 없다. 경비의 눈에 띄지 않고 아파트 단지로 드나드는 것은 마음만 먹으면 매우 용이해 보였다.

사건이 벌어진 204호는 아파트 단지의 모퉁이에 위치한 세 동 중에서도 제일 안쪽 후미진 곳에 있었다. 단지 입구 경비실에서는 귀퉁이도 보이지 않는다.

이유현은 3동 현관을 지나 계단으로 204호로 올라갔다. 엘리베이터도 없는 5층짜리 단신 아파트였다. 계단 층계참부터 불이 환하게 켜져 있었고, 204호의 문은 활짝 열려 있었다. 경찰들이 부산스럽게 오가다가 이유현을 보고 경례를 했다. 현장에는 감식반원과 지구대 경찰들뿐 아니라 팀 내 최고참인 오남형과 유석태 등 조금 전 퇴근 인사를 나누었던 서초경찰서 강력팀의 익숙한 얼굴들이 보였다. 그들 중 절반 이상은 이유현보다 연장자로 강력사건 경험도 풍부한 베테랑이었다.

204호는 24평 정도의 크기로, 현관을 들어서면 오른쪽 바로 옆에는 작은 방이, 왼쪽에 거실, 다시 오른쪽 앞이 부엌, 거실 안쪽으로 침실이 있는 평범하고 단순한 구조였다. 현관문 자물쇠는 번호를 입력해야 열리는 신형 디지털 열쇠장치였다. 원래 달려 있던 구식 자물쇠를 뜯어내고 교체한 모양이었다. 외출할 때 문을 닫으면 자동으로 잠기고, 비밀번호를 누르면 열리는 것이었다. 집주인은 나름대로 방범에 신경을 썼던 것 같다.

시체 두 구는 현관 가까운 쪽 거실 바닥에 쓰러져 있었다. 남자는 목 오른쪽에 과도가 박힌 채 엎드려 있었고, 그 뒤쪽에 여자가 커다란 송곳이 목 왼쪽에 박혀 피를 흘리며 쓰러져 있었다. 부검 결과를 기다려야 하겠지만 언뜻 보기에도 칼과 송곳에 찔린 것이 직접적인 사인인 듯 보였다.

이유현은 지금껏 온갖 범죄 현장을 발로 뛰어 왔기에 시체를 보는 것에 큰 거부감은 없었다. 하지만 시체 두 구가 핏물 속에 팽개쳐져 있는 모습을 보자 기분이 언짢아졌다. 특히 여자는 얼핏 보기에도 눈이 휘둥그레질 만큼 예뻤기에 목숨을 잃은 모습은 더 비참해 보였다.

실크 소재의 핑크색 슬립 차림으로 누워 있는 여자는 흥건한 핏물 속에서도 요화 같은 아름다움을 발산하고 있었다. 반면 카키색 트레이닝복에 운동화를 신고 엎드려 있는 꾀죄죄한 남자는 대조적으로 초라해 보였다. 남자의 키는 꽤 작아 보였다. 165센티미터 정도일까. 여자와 비슷했다. 이유현은 콰지모도와 에스메랄다를 떠올렸다.

거실에는 티브이와 긴 소파가 양쪽 벽면을 차지하고 있고, 이어진 부엌 쪽으로는 식탁과 싱크대가 보였다. 캐릭터 인형과 액세서리로 군데군데 치장된 단출하고 평범한 20대 여자의 집이다. 격투의 흔적도 없고, 집 안을 뒤진 것 같지도 않았다. 시체가 누워 있는 곳만 제외하면 커다란 인형놀이 집처럼 잘 정돈된 상태였다.

안쪽 침대방에는 사과 껍질이 담긴 쟁반이 있었으나 과도가 보이지 않았다. 남자를 찌른 과도가 원래는 여기에 있던 게 아닐까 싶었다. 침대방 안에는 많은 피가 흘러 있었고 출혈의 흔적은 물결무늬처럼 거실까지 이어져 있었다. 흔적과 정황으로 보아 침대방에서 찔린 사람은 집주인 여자인 것 같았다. 왜 침대방에서 찔리고 거실에 나와 죽어 있는 건지, 죽은 남자는 누구이며, 일이 어떻게 된 건지는 현장 상황만으로는 아직 알 수가 없었다. 이유현은 팀 막내인 유석태에게 말했다.

"유 형사, 피해자들의 신원은 확인됐나?"

"네, 팀장님. 피살당한 여자는 25세, 정유미로 204호 거주자 본인입니다. 여기 전세 들어와 산 지 2년 됐답니다. 남자의 신원은 아직 불명입니다."

경찰들은 금 밟기 놀이를 하듯이 살금살금 거실을 걸어 다니고 있었다.

"발자국이 있어?"

"베란다에서 거실까지 신발 자국이 찍혀 있습니다. 육안으로도 죽은 남자가 신은 운동화 자국과 일치합니다. 저 남자가 침입했던 것 같습니다."

이번에는 오남형이 늙수그레한 얼굴을 들이밀며 대답했다. 이유현은 고개를 끄덕였다.

"베란다에 침입 흔적이 있습니까?"

오남형이 베란다 새시 창문 걸쇠를 가리켰다. 아파트가 낡고 작아서 그런지 베란다의 새시 창문은 이중창이 아니라 홑겹이었다. 큰창과 작은 창으로 하나씩 나뉘어 있었는데, 작은 창 쪽에 반달 모양의 움직이는 걸쇠가 있고 큰 창 쪽에 걸쇠받침이 달려 있다. 작은 창쪽 반달 모양의 걸쇠를 큰 창의 걸쇠받침에 걸리도록 반원을 그리며 올렸다 내렸다 하여 창문을 열고 닫는 흔한 장치였다. 그런데 큰 창문 쪽의 그 걸쇠받침이 비틀어져 창문 사이가 살짝 벌어져 있었다. 걸쇠받침 옆에는 단단하고 날카로운 쇠로 여러 번 긁은 자국이 나 있다. 생긴 지 얼마 되지 않은 생생한 흔적이었다.

"베란다 바깥에서 송곳으로 이 걸쇠받침을 비틀어 푼 다음에 창문을 열고 들어온 겁니다."

옆에서 지켜보던 오남형이 말했다. 그러고 보니 정유미의 목에 꽂혀 있는 것이 큰 송곳 아니던가. 창문 틈 사이로 집어넣어 걸쇠받침을 비트는 용도로는 적합했다. 물론 살인용으로도…….

베란다 밖을 내다보니 철제 화분받이가 매달려 있었고, 옆 외벽에는 1층 아래에서부터 가스관인지 홈통인지 긴 관이 부착되어 아파트 맨 위층까지 죽 이어져 있었다. 그 홈통을 타고 올라왔다가 베란다 앞쪽 화분받이로 발을 내디디면 충분히 송곳으로 창문틈새의 걸쇠받침을 비틀어 열고 침입할 수 있을 것 같았다.

이것은 빈집털이범이 2, 3층의 낮은 아파트를 털 때 흔히 사용하는 수법이었다. 1층 거주자는 그런 침입에 대비해 철 격자를 설치한 나서나 나른 사물쇠로 교세하는 경우가 많지만 2, 3층에 사는 사람들은 도둑이 밖에서 기어 올라온다는 생각을 못 하고 현관문 단속에만 주의를 기울이는 경우가 많다. 도둑들은 그런 맹점을 이용해서 허술한 베란다 쪽을 노린다.

204호 범행현장

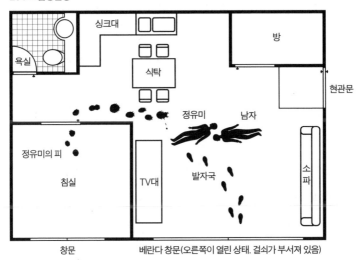

창문   베란다 창문(오른쪽이 열린 상태. 걸쇠가 부서져 있음)

"저 남자가 홈통을 기어 올라와서 베란다로 침입한 거죠. 여자를 찔렀고, 여자가 반격해서 남자를 찔러 죽인 거겠지요."

성미 급한 오남형이 결론을 내려버렸다. 오남형은 형사들 중 가장 고참이고 경험이 풍부한 만큼 많은 사건이 머릿속에 유형별로 정리되어 있어 적시적소에 필요한 데이터를 끄집어내는 장점이 있다. 하지만 그만큼 전형적이지 않은 사건에서는 성급한 결론 때문에 실수도 빈번했다.

유석태가 "형님, 사건 또 거저먹으려고요? 다른 범인이 침입해서 두 사람을 죽인 걸지도 모르잖아요." 하며 오남형의 말에 제동을 걸었지만, 오남형은 "발자국은 어쩔 건데? 뻔하잖아." 하며 일축해 버렸다.

이유현은 일단 유석태가 제기한 제3자의 침입 가능성을 부정할 수 없었다. 만약 다른 침입자의 소행이라면…… 뭔가 흔적을 남기지 않았을까. 일단 도주 경로를 확인해 볼 필요가 있었다. 다른 범인이 있어 현관문으로 나갔다면 CCTV에 찍혔을 것이고, 이건 곧 확인이 된다. 하지만 카메라에 찍힐 걸 알면서 현관으로 나가지는 않았을 것 같다. 그걸 피해서 만약 베란다로 도주했다면? 또 다른 흔적이 남아 단서가 될 수 있다.

이유현은 베란다 아래쪽에 뛰어내린 흔적이 있는지 형사들에게 확인해 보도록 했다. 아래로 내려가 204호 베란다 아래 부분의 흙을 확인하고 온 형사들은 그런 흔적이 없다고 알려 왔다.

추운 날이니까 흙이 굳어 흔적이 안 남을 수도 있지 않을까……?

생각하던 이유현은 고개를 흔들었다. 2층에서 성인이 뛰어내렸다면 아무리 딱딱한 땅이라도 위장하기 힘든 흔적이 남았을 것이다. 보이는 증거에 충실해야 한다. 흔적이 없다면 아닌 것이다. 제3자의 침입이라는 가설에 끼워 맞추려 눈앞의 증거를 입맛에 맞게 해석해선 안 될 말이다. 이유현은 선입견 때문에 실책을 낳았던 뼈저린 경험들을 떠올렸다.

그렇다면 역시 죽은 남자가 침입자라는 말인데, 오남형의 말대로 여자가 죽기 전 침입자를 찔러 같이 현장에서 죽은 상황인 거고, 범인이 죽어 널브러졌으니 사건은 이걸로 허무하게 종결될 판이다. 하지만 그렇게 쉽게 끝나 버린다는 건 왠지 마음에 와 닿지 않았다.

순간 이유현의 머리에 퍼뜩 든 의문이 있었다. 남자는 가벼운 트레이닝복을 입고 있다. 오늘은 그 정도 옷차림으로 밖을 다니기에는 너무나 추운 날씨다. 그렇다면 남자는 혹시 이 아파트에 사는 사람이 아닐까?

이유현은 아파트 경비를 불러오게 했다. 경비는 조판걸이라는 노인이었다. 작은 키와 대머리가 조합된 볼품없는 풍채였지만, 체격만은 단단해 보였다. 조판걸은 자신의 경비 타임에 벌어진 사건에 무거운 책임을 느끼는지 형사들에게 자꾸만 머리를 조아렸다. 마음의 동요를 숨길 수 없어 손이 가늘게 떨리고 있었다.

"혹시 이 사람 아는 얼굴입니까?"

이유현은 조판걸에게 죽은 남자의 얼굴을 보였다.

"앗, 이 사람은……."

경비가 과장되게 호들갑을 떨었다.

"누굽니까?"

"우리 아파트 입주자입니다. 바로 아래층 104호의 이필호 씨예요."

이유현을 비롯해 모두가 눈을 반짝였다. 현장은 순식간에 활기를 띠었다.

"이 남자에 대해 아시는 대로 말씀해 보세요."

"글쎄요, 별로 아는 건 없는데…… 나이는 서른둘인가 그렇고, 독신에다 직업은 없고, 대충 뭐 그 정도……."

조판걸의 굳은 얼굴이 풀리며 목소리가 높아졌다.

이유현과 형사들은 급히 죽은 남자의 집으로 내려갔다. 104호는 바로 아래층이다. 104호 현관에는 구식 열쇠형 자물쇠가 매달려 있었다. 문을 힘껏 잡아당겨 보았으나 덜컥거리기만 할 뿐 열리지 않았다. 안에서 잠겨 있는 모양이었다.

열쇠공을 불러야 하나, 낭패감에 혀를 차는데, 오남형이 "베란다로 한번 가 봅시다." 하고 말했다. 혹시나 싶어 아파트 밖으로 나가 104호 베란다 창 쪽으로 갔다. 역시 닫혀 있다. 실망하고 돌아가려는 순간, 오남형이 베란다 창문을 덜컹거리며 당겨 보더니 "문이 안 잠겨 있어요!" 하며 소리쳤다.

형사 중 한 명이 창문을 밀어 열고 베란다를 가볍게 타넘어 들어갔다. 창문턱이 낮아 진입은 수월했다. 형사가 안에서 104호 현관문을 열었고, 이유현을 필두로 형사 일행은 안으로 우르르 몰려 들어갔다.

집 안은 실망스러웠다. 청년 독신 실업자의 전형을 보여 주듯 어지럽고 지저분하기만 할 뿐, 어떠한 범죄의 흔적이나 이상한 점이 발견되지 않았다. 안방에는 침대도 없이 바닥에 이불이 덩그러니 깔려 있을 뿐이고, 가구도 거의 없었다. 있는 거라곤 TV, 식탁, 컴퓨터 정도였다. 좀 큰 고시원 방에 불과했다. 되는대로 사는 한 인간이 대충 몸을 담고 있다가 잠깐 집을 비운 느낌, 그 이상도 이하도 아니었다.

이유현은 다시 204호로 올라왔다. 경찰들이 보호하고 있던 김형빈을 데려오게 했다. 죽은 남자가 아래층 남자란 것이 확인된 이상 단순한 강도 사건은 아닐 것 같았다. 이런 경우에는 인간관계의 풀이가 사건 해결의 열쇠가 된다. 김형빈에게 남자를 보여 줄 필요가 있나고 판단했다. 넋을 놓고 있는 김형빈에게 말을 건넸다.

"신고해 주신 김형빈 씨죠? 정유미 씨의 남자친구 되시는."

"네. 맞습니다."

김형빈은 힘없이 대답했다. 그의 눈은 이유현 너머의 어딘가를 보는 듯 초점이 흐려져 있었다.

"힘드시겠지만 죽은 남자의 얼굴을 확인해 주시겠습니까? 혹 아는 사람이 아닌지…….."

김형빈은 고개를 끄덕이고 이필호의 시체 쪽으로 다가갔다. 그때 계단 쪽이 소란스러워졌다. 열린 현관으로 한 여자가 뛰어 들어왔다. 경찰관 두 명의 저지선을 물리치고 거세게 돌진하더니 죽은 여자의 사체를 기어이 들여다보았다. 그러고는 곧바로 "유미야, 유미야." 하면서 울부짖기 시작했다.

"누굽니까?"

이유현은 여자의 굵은 팔뚝을 붙들고 있는 정복 경찰관에게 물었다. 그는 조금 전까지 아파트 입구를 지키고 있었는데, 여자를 뒤따라온 모양이다.

"정애라 씨라고, 죽은 여자분 언니랍니다. 들어오지 못하게 막았는데 막무가내로…….."

경찰관은 여자 하나 막지 못한 무능함을 탓한다고 생각했는지 겸연쩍은 표정으로 무마했다. 하지만 여자 몸에 함부로 손대지 못하는 경찰의 어려움을 이유현이 모를 리 없다. 하물며 그녀는 유족이었다.

이유현은 정애라를 경찰관에게 맡겨 두고, 재차 김형빈에게 말했다.

"죽은 남자의 얼굴을 한번 봐 주시겠습니까? 혹 아는 사람이 아닌지……."

막 김형빈이 남자의 얼굴을 보려 일어서려는데, 정애라가 소리쳤다.

"제가 알아요, 이 남자. 유미를 스토킹 하던 놈이에요!"

"그래요?"

죽은 남자의 범행이라고 주장했던 오남형은 '그것 봐라.' 하는 눈빛으로 이유현을 보았다.

이유현은 정애라를 향해 몸을 획 돌렸다. 그녀는 시끄러운 점만 빼면 의외로 꽤 도움이 될지도 모른다.

"확실합니까?"

"그럼요. 저 인간 때문에 유미가 얼마나 고생했는데. 미친놈. 저놈이 유미를 찌르고 자살한 건가요?"

정애라는 대번에 사건 현장에 대한 또 하나의 그럴듯한 설명을 내놓았다. 이유현은 그녀의 비약에 응대할 기분이 들지 않았다. 그는 김형빈에게 향했다.

"김형빈 씨도 혹시 이 남자를 아십니까?"

"얼굴은 잘 모르겠습니다. 유미한테서 이필호라는 남자가 귀찮게 군다는 얘기는 많이 들었지만, 이 남자인지는 모르겠네요."

김형빈은 죽은 남자의 얼굴을 들여다보더니 고개를 절레절레 저었다.

여자 혼자 사는 집에 아래층 스토커가 들어왔다. 다투다 보면 스토커가 여자를 살해하는 끔찍한 일도 일어날 수 있다. 그렇다 치고, 그자가 왜 또 여기 죽어 있는가. 상식선을 넘어선 범죄 현장을 접한 이유현의 머릿속이 그만 텅 비어졌다. 스토커의 정체에 관해 더 알아볼 필요가 있었다. 이유현은 정애라를 향해 온화하게 말했다.

"서에 가서 진술해 주실 수 있겠습니까? 힘드시면 내일 와 주시고요."

"지금 당장 갈게요."

정애라는 고함치듯 대답했다. 슬픔은 슬픔이고, 기운은 기운대로 넘치는 여자였다.

감식반의 작업과 현장 보존 등을 마치고 현장을 철수하기 전 이유현은 문득 오남형에게 물었다.

"휴대폰이 왜 없습니까? 피해자는 여기 계신 김형빈 씨하고 통화하다가 살해당했다면서요."

"글쎄요, 그러고 보니 안 보이네요."

오남형은 머리를 긁적였다.

침실에서 시작된 핏자국으로 보아 정유미는 침실에서 통화하다가 살해당한 듯하다. 그렇다면 휴대전화는 침실 한구석에 떨어져 있을지도 모른다.

이렇게 생각한 이유현은 침실 바닥을 샅샅이 뒤졌고, 마침내 침대 아래에서 정유미의 휴대전화를 찾아낼 수 있었다. 흉기에 찔린 순간, 들고 있던 휴대전화가 떨어져 침대 아래로 들어가 버렸던 모양이다.

이유현은 김형빈에게 경찰서까지 동행을 부탁했다.

"당연히 가야죠. 범인을 잡기 위해서라면 뭐든지 하겠습니다."

김형빈은 의지를 보였지만 뜻과는 달리 다리가 풀려 버린 듯 경찰관에게 기대다시피 했다. 정애라는 실컷 울고 나서 안정이 되었는지 비교적 차분한 편이었다.

아파트 밖을 나서자 냉랭한 밤공기가 몸을 덮쳤다. 감정적으로 탈진한 상태에서 찬 기운을 받은 김형빈은 몸을 부르르 떨며 경찰차에 힘없이 올랐다.

경찰서로 들어온 이유현은 늦은 밤 시간인 것을 고려하여 정애라를 여경에게 맡겨 잠시 쉬게 하고는 먼저 김형빈에게 질문해 보기로 했다. 편안하게 진술할 수 있도록 형사의 책상 앞 대신 서장의 놀고 있는 응접실을 빌렸다.

소파에 등을 구부리고 앉은 김형빈은 키가 크고 마른 체형의 소유자였다. 조금 전 경황 중에는 몰랐지만 찬찬히 뜯어보니 그는 눈에 띌 정도의 미남이었다.

유약을 바른 듯 반들거리는 피부와 움푹 들어간 눈매, 쭉 뻗은 콧날과 갸름한 턱 선에서는 귀티가 흘렀고, 두툼하면서도 붉은빛 입술은 남자로서는 드문 색기를 품고 있었다. 파마를 한 머리에서는 예술가 같은 분위기를 자아냈다. 여자들의 모성본능을 자극하는 고급스러운 귀공자풍이면서도 어딘가 섹시함까지 갖춘 이 남자에게 여자들은 미치지 않을까, 이유현은 생각했다.

"정유미 씨하고 사귄 지는 얼마나 됐습니까?"

"한 1년 됐습니다."

"어떻게 만나게 되셨죠?"

"……그런 것도 다 말씀드려야 합니까?"

"기초적인 주변 조사는 원래 하도록 되어 있습니다. 충격이 크시겠지만 협조해 주셨으면 합니다."

"클럽에서 만났습니다."

"아, 네."

다소 의외의 답변에 이유현은 멈칫했다. 클럽에서 만나 1년씩이나 사귄다는 게 잘 납득이 가지 않았다. 하지만 이내 생각을 고쳐먹었다. 이들은 틀에 박힌 생활을 하는 경찰 공무원과는 다른 세계의 사람들인 것이다.

"김형빈 씨는 어떤 일을 하십니까?"

"……4년 전 미술대학을 졸업하고 현재 취업 준비 중입니다."

결국 무직이라는 거군, 취업하려는 노력은 과연 했을까? 하지만 이유현은 내색하지 않았다.

"정유미 씨가 하시는 일은 뭐였습니까?"

김형빈은 머뭇거리다가 할 수 없다는 듯이 대답했다.

"……아르바이트였습니다."

"어떤 아르바이트였습니까?"

"술집에서 서빙하는…… 그런 겁니다. 매일 나가는 건 아니고 월요일부터 목요일까지 4일만 나갑니다. 유미는 체력이 약해서요. 술도 약했고. 오늘이 금요일이라 유미는 출근하지 않았어요."

"아, 네. 일하시는 업소 상호는요?"

"'엘라가발루스'라는 곳이에요."

이유현도 그 이름을 알고 있었다. 줄여서 속칭 '엘라'라고 불리는, 청담동에 위치한 최고급 룸살롱이었다. 변태 행각으로 유명한 로마 황제의 이름을 딴 그곳은 기업의 접대 장소로, 혹은 내로라하는 한량들의 유흥지로 유명했다.

정유미는 룸살롱 호스티스였군. 이유현은 죽은 뒤에도 빛을 뿜던 정유미의 화려한 미모가 납득이 갔다.

"사건 경위를 말씀해 주세요."

"오늘은 혼자 여행을 떠나려던 날이었어요. 지금 생각하면 정말 바보 같았어요. 유미를 혼자 두고."

회한에 가득한 목소리였다.

"어디로 가시려던 거였습니까?"

"며칠 방콕에 다녀오기로 했습니다."

김형빈은 손가방에서 여권과 항공권 따위를 주섬주섬 꺼내어 늘어놓았다. 불필요한 행동이지만 사람들은 원래 경찰 앞에서는 괜히 자기 말의 신뢰성을 증명하고 싶어 한다.

도대체 무슨 돈으로 대학 졸업 후 몇 년씩이나 놀면서 해외여행까지 떠나는 것인가. 이유현은 씁쓸함을 숨겨야 했다.

"밤 비행기였어요. 잠실에서 택시를 기다리고 있었어요. 그 시간엔 공항 가는 리무진이 없거든요. 택시가 너무 안 와서 시간 때우느라 유미하고 잠깐 통화했어요. 그런데 통화 중에 갑자기 유미가 소리를 지르면서 강도라고…… 전 너무 놀라서…….."

김형빈은 말을 잇지 못했다.

"그때가 정확히 몇 시였나요? 통화기록을 보면 나올 텐데."

김형빈은 휴대전화를 열어 보고 대답했다.

"정확히는 10시 59분이네요."

그 시각은 살인이 벌어진 시각이기도 했을 터였다.

이유현은 112 출동기록을 보고 조심스럽게 물었다.

"신고는 11시 5분에 한 것으로 되어 있는데, 왜 좀 더 빨리 안 하시고?"

"정말 너무 한이 됩니다. 저는 머저리였어요. '강도야!' 하고는 전화가 뚝 끊겨 버리니깐 얼마나 놀랐던지. 머릿속이 하얘져 버렸어요. 아무런 판단도 안 서고 오직 유미한테로 달려가야 한다는 생각에만 사로잡혔어요. 여행가방도 길바닥에 버려두고 손가방만 들고 무작정 잠실역에서 2호선 전철을 탔어요. 택시는 막힐지 모르니까요. 가던 도중에 퍼뜩 경찰 생각이 나서 신고한 겁니다."

"현장에는 11시 25분 정도에 도착하신 걸로 되어 있네요. 잠실에서 서초동 아파트까지 한 25분 걸렸군요."

"그 정도 됐겠죠. 서초역에서 내려서 마구 뛰었으니."

김형빈은 갑자기 생각났다는 듯이 말했다.

"아 참, 유미와의 마지막 통화가 녹음되어 있는데, 혹 수사에 도움이 될까요?"

이유현은 반색했다. 이런 생생한 자료는 수사관으로서는 단비와도 같다.

"물론입니다. 어떻게 녹음까지 다 하셨습니까?"

"전 휴대폰 통화 자동녹음 기능을 설정해 놓고 있습니다. 유미하고 통화한 중에 특히 맘에 드는 건 파일로 따로 보관하죠. 유미하고의 모든 걸 추억하려고요."

"자상한 분이시군요."

이유현은 감탄했다. 이런 연애 선수들 앞에 자신은 도저히 경쟁이
안 되겠다는 생각이 들었다.

"그 통화를 좀 들려주실까요?"

김형빈은 휴대전화 버튼을 몇 번 누르더니 유언이 되어 버린 정유
미와의 마지막 통화를 들려주었다.

— 뭐 하고 있어?

— 어 오빠, 침대에 있어. 잡지 좀 보다가 자려고.

— 문단속은 잘했어?

— 당근이지.

— 와 근데 음악 소리 열라 크네. 밤인데.

— 헤헤, 가끔 위층에서 뭐라고 하는데 어쩔 수 없어. 그렇지 않으
면 무서워서 잠을 못 자는걸.

— 그래그래, 잘 했어. 위층은 알 게 뭐야. 유미부터 살아야지.

— 후훗. 이 저질.

— 뭐야. 편들어 주니까 저질이래.

— 헤헷.

— 하하하. 나 없는 동안에도 잘 지내야 해. 추운데 감기 안 걸리
게 조심하고, 옷 두껍게 입고 다니고.

— 새삼스럽게 뭔 그런 얘기를…… 악!

갑자기 정유미는 단말마의 소리를 질렀다. 생중계된 그 비명은 듣
는 이의 모골을 송연하게 했다. 연인과 달콤한 밤 인사를 나누던 안

락한 공간이 불시에 침입한 짐승에게 여지없이 찢겨 버리는 찰나였다. 뒤이어,

　─가, 강도야, 흡!

하는 말이 들렸고, 휴대전화기가 떨어졌는지 딸깍하며 통화는 끊겨 버렸다.

"흡!" 하는 소리는 타이어에서 바람이 새는 소리와 흡사했다. 목에 송곳이 푹 하고 들어와 절명하는 순간의 마지막 흔적이 틀림없었다. 그 소리는 가련하게도 목구멍에서 나오다 제대로 공명을 만들지 못하고 기어들어 버려 그리 크지도 못했다.

이유현은 머릿속에서 그 환청을 지우려는 듯 고개를 몇 번 흔들었다.

"끔찍하군요."

김형빈 역시 몇 시간 전의 충격이 새삼 떠오르는지 낯빛이 창백해졌다.

이유현은 김형빈의 양해를 얻어 휴대전화에서 그 녹음 파일을 다운받아 컴퓨터에 저장했다.

"힘드시겠지만 한 가지만 더 묻겠습니다. 조금 전에도 물었지만, 정유미 씨 아래층에 사는 이필호라는 남자가 정유미 씨를 스토킹 했다고 하는데 알고 계셨습니까?"

"네, 알고 있었습니다. 유미가 아파트 출입할 때마다 눈에 띄어 불쾌하다고 얘기했어요. 저는 얼굴은 몰랐습니다."

"어떻게 스토킹 했다고 하던가요?"

"유미가 어딜 갈 때마다 다가와서는 말을 걸고, 관심 있다며 휴대전화 번호를 묻기도 했답니다. 나중에는 자기 번호를 적어 주면서 만나 달라고 그랬나 봐요. 직업도 없는 녀석이었나 봅니다. 유미는 그 남자가 벌레 같다며 징그럽다고 했어요. 집에도 찾아와 가끔 술 한잔하자며 벨을 누르기도 했답니다. 물론 유미는 절대 열어 주지 않았지만요."

"김형빈 씨는 남자친구인데도 가만히 계셨나요?"

"그런 놈은 괜히 건드리면 위험하다고 판단했어요. 자극받으면 돌아 버려서 큰일을 저지를 수도 있는 또라이입니다. 경험으로 알아요. 유미도 성격이 시원시원한 아이라 그리 마음 졸이지도 않아 보였기에 제가 그 사람을 찾아가거나 그러지는 않았어요. 다만, 유미가 건네받은 그 녀석 휴대폰 번호를 알려 달라고 해서 제가 직접 몇 번 통화는 해 봤어요. 내가 남자친구라고, 곧 결혼할 거니까 그만두라고까지 좋게 말해 봤는데 안 되더군요. 그저께하고 어제도 이틀 동안 연달아 그 녀석한테 전화해서 타일렀어요."

이유현은 내심 탄복했다. 웬만한 남자라면 당장 멱살을 잡든가, 최소한 불뚝 성질부터 낼 텐데. 나이에 걸맞지 않게 차분하고 이성적인 대응이었다.

"전화하면 이필호는 뭐라든가요?"

"그 작자와 통화하면 늘 불쾌했습니다. 제 말에 정면으로 대응하지도 않고 이죽거리기만 했어요. 심지어 유미를 두고 성적인 얘기까지 하더군요. 기가 막혔습니다. 스토커라면 적어도 상대방을 사랑하는 마음은 있다고 생각하는데, 이 사람은 순수함이 조금도 없어 보였어요. 오로지 성적인 관심뿐이란 생각이 들었어요. 유미가 그런 데 다닌다는 걸 알더군요. 그래서 더 그런 식으로 나왔는지도 모르겠고요. 어쨌든 그런 말까지 듣고 보니 더 위험한 사람이란 생각을 굳히게 됐죠. 현관 자물쇠가 허술해 보여 제가 몇 달 전에 번호 키로 바꿔 달아 주기도 했어요. 여섯 자리 비밀번호를 넣어야 열리는 디지털 자물쇠예요. 유미한테는 문단속 잘하라고 몇 번이나 얘기했어요. 유미는 그때마다 흘려들었지만."

현관 자물쇠를 교체해 주었다는 대목에서 이유현은 고개를 끄덕였다. 여자친구를 진심으로 위한다면 꽃보다는 이 사람처럼 열쇠를 선물해야지. 자신도 모르게 이런 형사스러운 생각에 빠져드는 것이었다.

"그저께는…… 수요일이군요. 그때 통화했을 땐 뭐라든가요?"

"수요일 밤 유미가 불쾌한 얼굴로 얘기하더라고요. 그날 저녁때 밖에서 들어오다 이필호를 만났는데 음흉하게 웃으면서 '저기요.' 하고 따라오면서 말을 걸더랍니다. 그래서 막 집으로 뛰어와 버렸다고요. 그래서 제가 전화했죠. 그러지 말라고 몇 번이나 얘기했는데 왜 자꾸 그러느냐고요."

"그랬더니요?"

"역시 뭐 실실 웃으면서 약만 올려요. 사람 좋아하는 게 잘못이냐, 같은 남자끼리 뭘 그러냐는 등 말도 안 되는 소리만 하고."

"목요일, 그러니까 어제 통화할 때는 어땠어요?"

"경고 조로 한 번 말했어요. 제가 다음 날 해외여행을 떠나니까 불안 해서요. 수요일에 그런 일도 있고 했으니까. 딴마음 못 먹도록 이번엔 안 좋은 소리를 좀 많이 했어요. 물론 제가 여행 간다는 말은 당연히 안 했습니다만. 그자는, 이필호라고 했나요? 여전히 딴청을 피우면서 전화를 끊더군요."

"정유미 씨와는 결혼까지 약속한 사이였나요?"

"아뇨, 그건 그냥 그자한테 큰소리치려고 만든 말이죠. 유미한테 결혼 얘기는 꺼낸 적이 없어요."

"정유미 씨 주변에 왕래가 많거나 친했던 사람들은 누가 있습니까? 가족도 있을 테고, 직장 동료도 있을 테고……"

"아까 보신 언니도 있고요, 아, 부모님들하곤 거의 연락이 뜸했어요. 그 언니는 배다른 언니예요. 가정사가 좀 복잡했던 것 같습니다. 그런 것치고는 언니하고 꽤 잘 지냈어요. 성격도 잘 맞고, 그 언니가 유미를 많이 돌봐 줬죠."

김형빈은 정유미의 언니 정애라에게 의외로 호감을 품고 있는 듯했다.

"또 다른 사람들은요?"

"언니 말고는 직장 동료들이 유미가 만나는 거의 전부였어요. 예전 친구들하고는 그 일 하면서 자연스럽게 멀어진 모양이더라고요. 아무래도 다른 친구들하고는 일하는 시간이 다르니까 만나기도 어렵고 어쩔 수가 없었던 거죠. 고등학교 동창 모임도 있는 모양인데 1년에 한두 번 만나는 정도였고. 직장에는 류경아란 마담이 있고, 특별히 친했던 동료는 명세인이라고 있어요. 다른 애들도 있지만 그냥 형식적인 관계였고. 그거 말고는 일하는 할머니가 주중에 매일 집에 오시고요, 또 누가 있지……? 그러고 보니 제일 친했던 사람은 저네요."

김형빈의 표정이 점차 어두워졌다. 자신만을 의지했던 정유미를 지켜 주지 못한 회한일까. 이유현이 위로 삼아 말했다.

"남자친구로서 그래도 세심하게 관심을 가져 주셨네요. 가게 친구들 이름까지 다 아시고."

"제가 특별한 일 없으면 유미를 차로 출퇴근시켜 줬거든요. 그러면서 자연히 거기서 좀 머물기도 하고, 밥을 먹기도 하고. 룸에서 일하는 마담이나 아가씨들하고는 저도 다 친한 편이었어요."

"그렇군요."

이유현은 김형빈이 룸살롱 마담과 아가씨들 틈에서 재밌는 얘기를 주워섬기며 웃고 떠드는 모습을 상상했다. 도저히 이해할 수 없는 장면이었다. 김형빈이 별세계의 생명체처럼 여겨졌다.

"정유미 씨 언니, 그러니까 정애라 씨하고도 잘 아십니까?"

"압니다. 얘기도 듣고 가끔 얼굴 본 일도 있습니다. 성격이 활달하고 좋은 분이에요. 그 정도…… 깊이는 모릅니다."

깊이 모른다니 물어볼 것이 없었다.

"네. 감사합니다. 앞으로도 필요하면 연락드릴 텐데 도와주십시오."

"물론입니다. 여행은 취소하겠습니다. 유미 한을 풀어 줘야죠. 최대한 협조하겠습니다."

김형빈은 짧은 진술도 힘이 들었던 듯 젖은 미역처럼 축 늘어져 돌아갔다. 그는 기질이 순한 남자였고, 수사에도 협조적이었다. 그런 그가 애인을 잃은 슬픔에 휘청거리는 모습을 보면서도 이유현은 왠지 모를 반감이 일 뿐 동정이 가지 않았다. 그가 미남이어서일까, 아니면 미녀들 틈에서 주눅 들지 않고 살갑게 지낼 수 있는 재주가 부러워서일까. 혼자 생각하던 이유현은 피식 웃고 말았다.

자상한 김형빈이 살해 순간을 녹음한 것은 수사관으로서는 큰 수확이었다. 일단 살해 시각을 특정할 수 있다. 이것은 알리바이 수사에 결정적인 디딤돌이 된다. 피살 당시의 상황을 생생하게 재구성해 범행 방법을 구체화할 수 있다. 이유현은 의외로 사건이 쉽게 풀려갈 수도 있겠다는 은근한 기대에 부풀었다.

이유현은 옆 사무실에서 대기하고 있던 정애라를 불러들였다. 만만치 않은 인상의 여자였다. 조금 전까지는 짙은 화장으로 잘 가늠할 수 없었지만 자세히 보니 꽤 나이가 있어 보였다. 40세를 훌쩍 넘긴 것 같았다.

"정유미 씨 언니 되신다고요?"

"네. 배다른 언니지만요."

"그러시군요. 정유미 씨하곤 평소에 자주 보셨나요?"

"밖에서는 가끔 봤어요. 유미가 내 사무실로 오기도 하고. 서로 집에 들르는 일은 거의 없었지만요. 저도 일이 있고 바쁘니까."

정애라의 목소리는 정유미의 시체를 보고 울부짖을 때와는 달리 단단하게 안정되어 있었다. 마치 출력이 높은 앰프에서 나오는 사운드 같았다.

"가족 관계를 좀 더 구체적으로 말씀해 주시겠습니까?"

"아빠, 엄마는 대전에 계세요. 우리하곤 별로 왕래가 없어요. 엄마는 유미의 친엄마예요. 제 친엄마는 나 낳아 놓고는 아버지 등쌀에 집 나간 지 오래됐고요."

말하는 게 거침없다. 뭐든 정보가 아쉬운 이유현의 맘에 들었다.

"정유미 씨하고는 나이 차이가 꽤 나는데, 그런 것치고는 친하게 지냈나 봐요."

"배다른 자매 치고도 그렇단 말씀이겠죠?"

"아니, 그런 말이 아니라……."

"다 편견이에요. 엄마는 나를 유미하고 똑같이 대해 줬어요. 나도 엄마한테 친엄마 아니라고 꽁하게 생각하는 맘 없고요. 유미도 친동생처럼 생각해요. 나이 차가 있건 배다른 자매건 서로 성격 맞고 사람만 좋으면 친하게 지내는 거죠, 뭐. 친형제간이라도 서로 으르렁거리는 사람 얼마나 많아요? 그런 편견은 버리세요."

거침없는 건 좋은데, 너무 거침없다. 내가 무슨 말을 했더라? 이유현이 돌이켜 보았지만 정애라를 공격한 기억은 나지 않았다. 동생의 죽음 앞에 예민해져 과잉반응을 하는 것으로 이해하기로 했다. 유족들에게서 종종 보이는 공격성이다.

"불쾌하게 생각지 마세요. 그냥 기초 조사니까요."

정애라는 말을 뱉고 난 뒤 무표정에 가까웠다. 이유현이 목소리를 낮춰 물었다.

"아까 정유미 씨가 사무실로 온다고 하셨는데, 무슨 일을 하시는지?"

"금융업이에요."

"구체적으로는?"

"소매 금융요. 주위 사람들한테 조그맣게 돈 융통해 주고 이자 조금씩 받고 있어요."

"그러니까, 쉽게 말해서 사채업을 하시는……?"

정애라는 정색을 하고 말했다.

"남들은 그렇게도 부르는데 나쁜 이미지 때문에 그런 말은 저는 잘 쓰지 않아요. 우리는 좋은 일을 하는 거예요. 은행이 서민들한테 어디 돈 빌려주나요? 우리를 욕하지만 우리라도 돈 빌려주지 않으면 서민들은 어디 가서 급한 돈 융통하겠어요? 그런 만큼 돈을 떼이는 일도 부지기수예요. 당연히 이자도 좀 높을 수밖에 없죠."

평소에 맺힌 게 많은 모양이다. 이유현은 급히 질문을 바꾸었다.

"사무실은 어디에 있습니까? 직원은 한 몇 명 정도?"

정애라의 목소리가 팽팽해졌다.

"아니, 지금 강도는 안 잡고 왜 나를 자꾸 걸고 넘어져요! 내가 용의자예요?"

"죄송합니다. 이건 단순히 절차입니다. 의례적인 거니까요, 이해해 주세요."

정애라의 기세에 눌린 이유현은 정중하게 사과할 수밖에 없었다. 그녀의 치켜뜬 눈초리가 내려가고 목소리가 누그러졌다. 공세의 완급 조절이 기가 막힌 여자였다.

"경동시장에 사무실이 있어요. 시장 상인들이 주 고객이에요. 직원은 따로 없고 운전기사도 하고 돈 심부름도 할 겸 남자 한 명 월급 주고 있어요. 이제 됐나요?"

"근데 오늘 정유미 씨 일은 어떻게 알고 달려오신 겁니까?"

"경비 아저씨가 연락해 줬어요. 제 집은 여기서 멀지 않거든요. 양재동이에요."

"이필호라는 남자, 그러니까 아까 보신 죽어 있던 남자 말인데요. 정유미 씨를 스토킹 했다고 하셨는데, 그 사람에 대해서 아시는 대로 말씀 좀 해 주시죠."

정애라는 비웃듯이 입 언저리를 말아 올렸다.

"그놈 백수에다 반편이에요. 할 일 없으니까 유미만 보면 한번 만나 달라고 집적댔어요. 유미는 끔찍하게 싫으면서도 성격상 매몰차게는 못했던 모양이에요. 내가 어쩌다 유미 집에 갔을 때 한번 눈에 띄어서 꾸지람 좀 해 줬죠. 그 뒤론 내가 있을 땐 가까이 오지도 못했어요."

당연하다고 이유현은 생각했다. 이필호는 비열하지만 바보는 아닐 것이다. 시장 상인들을 주무르며 잔뼈가 굵은 이 사채업자 여성을 감당하기에는 힘이 부치다는 것을 한눈에 감지했을 것이다. 정애라가 말하는 꾸지람은 아마 표현된 이상의 상처를 주었으리라. 그녀는 혼자서 말을 이어 나갔다.

"그런 녀석은 내가 잘 알아요. 키도 작고 음침하고. 아주 뭐랄까, 끈질긴 성격이에요. 눈을 보면 알지. 그 녀석은 유미를 순수하게 좋아한 것도 절대 아니에요. 몸을 노린 거지. 어딜 감히."

정애라는 생각만으로도 끔찍하다는 듯이 몸서리를 쳤다.

"유미 집에 인터폰도 몇 번 왔었대요. 이번에 아파트 인터폰을 교체했는데 경비실을 통하지 않고 입주자끼리 직접 연결되는 방식이어서 더 골치가 아파졌어요. 괜히 돈 쓰면서 그딴 짓들을 해 갖고."

이유현은 빗나간 화제를 제자리로 돌려야 했다.

"정유미 씨의 현관 키 비밀번호를 혹시 알고 계셨습니까?"

"알 리가 없죠! 난 집에 잘 들르지도 않았고, 유미도 기껏 번호 키 달아 놓고 남한테 번호 가르쳐 줄 멍청한 애가 아니에요!"

정애라의 목소리가 또다시 천장을 쳤다.

"언니도 모르셨군요. 정유미 씨가 아무한테도 번호를 안 가르쳐 준 게 확실합니까?"

"절대. 유미가 그리 어설픈 애가 아녜요. 아, 참. 형빈이만은 알고 있어요. 애인인데 그거야 당연하지."

"그렇군요. 정애라 씨도 김형빈 씨하고도 서로 아시겠네요."

"알긴 알지요. 뭐 잘 안다고까진 못 해도. 나하고 나이 차가 있어서 그런지 유미가 나한테 남자 얘기는 별로 많이 안 했어요. 유미가 형빈이를 많이 좋아했던 것 같아요. 에휴, 그래도 형빈이 녀석이 뭐가 좋다고. 그런 기생오라비들은 나중에 못 써요."

정애라는 김형빈이 그녀에게 품은 호감만큼의 감정은 김형빈에게 갖고 있지 않은 듯 보였다. 그녀는 이유현을 힐끔 올려다보며 말을 슬쩍 덧붙였다.

"형사님같이 듬직한 사람이 남자지."

단수가 높은 여자였다. 진술을 마치기 전에 경찰인 이유현이 사채업자인 자신에게 품은 반감을 깨끗이 청소하고 가려는 모양이다. 어쨌건 그런 줄 알면서도 이유현은 정애라의 청찬에 자신감을 약간 충전했다.

"정유미 씨가 다른 고민 얘기는 한 적 없었습니까?"

"돈이 좀 궁했어요. 늘. 내가 좀 융통해 주기도 했어요."

"돈이 궁했다고요? '엘라가발루스', 거기는 최고급 룸살롱 아닙니까? 벌정 많이 벌 텐데요."

"버는 만큼 씀씀이가 있었으니까요."

"대체 젊은 여자가 어디다 돈을 그렇게 씁니까?"

"용도는 얘길 안 했어요. 나도 그냥 캐묻진 않았어요. 유미도 나도 그런 화끈한 면이 통했다니깐……."

걸걸한 정애라는 할 말이 많아 보였으나 이유현은 밤이 늦었으니 자세한 것은 다른 날 진술을 부탁한다며 겨우 달래어 돌려보냈다. 진술을 아끼는 참고인도 문제지만 진술이 넘치는 참고인 또한 골칫덩어리다. 이유현은 정유미의 돈 씀씀이에 대해서 추후 조사할 항목으로 메모해 두었다. 많은 범죄는 돈 문제이다.

3

다음 날 강력팀 사무실은 홍해 바다처럼 두 쪽으로 쫙 갈렸다. 정유미를 스토킹 하던 이필호가 침입해 정유미를 죽였고 정유미의 반격으로 이필호도 죽었다고 주장하는 '강경파'가 힘을 얻었다. 한편으로는 제3의 범인이 침입해서 둘을 살해했을 가능성을 부정할 수 없다는 '신중파' 쪽도 만만치 않았다.

오남형이 강경파, 유석태가 신중파의 대표 주자였다. 이유현은 당분간 중립이었다. 둘이 한 아파트에서 각기 다른 흉기에 찔려 변사한 현장 상황이라든지 이필호의 평소 스토커 행각 같은 것을 보면 강경파의 결론이 직관적으로 어필했다. 하지만 제3의 범인이 있을 수 있다는 신중론의 성립 가능성 또한 무시할 수는 없었다.

전날 밤 경비를 서며 살인사건에 놀라 기겁을 했던 경비 조판걸이 1순위로 소환되었다. 꾸부정한 자세로 눈알을 굴리며 걸어 들어온 조판걸을 이유현은 자신의 책상 앞에 앉혔다. 기본적인 진술은 전날 밤에도 들은 터라 이유현은 대뜸 사건의 경위부터 물었다.

"어젯밤 아파트 단지를 출입한 사람 중 낯선 사람은 없었습니까?"

"네. 그게 참 죄송합니다."

"왜요?"

"제가 경비실에서 근무는 줄곧 했는데요. 거기가 하필 1동 옆 외딴 곳이라 아파트 입구가 잘 안 보여서요. 출입하는 사람을 일일이 볼 수가 없습니다."

조판걸은 전날과 같이 또다시 머리를 조아리기 시작했다.

"평소와 다름없이 조용히 지나갔는데……."

조판걸은 머리를 긁적였다. 자신이 경비하던 중 살인사건이 일어났다는 자책감에서 여전히 벗어나지 못하고 있는 듯했다.

"아파트 방범이 많이 부실해 보이더군요. 경비실도 부족하고, 열쇠도 그렇고."

"……오래된 아파트라 좀 그렇습니다. 5층짜리밖에 안 돼 놓으니 경비실도 동마다 둘 형편이 안 되고. 원래가 그렇게 지어진 거라 어쩔 수가 없어요. 현관 자물쇠도 원래 일일이 밖에서 열쇠로 잠가 줘야 하는 구식인데, 몇 세대는 개별적으로 신형으로 바꿔 단 상태입니다. 204호도 바꿔 달았는데…….”

그랬는데도 살인이 벌어졌다는 말을 하려다 삼킨 것 같았다.

“CCTV는 각동 현관에 달랑 하나씩밖에 없습니까? 아무리 그래도 너무 소홀한 거 아닙니까?”

“에휴, 그나마 현관 CCTV 카메라도 입주자들끼리 다네 달 필요 없네 싸우다가 몇 년 전에야 겨우 단 거예요. 누구 하나 나서서 방범에 신경 쓸 사람이 없었거든요.”

소를 잃기 전까지는 외양간 고칠 생각이 나지 않는 게 인지상정일 것이다.

살인이 있던 시각은 거의 정각 밤 11시이다. 이유현은 그 한 시간 전으로 한정해서 정황을 물어보았다.

“그럼 밤 10시 넘어서 아파트 단지 안을 어슬렁거리는 수상한 사람을 보시거나 한 적도 없습니까?”

“글쎄요. 못 봤습니다. 죄송합니다.”

“경비 아저씨 몰래 단지 안으로 누군가 들어오는 건 아주 쉬운 일이겠군요.”

“그거야, 경비실도 외진 곳에 있고 해서 도둑이 맘만 먹으면…… 그 아무래도, 그 막기가 어려운…….”

“하긴 동은 세 개인데, 경비실은 하나밖에 없으니까 어쩔 수 없겠죠.”

“네. 맞습니다. 입구하고 다른 쪽에 있는 데다 계속 출입하는 사람들만을 보고 있을 수도 없는 일이고.”

조판걸은 이유현으로부터 경비 업무의 애로점을 이해해 주는 것 같은 말을 듣자 화색이 돌았다.

"순찰은 언제 돕니까?"

"매일 10시 30분부터 새벽까지 한 시간에 한 번씩 합니다. 그러니까 매시 30분에 순찰을 나가는 겁니다. 그건 저하고 교대조인 경비도 같습니다. 그래 봤자 후레쉬 들고 한 바퀴 둘러보는 거니까 5분도 안 걸리지만요."

"어젯밤 10시 30분에도 순찰을 돌았겠네요."

"물론입죠. 아무 이상이 없었어요."

"사다리는 어디서 났습니까?"

돌연한 이유현의 질문에 조판걸은 당황하는 듯 보였다.

"네. 그게, 경비실 뒤 창고에 늘 있던 거라서요."

"경비실에 사다리를 비치해 놓을 필요가 있습니까?"

"네. 필요합니다. 짧은 것 하나, 긴 것 하나, 두 개가 있습니다. 사건이 났던 날도 긴 사다리를 제가 경찰관님들한테 갖다 드렸죠."

이유현은 새삼 경비의 키를 가늠해 보았다. 160센티미터가 채 안되어 보였다. 사다리가 필수품일 수밖에 없는 이유를 납득했다.

"없어진 사다리는 없습니까?"

"네. 어제 일로 꺼림칙해서 오늘도 신경 써서 봤는데 그대로던데요."

"혹시 전날 밤 누군가 그 사다리를 슬쩍 가져갔다가 사용하고 제자리에 갖다 놓았을 가능성은 없겠습니까?"

침입자는 일단은 홈통을 타고 기어오른 것으로 보였지만 모든 가능성은 확인해 보아야 했다. 사다리를 쉽게 훔칠 수 있다면 굳이 홈통을 기어오르는 수고는 하지 않아도 된다.

"그건 좀 어려울 겁니다. 일단 경비실에 들어와서 다시 뒤쪽 창고로 가야 하니까 제가 모르긴 어렵거든요. 그래도 뭐 도둑이 훔치려고 맘만 먹으면야 제가 잠시 화장실 갔을 때라도 할 수는 있겠지만…….”

조판걸은 또다시 머리를 긁적였다. 하긴 자신 있게 대답할 수 없는 문제이기도 했다.

이유현은 이필호의 정유미에 대한 스토커 행각에 대해서 물어보았다.

“그거야 저도 알고는 있습죠. 이필호 씨는 정유미 씨 언니한테 된통 혼나기도 했는데 통 고쳐지질 않았습니다. 사람이 좀 뭐랄까, 유들유들하고 끈적한 성격이에요……. 아시죠? 하는 일이 없는지라 경비실에도 자주 놀러 왔죠. 정유미 씨한테 좀 상스러운 표현도 하더라고요. 섹시하다 뭐다 하면서 ‘저거 언젠가는 먹을 거야.’라든가 뭐 그런 말요. 그래도 입주자들끼리의 문제라 제가 상관할 수 없는 관계로다가…….”

조판걸은 이필호의 스토커 행위에 대해서도 자신이 비난받을까 봐 전전긍긍하는 것 같았다. 이유현은 그가 은근히 불쌍해져 “그럼요. 그거야 경비 아저씨가 어쩝니까. 애들도 아니고 성인들 문젠데.” 하며 위로해 주었다.

“그 아파트에서 경비 업무를 하신 지는 얼마 되셨습니까?”

“벌써 한 5년 되네요.”

“아파트도 작은데 입주자들하고도 대충 아시겠어요.”

“다 알죠. 근데 독신자들이라 정을 나누고 살거나 그렇지는 않아요. 개별 생활이지. 하도 별 나게 반대하는 사람이 많아서 반상회 같은 것도 없어요. 새로 이사 온 분들 중엔 아예 인사 안 하는 사람도 있고요."

"정유미 씨가 그 아파트에 전세 들어온 건 언제죠?"

"한 2년 됐죠, 아마."

이유현이 돌연 물었다.

"조판걸 씨는 혼자 사세요?"

조판걸은 엉겁결에 대답했다.

"그렇습니다. 상처한 지 10년 됐습죠. 애들도 다 지방으로 뿔뿔이 먹고사느라 흩어져 있고."

조판걸은 잠시 후 사건과 관계없는 그 질문이 이상하다는 것을 깨닫고는 안색이 변했다. 이유현은 겁먹은 조판걸을 위로한 후 돌려보냈다. 조판걸의 초라한 등짝은 들어올 때보다 더 굽어 있었다.

정유미는 파출부 할머니를 쓰고 있었다. 할머니는 여느 때와 다름없이 정유미의 집에 일하러 들렀다가 기겁을 했고, 곧 경찰서로 진술을 위해 불려왔다. 그녀는 조판걸이 나가는 것과 거의 엇갈리며 사무실에 들어섰다.

74세, 황금순이라는 이름의 노파는 정유미의 죽음에 놀랐는지 찌푸린 하회탈처럼 딱딱하게 표정이 굳어 있었다. 그래도 노인치고는 혈색이 좋았고 인상이 털털했다. 늘어진 가슴과 풍만한 뱃살은 나이든 캥거루를 연상시켰고, 굵은 팔뚝은 오랜 세월 노동으로 단련되어온 이력을 드러냈다. 남편과 15년 전 사별하고 자식은 모두 필리핀에 나가 있어 혼자 살고 있다고 했다.

"정유미 씨 집에서 언제부터 일하셨나요?"

이유현은 황금순을 달래는 어투로 물었다.

"한 6개월 됐나? 입주는 아니고, 오후에 출근해서 청소하고 저녁에 밥 차려 놓고 퇴근하는 식으로다가."

황금순의 목소리는 나이가 들어서인지 청명함은 없었지만, 충격적인 사건에도 불구하고 크고 씩씩했다. 육체노동자의 특징일 것이다.

"할머닌 어디서 사세요?"

"흑석동에 사글셋방이 있어요. 거기서 출퇴근하는 거죠."

"서초동까지는 꽤 먼데, 어떻게 정유미 씨 집에서 일하시게 됐어요?"

"벼룩시장 신문에서 봤어요. 파출부를 구하는데, 나이 든 할머니를 구한다고 광고를 내놓은 거야. 그래서 냉큼 가 봤지, 뭐."

"정유미 씨가 일하는 분으로 할머니를 원한다고 했다고요?"

"그렇게 적혀 있데. 난 영문을 몰라요. 그냥 월급만 주면 됐지, 이유는 내 알 바 아니고."

집안일에는 어느 정도 힘도 필요하다. 굳이 할머니를 선호하는 젊은 아가씨는 흔치 않을 것 같다. 정유미는 왜 할머니를 원했을까? 이유현은 의구심을 떨쳐 버리기 힘들었다.

"할머니가 오시기 전에는 누가 일했는지 아세요?"

"젊은 여자였어요. 한 서른 초반 됐을까."

"서른 초반의 여자라. 그런데 다음은 갑자기 할머니군요."

"아유, 요즘 젊은 여자가 뭘 한다고! 요리조리 편한 것만 찾지, 나 같은 할머니가 집안일에는 나아요. 유미 씨가 똑똑한 거야. 할머니가 더 낫다는 걸 알고 일부러 찾은 거겠지."

노파는 발끈했다. 이유현의 말이 직업인으로서의 자존심을 상하게 한 모양이었다.

"전에 일했던 분 연락처는 혹시 아세요?"

"난 몰라. 얼굴 본 적도 없고. 유미 씨 언니는 알지 몰라. 예전에 언니가 그 여자를 구해 왔다고 했으니까."

이 할머니는 더 이상 아는 바 없는 것 같았다. 이유현은 나중에 조사해 봐야겠다 생각하고 메모를 했다.

"네. 알겠습니다. 어제는 몇 시에 퇴근하셨습니까?"

"어제도 저녁 해 놓고 한 6시쯤 돌아갔지. 아마."

"정유미 씨는 집에 있었습니까?"

"아, 그야 당연하지! 집에 있어야 현관문을 열어 줄 거제."

황금순이 돌연 꾸짖듯 말하자 이유현은 머쓱해졌다. 자기 입장에서만 당연할 뿐, 그다지 당연하지 않은 일 아닌가. 짜증이 솟구친 이유현도 그만 소리를 조금 높였다.

"집안일 하시는 분이니까 현관 비밀번호를 알고 계셨을 수도 있잖아요. 그래서 묻는 겁니다."

"아, 몰랐다니까! 유미 씨가 사람을 잘 안 믿어요. 번호를 안 알려 주고는 자기가 있을 때만 집에 오래요."

노파도 만만치 않게 소리를 높였다. 이유현은 조그맣게 한숨을 쉬고는 물었다.

"그날 이야기를 더 해 보세요."

"유미 씨는 일이 일인 만큼 늦잠을 자요. 어제는 집에 있다가 4시쯤 외출해서는 내가 갈 때까지 안 돌아오더만. 헬스클럽 간다고 그랬어. 그런 날은 밥만 해 놓고 나 혼자 집에 가요."

"퇴근하실 때는 정유미 씨를 못 봤군요."

"그렇지. 현관문만 닫아 놓고 갔어요. 저절로 잠기니깐."

"확실하게 닫았습니까?"

노파는 또 눈에 쌍심지를 켰다.

"아니, 늙었다고 그 정도도 분간 못 할까 봐?"

자꾸 겪으니 노파의 격한 반응은 신경질로 여겨지기보다 욕쟁이 할머니의 욕처럼 정겹다. 이유현은 이번에는 여유 있게 빙긋 웃으며 다음 질문으로 넘어갔다.

"요즘 정유미 씨 주변에 이상한 일이나 사람은 없었습니까?"

"글쎄……."

이필호의 일을 얘기할까 말까 망설이고 있는 듯했다. 이유현이 망설임을 없애 주었다.

"아래층 이필호 씨가 따라다니지 않았습니까?"

황금순은 경찰이 이미 알고 있다면 어쩔 수 없다는 듯 한숨을 쉬었다.

"사실 그랬지. 조금 귀찮게 했어요. 은근히 주변을 어슬렁거리고. 숨어서 지켜보기도 하고. 거 왜 남자들 있잖아, 다 그런 거. 유미 씨가 하는 일도 그렇고 하니까 더 그런 생각을 품은 거지."

"그렇군요. 집으로 찾아온다든가 한 적은 없었습니까?"

"몇 번 있었지. 먹을 거 사 가지고 와 갖곤 같이 나눠 먹자고 벨을 누르기도 했는데 유미 씨가 안 열어 주데. 싫었던가 봐."

"이필호 씨 말고 정유미 씨를 평소에 따라다니거나 괴롭힌다거나 하는 사람은 혹시 없었나요?"

"없었어요. 아주 착한 처자였어. 에휴, 어느 몹쓸 놈이 그런 착한 처자를……."

억센 황금순의 눈가도 드디어 빨갛게 충혈되기 시작했다. 감정에 물들기 시작한 할머니를 상대로는 더 물어보기가 곤란했다.

"정유미 씨가 돈이 궁했다고 하던데 혹시 그런 사정은 좀 아세요?"

"돈이 궁했다고? 그런 건 잘 몰라. 나는 일하는 사람이에요. 그런 건 내가 알 수도 없고, 유미 씨가 월급 안 주거나 늦게 준 적 없으니까. 난 몰라."

황금순은 아는 게 없다는 듯 의자 등받이로 몸을 기댔다. 몇 가지 더 물어보았지만 의미 있는 정보는 더 이상 나오지 않았다. 많이 지쳐 보였다.

"네. 협조 감사합니다. 그럼 조심해 돌아가십시오."

이유현이 정중하게 마무리했다. 황금순은 늘어진 몸을 이끌고 뒤뚱거리면서 돌아갔다.

범행을 눈으로 목격한 사람은 없다. 하지만 만약 소리라면 누군가 듣지 않았을까. 소리, 특히 아파트의 소음은 위를 향한다.

생각이 거의 행동인 이유현이었다. 정유미의 위층인 304호 입주자로부터 진술을 한번 들어 보아야겠다는 생각을 한 것과, 의자에 걸쳐 둔 패딩점퍼를 집어 들고 사무실에 유일하게 남아 있던 유석태를 재촉하며 사무실을 나선 건 거의 동시였다.

H 아파트는 전날 밤의 참극이 언제 있었냐는 듯 평화로운 분위기였다. 304호의 주인은 대낮인데도 집에 있었나. 벨을 누르니 부스스한 머리에 이제 막 눈곱을 뗀 듯한 30대 중반의 남자가 빠끔히 문을 열어 주었다.

김남규라는 독신 남성이었는데, 어지간히 세상일에 관심이 없는 듯 아래층에서 어젯밤 살인사건이 있었다는 걸 알고 있으면서도 무심한 얼굴을 하고 있었다. 이유현의 방문을 귀찮아하는 기색이 역력했다.

"실례지만 하시는 일이 어떻게 되시는지요?"

"왜 나한테 그런 것까지 묻습니까? 그냥 프리랜서 정도로 해 두죠."

그는 짜증스러운 목소리로 응대했다. 탐문수사는 갈수록 쉽지 않아지고 있다. 하지만 이유현도 익히 단련된 터다. 아랑곳 않고 볼일을 밀어붙였다.

"아래층, 그러니까 204호 정유미 씨하고는 평소에 알고 지내셨습니까?"

"아뇨, 이름도 오늘 알았어요. 모르고 지냈어요. 하긴 뭐 안다면 아는 사이지만."

"안다면 아는 사이란 건 무슨 뜻입니까?"

"인터폰을 몇 번 했어요. 꼭 금요일 밤이면 음악을 크게 틀어 놔서요. 토요일, 일요일에도 자주 그러고. 인터폰 해도 그때뿐이고 한 주 지나면 또 그랬어요. 여자가 좀 그렇더라고."

김형빈은 정유미가 월요일부터 목요일까지 룸살롱에서 일했다고 했다. 정유미는 일을 나가지 않는 금요일 밤에 항상 음악을 틀어 놓고 잤던 모양이다. 토, 일 역시 멀리 여행이라도 가지 않으면 마찬가지였을 것이다. 그동안 주말마다 이 김남규라는 백수가 수면을 방해받았을 것을 생각하니 이유현은 왠지 고소해졌다.

"직접 찾아가신 적은 없으신가요?"

"아뇨. 혹시 남자라도 있으면 싸움 날 수도 있고. 트러블 생기느니 차라리 잠 좀 설치고 말자 싶었죠. 그래서 인터폰만 몇 번 했어요."

"정유미 씨는 뭐라든가요?"

"뭐, 일단 미안하다고는 그래요. 무서워서 그랬다든가. 타이머 기능 해 놨으니까 좀 있으면 꺼진다고. 대충 뭐 그런 변명하고."

"그랬군요. 어젯밤에는 어땠습니까?"

"어제도 음악 소리가 좀 들렸어요. 그냥 참았죠."

"어젯밤 11시 무렵에 혹시 아래층에서 음악 소리 말고 다른 소음 들으신 건 없습니까? 혹 다투는 소리라든가 그런 거요."

"글쎄요, 못 들었어요."

김남규의 성의 없는 즉답에 불만을 느낀 이유현의 말투가 다소 공격적으로 변했다.

"그러지 마시고 잘 한번 기억해 주십시오. 혹시 비명 소리 같은 건 없었습니까?"

김남규의 말투도 따라 싸늘해졌다.

"여기가 옛날 아파트치고 방음이 참 잘된 아파트예요. 집 안에서 웬만큼 소리 질러 가지곤 다른 집엔 안 들려요."

묘하게 신경에 거슬리는 김남규의 말투에 이유현의 목소리도 거칠어졌다.

"그럼 말이 안 되잖습니까. 아래층 음악소리가 시끄러워 방해받았나면서요. 그런데 아래층 나는 소리는 못 듣습니까?"

김남규는 더 싸늘해졌다.

"음악 소리는 아래층에서 우퍼를 달아 가지고 궁궁 울려서 괴로웠던 거예요. 우퍼 아시죠? 그건 사운드가 아니라 진동이에요. 그런 거 말고 웬만한 다른 소음은 안 들리는 아파트예요."

이유현의 말문이 막혔다. 김남규가 이어 말했다.

"어젯밤 11시쯤엔 하필 자기 전에 환기한다고 날씨는 추웠지만 베란다 창문을 한참 열어 놓고 있었어요. 그런데도 아무 소리 못 들었어요. 더 이상 아무것도 없어요."

베란다 창문까지 열어 놓았는데 아래층에서 아무 소리도 못 들었다고 하니 더 할 말이 없었다. 정유미는 침대방 안에서 비명을 질렀으니 위층 거실까지는 소리가 전달 안 된 모양이었다. 김남규는 자신이 너무 비협조적이었다 싶었는지 말을 덧붙였다.

"하도 소리를 들었냐고 물어보시니까…… 굳이 말하라면 약간 이상한 소린 있었어요."

막 탐문을 접고 돌아가려던 이유현이 귀를 쫑긋 세웠다.

"어떤 겁니까?"

"11시 좀 넘어서였던 것 같은데 아래층 유리창 쪽에서 쨍그랑하는 소리가 두어 번 베란다 창 너머로 들렸어요. 그런 것도 도움이 될지는 모르겠지만요. 하여튼 이상한 소리라면 이상한 소리였어요. 저는 거실 안쪽 부엌 식탁 위에서 글을 쓰는 버릇이 있는데, 어젯밤에 거기서 마무리 작업을 하다가 그 소리를 들었죠. 그런 소리가 분명히 아래층 쪽에서 난 것 같아요."

"쨍그랑하는 소리 말입니까?"

"네. 쇳조각이 유리에 부딪치는 듯한 소리였어요."

"그 시각이 11시 좀 넘어서인 건 확실합니까?"

"확실해요. 우리 집 시계가 고장 난 게 아닌 이상. 글 쓰다 보면 신경이 예민해지거든요. 근데 쨍그랑하는 소리가 두어 번 나니까 내가 집중이 깨져서 고개를 들고 시계를 봤거든요. 11시가 좀 지나서였어요."

김남규는 더 이상은 말하려 하지 않았다. 이유현이 관심을 가지고 캐묻자 괜히 했다는 듯한 표정을 지었다. 이유현은 어쨌든 협조에 감사하다고 적당히 마무리한 후 304호를 나왔다.

김남규의 이야기에도 별로 주목할 만한 것은 없어 보였다. 한 가지 신경이 쓰이는 건 사건이 있던 시각, 정확히는 그보다 조금 늦은 시각에 유리에 쇳조각 같은 것이 부딪치는 소리를 들었다는 부분이었다. 분명 일상의 소음치고는 조금 특이한 소리다. 그 소리가 이 사건에서 어떤 의미가 있을까?

이유현이 별 성과 없이 맥 빠져 사무실로 돌아왔을 때, 다른 강력팀 형사들이 진행한 관련자들의 알리바이 조사도 대충 마무리되어 있었다.

정유미의 배다른 언니, 정애라에 대해서는 경동시장의 사채업 사무실에서 그날 밤늦게까지 장부 정리를 위해 남아 있었다는 남자 직원의 진술이 있었고, 나머지 사람들은 모두 불명확하다는 것이었다.

사실 정애라의 알리바이란 것도 그녀가 월급을 주는 직원의 입을 통한 서라 경찰 입장에서는 무시할 만한 수준의 신빙성밖에 없는 것이었다. 결국 모두의 알리바이는 없는 것과 다름이 없었고, 알리바이로 용의자를 좁혀 가는 방법은 포기할 수밖에 없었다. 하긴 그도 그럴 것이 범행 시간인 밤 11시는 대부분 집에 있는 시간대여서 알리바이가 용이하게 증명될 시간대는 아니었다. 더 파고드는 건 수사 자원의 낭비다.

이유현이 단언했다.

"알리바이는 더 조사할 필요 없어. CCTV 자료만 있으면 돼."

정유미가 거주하던 3동 현관 바깥 위쪽에는 출입자들을 영상에 담은 CCTV 카메라가 있다. 범인은 알리바이를 조작하거나 위증을 시킬 수는 있어도 기계의 눈을 피하지는 못했을 것이다. 현대의 테크놀로지 앞에서는 고전 추리소설에 나오는 것과 같은 알리바이 조작은 의미가 없어진 것이다.

경비 조판걸은 오전에 진술했다가 다시 불려와야 했다. CCTV 화면에 비친 입주자들의 얼굴을 하나하나 확인하기 위해서였다. 비번인 날에도 쉬지 못하고 하루에 두 번이나 강력팀 사무실에 불려온 조판걸은 녹초가 되어 있었다. 사건 해결에 공을 세운다는 작은 보람도 지친 심신 앞에서는 의미가 옅어지고 있었다.

모니터 앞에 둘러앉은 형사 십여 개의 눈이 뚫어져라 지켜본 CCTV 화면 조사 결과는 다소 허무했다.

이필호: 출입 없음.

정유미: 4시에 외출해서, 7시 50분 귀가.

황금순: 2시 출근, 6시 20분 퇴근.

김형빈: 하루 종일 출입하지 않았음. 다만, 사건이 발생하고 경찰이 출동한 후인 밤 11시 25분경에 뛰어 들어옴.

조판걸, 정애라: 출입 없음, 역시 사건 후에 들어옴.

사건 관계자의 출입은 이것이 전부였다. 낯선 출입자도 몇 있었으나, 택배 배달원이었다. CCTV 화면에 따르면 범행 시간인 밤 11시에는 외부 침입자는 전혀 없었고, 3동 내에 있었던 사람은 입주자뿐이라는 것이 명백했다.

이렇게 되니 의기양양한 사람은 사건 현장에서부터 직관을 발휘, 이필호의 범행이라는 답을 내놓았던 오남형이었다. 팔을 뒤로 쭉 뻗어 기지개를 켜고는 후배 형사들을 돌아보면서 말했다.

"역시 내 감이 맞지? 외부 침입자는 없어. 범인이 될 만한 사람은 이필호밖에 없다니까."

곰곰이 무언가를 생각하고 있던 유석태가 돌연 말했다.

"서초역 CCTV도 한번 봐야 하지 않을까요? 김형빈이가 전화로 애인의 비명 소리를 듣고 급히 전철을 타고 왔다고 했는데, 하는 김에 일단은 검증해 봐야 할 것 아닙니까?"

"좋은 생각이야. 일단은 확인해 보지."

CCTV가 녹화된 CD는 금세 도착했다.

밤 11시 20분경, 서초역에 도착한 전철 차량에서 김형빈이 다급하게 뛰어나오는 모습이 포착되면서 조사는 간단하게 끝나 버렸다. 김형빈의 진술과 일치했고, 검증을 제안했던 유석태는 입맛만 다실뿐이었다.

"김형빈은 정유미를 제외하곤 204호 현관문 비밀번호를 아는 유일한 인물이었는데…… 아쉽네요."

"그쪽은 잊어. 김형빈은 현관 CCTV에 안 나왔어. 그리고 살인 당시 피해자와 통화 중이었고, 서초역에서 튀어나오는 것도 지금 봤잖아?"

오남형이 안됐다는 듯 말했다.

오후 늦게 지문 감식 결과가 도착했다. 침입자가 이필호냐, 제3의 강도냐 갈피를 못 잡고 있던 수사의 판도를 확정 지을 수 있는 내용이었다. 정유미를 찌른 송곳에서 이필호의 지문이, 이필호를 찌른 과도에서 정유미의 지문이 나왔다는 감식 결과였다.

4

이유현은 강력팀 형사들을 모았다. 책상 옆에 지금까지 밝혀진 사건의 물증과 정황과 진술을 일목요연하게 정리한 다음과 같은 차트를 내걸었다.

① 11시경 김형빈이 애인인 정유미와 통화 중 갑자기 "강도야!"라는 비명 소리를 들었다. 살인 시각은 이로써 밤 11시경으로 특정된다. 김형빈은 11시 5분경 112로 신고했다.

② 11시 15분경 현장인 H 아파트에 도착한 경찰은 3동 204호에서 집주

인 정유미와 아래층 104호 거주자인 이필호 두 명의 시체를 발견했다. 정유미는 왼쪽 목을 송곳으로 찔려, 이필호는 오른쪽 목을 날카로운 과도로 찔려 죽었다. 이필호는 평소에 정유미를 스토킹 하던 자였다.

③ 정유미를 찌른 송곳에는 이필호의 지문이 있었고, 이필호를 찌른 과도에는 정유미의 지문이 나왔다.

④ 정유미의 아파트 현관문은 닫으면 저절로 잠기는 시정장치가 되어 있었는데, 경찰의 출동 당시 잠겨 있었다. 베란다 창문은 반쯤 열려 있었으며, 창문의 걸쇠받침이 송곳 같은 것으로 구부러져 있었다. 그 침입에 사용된 송곳이 정유미를 찌른 송곳으로 추정된다.

⑤ 아래층 이필호의 104호 아파트 현관문은 열쇠로 잠그는 구식 자물쇠가 달려 있다. 출동 당시 잠겨 있었고, 베란다 창문은 닫혀 있었지만 잠겨 있지는 않았다.

⑥ 이필호의 운동화 자국이 정유미의 아파트 거실에 찍혀 있다.

⑦ 204호 베란다 아래쪽에는 뛰어내린 흔적이 발견되지 않았다.

⑧ 위층 304호 김남규는 사건이 있던 시각 별다른 소음을 듣지 못했다. 다만, 그날 밤 11시 넘어서 유리창에 쨍그랑하고 뭔가가 부딪히는 소리를 두어 번 들었다.

⑨ 알리바이는 대부분 확인이 되지 않는다. 다만 정유미의 언니 정애라는 자신의 사채 사무실에 있었다는 직원의 진술이 있으나 신빙성은 의문이다. 김형빈은 11시 20분경 서초역에서 허겁지겁 뛰어내리는 장면이 확인된다.

⑩ 3동 현관 앞 CCTV 화면상으로는 낯선 자나 이필호가 들락거린 흔적이 발견되지 않는다.

여기서 형사들이 특히 주목한 것은 마지막 항목, 즉 3동 현관 CCTV 확인 결과 외부인이나 낯선 사람의 출입이 발견되지 않는다는 점이었다. 이건 사건 당시에 3동 안에 있었던 사람은 입주자들밖에 없었다는 말이 된다.

"그렇다면 입주자들 중 누군가가, 그러니까 이필호가 유력하겠지요. 내부 계단으로 204호를 찾아가 죽인 건 아닐까요? 같은 입주자니까 정유미가 별 의심 없이 현관문을 열어 주었을 수 있고. 현관 CCTV 화면상으로는 외부인의 출입이 없으니 그 방법이 유력합니다."

말이 없던 박일경 형사가 한마디 했다. 이유현은 고개를 가로저었다.

"그렇게는 생각할 수 없어. 김형빈의 통화 녹음에서도 나오듯이 정유미는 그때 잠옷만 걸치고 자려고 침대방에 누워 있었어. 방문자를 맞이한 상태가 아니었다고. 또, 살해될 때 김형빈과 통화 중이었어. 정유미가 문을 열어 사람을 들어오게 해 놓고, 자신은 침대방에 들어가 애인과 통화한다는 건 상상할 수 없잖아. 만약 그 방문자가 이필호라면 정유미가 애초에 문을 열어 주었을 리도 없고 말이야."

"역시 침입은 외부 베란다를 통한 것일 수밖에 없겠네요. 창문에 걸쇠를 비튼 흔적도 있고."

나머지 형사들이 입을 모은 이 중간 결론에는 의견이 일치한 모양이었다.

다만 그 '베란다의 침입자'가 이필호인지 아니면 제3의 강도인지에 대하여 의견이 갈렸다. 각 진영의 대표 주자로 나선 오남형과 유석태 사이에 열띤 공방이 이루어졌다. 이유현은 한마디도 하지 않고 그들의 논쟁을 지켜보았다.

오남형을 비롯한 다수는 흉기에 찍힌 지문 감식 결과가 도착한 뒤부터는 이필호의 범행을 기정사실화하는 분위기여서 느긋했다. 그 물증의 벽에 도전하듯 유석태가 의견을 말했다.

"애인인 김형빈과의 마지막 통화 도중에 정유미는 분명히 '강도야!'라고 외쳤어요. 방에 침입한 자가 이필호였다면 그 대신 다른 말을 했을 겁니다. 피해자가 강도라고 외쳤다는 사실을 절대 무시하면 안 되겠죠.

강도는 홈통을 기어 올라가 베란다 창문 걸쇠를 송곳으로 후벼 풀고 침입했어요. 정유미한테 들키자 엉겁결에 정유미를 송곳으로 찔렀어요. 그때 평소에 정유미한테 관심이 많던 104호 이필호가 바로 위층인 204호에서 난 소란을 들은 겁니다. 그래서 위층으로 올라와서 벨을 눌렀습니다. 강도는 당황했겠지요. 밤중에 벨을 누른 걸 보면 아는 사람, 아니면 애인일 수도 있다고 생각했을 겁니다. 안 열 수 없는 거예요. 마침 안방에는 정유미가 사과를 깎은 과도가 있었죠. 강도는 인터폰 버튼을 눌러 문을 열어 주고, 그 과도를 주워 들고 현관 옆방이나 부엌 쪽에서 숨어서 기다렸어요. 그러다가 들어오는 이필호의 목을 뒤에서 칼로 콱 찌른 겁니다. 그러고는 이필호가 범행했다가 정유미한테 반격당한 것처럼 위장하려고 송곳과 과도에 서로의 지문을 묻혀 놓고 이필호의 신발을 들고서 거실 여기저기에 자국을 찍어 놓았어요. 이렇게 보면 현장의 모든 증거가 맞아 들어갑니다."

그럴듯한 가설이었다. 이필호의 범행임을 처음부터 주장해 온 최고참 오남형이 손을 휘휘 내저으며 반박에 나섰다.

"없어진 물건도 없는데? 물건 안 훔치고 사람만 죽이는 강도도 있나?"

"강도질하러 왔다가 사람까지 죽이고 보니 놀라서 그대로 내뺀 걸 수도 있죠. 아니면 꼭 강도가 아니라도 정유미에 대해서 원한을 가진 자일 수도 있고요. 어쨌든 돈을 노린 강도건 원한을 품고 왔건 그런 제3자가 침입했다는 거죠. 그걸 뭉뚱그려 강도라고 말한 겁니다."

오남형이 다시 말했다.

"분명히 정유미는 '강도야!'라고 소리를 치긴 했어. 하지만 그때는 정유미가 긴장을 풀고 잠자리에 들 시간이었어. 그때 방문을 확 열고 불청객이 침입했다면 놀란 나머지 적절한 반응을 하기 어려웠을 거야. 들어온 사람이 이필호라 하더라도 그 순간 얼마든지 '강도야!'라는 반응을 보일 수 있다고 생각해. 위급한 순간에 왜 정확한 용어를 구사하지 않았냐고 피해자한테 따질 수야 없는 노릇이잖아?

제3자가 침입한 거라면 CCTV가 설명이 안 돼. 강도가 외벽을 기어올라 베란다로 들어갔다고 해도, 나올 때는 어디로 나왔을까. CCTV에서 보면 외부인이 현관으로 출입한 게 없어. 그렇다면 침입자는 역시 베란다를 통해 나왔다는 얘기가 되는데, 베란다 아래쪽에도 뛰어내린 흔적이 없거든. 그렇다면 강도는 나가지 않았다는 건가? 말이 안 되지. 말이 되는 설명은 한 가지뿐이야. 침입자는 바로 안에 있다는 거지. 시체가 되어서. 그가 바로 이필호일 수밖에 없는 거야.

증거는 액면 그대로 해석해야 해. 지문과 발자국이 이미 나와 있잖아? 이필호가 침입해서 범행한 거야. 이필호는 그날 밤따라 정유

71

미가 못 견디게 생각났던 거지. 강제로라도 정유미를 어떻게 해 볼 심산이었을 거야. 그동안 문전박대를 수차례 겪었어. 더구나 한밤중이야. 문은 어차피 안 열어 줄 게 당연해. 그래서 베란다로 침입한 거야. 마침 정유미는 바로 위층인 데다가 2층밖에 안 되잖아. 경비가 순찰을 도는 시간도 이필호는 잘 알고 있었지. 매시 30분에 순찰을 도니까 그 한가운데인 정각 시간대를 택한 거야. 거의 정각 11시에 104호를 나와 외벽 홈통을 타고 기어 올라갔어. 송곳을 이용해 베란다 창을 열고 몰래 들어갔지. 하필 정유미는 음악을 크게 틀어 놓았고 애인하고 전화까지 하고 있었기에 불운하게도 그때까지 눈치를 못 챘어. 이필호가 갑자기 안방 문을 벌컥 열고 들어가자 전화를 하고 있던 정유미는 기겁했어. 무작정 소리를 질렀지, '강도야!' 하고. 당황한 이필호는 침입할 때 사용한 송곳으로 정유미를 찔러 버린 거야. 그러고는 허겁지겁 나오려 했어. 그런데 정유미는 목을 찔렸지만 즉사하지 않았어. 마침 방에는 사과 쟁반 위에 과도가 있었어. 마지막 힘을 짜내 과도를 들고 자신을 찌른 괴한을 쫓아 나갔어. 그러고는 현관으로 나가려는 이필호의 목을 뒤에서 찔렀어. 그러고는 자신도 힘이 다해서 쓰러졌어. 이 설명이야말로 현장 증거하고 딱 맞아떨어지잖아?"

유석태가 즉각 반박에 나섰다.

"베란다 아래쪽에 뛰어내린 흔적이 없어서 강도의 짓일 수가 없다고 하셨는데, 그것은 강도가 올라갈 때와 마찬가지로 홈통을 타고 내려왔기 때문일 겁니다.

이필호의 짓으로 보면 설명이 안 되는 것이 바로 3동 현관 앞을 비추는 CCTV입니다. 이필호는 그날 한 번도 출입한 장면이 없었어요. 즉 아파트 밖으로는 나온 일도 들어간 일도 없다는 겁니다. 설사 이필호가 홈통을 기어올랐다고 해도, 자기 집에서 나와 외벽 홈통까지 가려면 일단은 현관을 통해서 밖으로 나와야 하지 않습니까? 그런데 이필호는 현관 CCTV에 하루 종일 비치지 않았단 말이에요.

그건 즉, 이필호는 내부 계단으로 204호로 올라갔단 겁니다. 위층에서 정유미가 칼에 찔리고 비명도 질렀으니 시끄러운 소리가 낫겠죠. 그래서 계단으로 올라가 본 거예요. 건물 밖으로 나간 적이 없으니 당연히 CCTV에 안 나오죠. 외부 홈통을 기어 올라간 건 이필호가 아니라 제3자일 수밖에 없어요."

관록의 오남형은 동요하지 않았다.

"그건 이렇게 설명할 수 있을 거야. 이필호의 104호 베란다 창문이 닫혀 있긴 했지만 잠겨 있지는 않았잖아? 이필호는 204호로 기어오르려고 나올 때 현관문을 통해서가 아니라 자기 집 베란다 창문으로 나온 것 아닐까? 그래서 CCTV에 안 찍힌 거야. 베란다를 통해서 나와서 살짝 창문을 닫아 놓고 홈통을 타고 204호로 기어오른 거지."

유석태는 어이없다는 듯 목청을 높였다.

"잠깐만요, 이필호가 무슨 베란다 사이코입니까? 멀쩡한 자기 집 현관 놔두고 왜 베란다로 기어 나옵니까? 이필호는 위층이 시끄러우니깐 무슨 일이 있나 싶어 계단으로 204호까지 올라가 봤다가 살해당한 거라고 보는 게 자연스러워요."

"그것도 문제가 있어. 바로 위층 304호의 김남규는 별 다른 소리

를 못 들었다고 했잖아? 아파트 소리는 위층으로 더 많이 올라가. 김
남규는 하필 환기한다고 베란다 창문까지 열어 놓고 부엌에서 글을
쓰고 있었어. 그런데 비명 소리니 하는 소란스러운 소리는 전혀 못
들었다고 하고 있거든. 아래층 이필호가 놀라 올라와 볼 정도로 큰
소리가 났다면 위층 김남규가 못 들었을 리가 없잖아?"

"쨍그랑하는 소리를 들었다잖습니까?"

"그게 살인하는 소리겠어? 또, 위층에서 쨍그랑하는 소리 정도가
났다고 해서 올라와 보겠어? 어쨌든 김남규의 얘기를 믿는다면 범
행을 할 때 이필호가 들을 만큼의 큰 소리는 안 났다는 얘기야. 즉
이필호가 위층 소음을 듣고 올라올 일도 없다는 거지. 제3자의 침입
이라고 생각하니까 그런 괴이한 부분이 생기는 거야. 이필호가 침입
해서 찔렀다고 하면 그런 것들이 다 설명이 돼."

오남형은 잠시 쉰 후 재차 말을 이었다.

"더 큰 문제는 이거야. 자네는 강도가 이필호를 살해한 다음 이필
호를 침입자로 위장하려고 발자국을 찍었다고 하는데, 그 점도 이상
해. 강도한테는 이필호가 처음 보는 사람일 텐데, 도대체 어떻게 침
입자인 것처럼 위장하려는 발상을 할 수 있을까? 이필호가 정유미
의 남편이나 애인이라면 신발 자국을 남겨 침입자로 위장하는 건 전
혀 이치에 닿지 않잖아. 당장 위장공작이 들통 날 건데. 이필호가 정
유미한테 낯선 사람인지, 아니면 친구인지, 애인인지 알 수 없는 강
도로서는 이필호가 침입한 것으로 위장해도 좋을지 어떨지의 판단
도 할 수 없단 말이야. 그 발자국은 강도의 위장이 아니라 처음부터
이필호 본인이 침입해서 찍힌 것으로 보는 게 맞아."

둘의 의견은 팽팽하게 대립했고 양쪽이 다 그럴듯하면서도 애매한 점이 있었다. 다른 형사들은 둘을 번갈아 보며 나름의 계산을 하고 있었다. 이유현 역시 팔짱을 낀 채 아무 말 없이 듣고만 있었다.

이때 박일경이 불쑥 끼어들어 유석태를 향해 말했다.

"3동 현관 CCTV에 이필호가 비치지 않은 점에 관해선데, 이필호가 당일 3동 밖으로 나오지 않은 게 아니라 처음부터 바깥에 있었던 건 아닐까?"

일제히 그에게 시선이 집중되었다.

"그 전날 외출했다가 사건 당일 밤에 들어오면서 집에 들르지 않고 바로 홈통을 기어올라 204호로 침입한 건 아닐까 하는 거야. 그렇게 보면 현관으로 출입을 안 했으니 사건 당일에는 현관 CCTV에 모습이 비치지 않는 것이 설명이 되잖아."

박일경은 이필호의 범행을 전제로 새로운 가능성을 제시해 왔다. 그의 말대로라면 이필호가 집에 있다가 베란다 창문을 열고 밖으로 나가 홈통을 기어올랐다는 어색한 부분이 해결이 된다. 잠시의 침묵이 흘렀으나, 제3자 범인설의 유석태가 가만있을 리 없었다.

"그럴듯하기는 하지만 이필호의 옷차림을 설명하는 게 곤란해요. 이필호는 사망 당시에 얇은 트레이닝복 차림이었어요. 누가 봐도 실내에 있던 사람의 옷차림이었죠. 그날은 특히나 갑자기 추워진 날이었어요. 그런 차림으로 이틀이나 바깥에서 돌아다닐 수는 없습니다. 또 이틀이나 바깥에서 지냈다면 최소한의 돈이 필요했을 텐데 이필호한테서는 지갑도, 잔돈도 발견되지 않았잖아요?"

강력한 반박에 박일경의 모처럼의 참신한 발상은 일축될 위기에 처했다. 박일경은 힘없는 저항을 해 보았다.

"지갑 문제라면, 강도가 범행 후에 가져간 걸 수도 있지."

"그건 모순이죠. 지금 형님이 이필호가 외박했다가 들어오면서 204호로 기어오른 걸지도 모른다고 한 건 제3자의 범죄가 아니라 이필호가 침입해서 범행을 했다는 이야기인 건데, 이제는 다시 또 제3자가 이필호의 지갑을 가져갔다고 설명하는 건 완전히 앞뒤가 안 맞잖아요."

박일경은 무안해져 입을 닫았다.

형사들 사이에 격론이 벌어졌지만 현재로서는 양쪽의 가설에 조금씩 구멍이 있는 만큼 견해 차이는 쉽게 좁혀지지 않았다.

이유현은 심사숙고했다. 이필호가 침입해 살인을 했고 자신도 반격당해 죽었다고 하는 견해는 확실히 구미가 당겼다. 약간 미비한 점은 있지만, 이필호가 남의 집에서 죽어 있는 현장 상황, 흉기의 지문, 베란다 상태가 설명이 되고, 이필호의 평소 행태 같은 것에도 부합이 된다.

하지만 마음이 편치 않았다. 여기서 그 결론을 채택한다면 수사는 종결되겠지만, 만약 아닐 경우에는 진범을 완전히 놓치는 실책으로 이어진다. 적어도 현 단계에서 이필호 범인설로 종결짓기는 위험했다.

결국 이유현은 신중 노선을 택했다.

"지문이나 발자국 같은 현장 상황으로 보면 이필호의 범행일 가능성이 있습니다. 하지만 미심쩍은 부분도 분명히 있습니다. 제3의 범인이 있다는 석태 의견도 일리가 있고요. 일단은 제3의 범인이 있을 가능성을 두고 수사를 해 봅시다. 결론은 그 뒤에 내려도 늦지 않습니다. 내일부터 식태하고 나는 피해자들의 주변을 탐문해서 원한 관계나 남자관계 쪽을 조사해 볼 테니까, 나머지 분들은 동일 수법 전과자나 인근 불량배의 탐문수사에 돌입해 주십시오. 한번 뛰어 봅시다."

양쪽의 의견을 타협한 이유현의 방침에 이의를 제기하는 형사는 없었다.

5

피해자 주변 탐문은 정유미 위주로 진행될 수밖에 없었다. 피해자는 정유미와 이필호, 둘이지만 범행 장소가 일단 정유미의 집이고, 이필호는 정유미를 죽인 가해자로 의심될 뿐만 아니라 딱히 하는 일이 없는 자여서 슈퍼마켓, 미용실 등의 동네 사람과 피상적인 인간관계를 맺은 것 외에는 사회와의 연결점이 거의 전무한 탓이었다.

가장 먼저 떠오른 대상은 정유미가 일하는 룸살롱 '엘라가발루스'의 동료들이었다. 정유미의 실제 성격과 주변을 알기에는 남자친구보다는 직장 동료가 적격이 아닐까. 가게의 지배인은 강력팀 형사의 전화를 받자 깜짝 놀랐으나 곧 사정을 이해하고 아가씨를 관리하던 마담 류경아의 연락처를 가르쳐 주었다.

대낮엔 출근 전이라 집으로 찾아가야 했다. 류경아 역시 서초동 소재 아파트에서 살고 있어 경찰서에서도, 정유미의 집에서도 그리 멀지 않았다.

류경아는 혼자 사는 자신의 아파트에서 이유현과 유석태 일행을 따뜻한 웃음으로 맞이했다. 노력에 비해 성과가 없어 마음으로 지쳐 가던 이유현에게는 그런 친절의 허상이나마 위로가 되었다.

집 안에 발을 들이민 이유현은 경악했다. 40평에 육박하는 넓이. 블랙과 화이트가 절묘하게 융합된 인테리어 톤은 차분하고 고급스러운 느낌을 전해 주었다. 거실 벽면을 가득 채운 고급 AV시스템, 아르누보 공예품 같은 크리스털 샹들리에, 군데군데 덧댄 대리석과 원목 몰딩, 앉으면 그대로 빨려 들어갈 듯한 가죽 소파, 홈 바, 에스프레소 머신, 와인 냉장고……. 기물은 잘 닦여 번쩍번쩍했다. 베란다 쪽으로는 골프 퍼팅기도 보였다. 집 안에 있는 것보다 없는 걸 세는 게 빠를 것 같았다. 이유현은 실례를 무릅쓰고 방문을 일일이 열어 보고 싶었다. 저 방문을 열면 어떤 신세계가 펼쳐질까 궁금했다. 류경아의 돈, 아니 스폰서의 돈과 상류사회를 엿보고 살던 그녀의 센스가 만나 이런 별천지를 창조했을 것이다. 이유현은 헛소리를 하고 말았다.

"경아 씨라고 해서 「별들의 고향」의 불쌍한 오경아를 떠올렸는데 21세기 경아는 다르군요. 럭셔리의 극치입니다."

"어머, 형사님같이 젊은 분이 오경아를 아세요? 호호, 「별들의 고향」의 경아에서 따온 가명 아니냐고 다들 그러긴 하세요. 하지만 본명이에요."

30세를 갓 넘은 그녀의 미모는 트레이닝복 차림에 화장을 하지 않았어도 충분히 돋보였다. 강남 굴지의 룸살롱 마담이라는 직업은 다른 거친 참고인들과는 또 다른 긴장감을 유발시켰고, 이유현은 「원초적 본능」에서의 수사관과 샤론 스톤의 만남 같은 장면을 예상했지만 그녀는 미인 특유의 노노함이 없이 처음부터 스스로 자세를 낮추었다. 때문에 오히려 대단한 수완가라는 생각도 들었다. 정유미의 죽음에 대해 애도를 표하는 몇 마디가 오고 갔다.

"정유미 씨는 어떤 사람이었나요?"

"유미는 너무 착했어요. 유미를 미워하는 사람은 없었죠."

류경아는 양손으로 우아하게 뜨거운 찻잔을 감싸 쥐었다. 거실 어딘가에서는 이유현이 알지 못하는 클래식 음악이 가늘게 흘러나왔다.

"시원시원하고 화통한 성격이었다는 사람도 있던데요."

"그런 면도 있었죠. 밝은 성격이었어요."

"정유미 씨한테 원한을 품을 만한 사람은 없을까요?"

"제가 아는 한은 없어요."

"그래도 가게에서 특별히 사이가 나빴다거나 하는 아가씨는……."

"없었어요."

류경아는 잘라 말했다. 화사하게 웃으면서도 입으로는 단답형 대답만을 내뱉는 통에 이유현은 슬슬 짜증이 밀려오기 시작했다.

"김형빈 씨 아시죠?"

"네, 알아요. 가게에 자주 오니까. 유미를 출퇴근도 시켜 주고."

"둘 사이는 어땠습니까?"

"좋았어요. 잘 어울렸고. 최고의 커플이었죠."

"손님 중에서 정유미 씨한테 집착하는 사람은 없었습니까?"

"없었어요. 저희 가게 손님 중에 아가씨한테 반해서 지분지분 쫓아다니는 그런 분은 없답니다. 저희는 쿨하고 매너 좋은 분들만 손님으로 받아요."

찻잔의 뜨거운 김을 불어 내듯이 류경아의 입으로부터 술술 대답이 흘러나왔다. 마치 미리 연습된 대사처럼. 이유현은 멈칫했다. 지금까지 내가 얻은 답변이 뭐지? 회의가 들었다. 질문 그 자체뿐이었다. 옆 자리의 유석태를 돌아보았더니 그 역시 마찬가지인 모양이었다. 아무 알맹이 없는 답변으로 일관하는 류경아의 태도에 한숨이 나왔다.

이유현은 곧 깨달았다. 이것이 이 마담이 밤의 세계에서 갈고 닦은 대화법이자 생존술이라는 것을. 자신이 데리고 있던 정유미의 원한을 풀어 주기 위해 수사에 협조하려 기억을 짜내는 인간적인 노력은 조금도 비치지 않았다. 무작정 누구든지 좋게만 말해 주고, 귀찮아질 만한 일은 '모른다'로 일관한다. 성가신 일을 미연에 차단하려는 생각뿐이다. 형사에 대한 그녀의 친절은 자기방어 이상의 의미는 없었고, 수사에는 전혀 쓸모가 없었다.

이유현은 처세술의 극한에 도달한 이 마담에게서 사건에 도움이 될 만한 정보를 얻어 내는 것은 포기해야 했다. 류경아로부터 얻어 낼 수 있는 정보는 뽀샤시한 화장술이나 실용 골프 퍼팅 기술 정도에 불과할 것이다.

"정유미 씨가 돈을 많이 써서 궁했다고 하던데요."

"왜 그랬을까? 그건 잘 모르겠네요. 전 동생들 가게 일 말고는 관여 안 해요. 사생활에는 관심도 없고, 알려 하지도 않아요."

사건에 얽히고 싶어 하지 않는 류경아의 마음이 역력히 느껴졌다.

이유현은 에라 하는 심정으로 건드려 보았다.

"혹시 돈으로 얽혀 있었던 상대는 바로 류경아 씨 아닙니까? 류경아 씨가 정유미 씨한테서 큰돈을 빌렸다든가."

이유현은 '큰돈' 얘기를 하면서 짐짓 집 안의 값비싼 기물들로 시선을 보냈다. 류경아는 찻잔을 조용히 테이블 위에 내려놓고 가지런히 두 손을 모았다. 표정의 변화는 없었지만 자신이 얽힐 것 같은 말이 나오자 모처럼 진지한 반응이 나왔다.

"전 동생들하고 돈 거래는 안 해요. 돈이라면 빌려주실 분들 많이 계세요."

이유현은 수긍할 수밖에 없었다. 류경아에게 돈을 빌려주기 위해 기름진 얼굴을 한 나이 든 남자들이 순번표를 받고 기다리고 있지 않을까? 이유현은 은근슬쩍 질문을 바꾸었다.

"정유미 씨를 쫓아다니는 스토커가 있었습니다. 아래층에 사는 독신 남성이었죠. 혹시 들은 바 있으십니까?"

"어머, 그랬나요? 전혀 몰랐어요. 그런 일은 우리 애들한테 종종 있어요. 예쁜 꽃에는 자연히 나비가 따르는 법이죠."

류경아는 별일 아니란 듯 말했다. 정유미는 가게에서 이필호의 이야기는 하지 않았었나.

"가게에서 정유미 씨하고 평소에 제일 친했던 사람은 누구죠?"

"명세인이라고 있어요. 동생뻘인데 유미를 언니, 언니 하면서 잘 따랐죠. 걔가 저보단 유미에 대해서 잘 알 거예요."

류경아는 얼씨구나 하고 명세인에게 진술의 책임을 떠넘겼다. 이유현과 유석태는 명세인의 연락처와 주소만을 받아 적은 채 씁쓸하게 물러 나왔다.

명세인의 집은 논현동의 자그마한 다세대주택 1층이었다. 친구와 둘이 지내고 있었는데, 그 친구는 다른 업소에 나가는 모양이었다. 그녀는 토끼 인형처럼 귀엽게 생긴 스물두 살의 여대생이자 휴학생이었다. 류경아보다는 덜 성숙했고 매너도 서툴렀지만, 그녀에게서는 다행히 '감정'이 보였다.

정유미의 죽음을 알고 이미 많이 울었던 듯 형사들을 맞이한 그녀의 눈은 빨갛게 충혈되어 있었고, 머리는 푸석했다. 이유현은 그녀의 여린 모습에 제대로 진술을 할 수 있을까 우려했지만 문답이 시작되자 솔직하고 똑 부러진 모습을 보였다.

"정유미 씨는 어떤 분이었어요?"

"언니는 다들 부러워하는 여자였어요."

"어떤 점에서요?"

"가게에서는 뭐, 잘나가면 제일 부럽죠. 예쁜 데다가 성격이 쿨해서 손님들 사이에서도 특히 인기가 높았어요. 인기는 곧 돈이거든요. 2차 안 나가고도 팁만으로 수입이 엄청났어요. 언니가 쉽지 않으니까 돈 많은 손님들은 더 몸이 달아 가지고 돈 갖다 바치고. 그랬어요."

"일종의 선순환이군요."

"뭐 그렇게 불러도 되겠죠. 그런 건 아무나 되는 건 아닌가 봐요. 어떤 애들은 깜냥도 안 되는데 팅기다가 손님 완전 끊기기도 하고. 유미 언니나 되니까 그런 게 먹히는 거죠."

"손님 중에서 정유미 씨한테 심하게 치근덕대거나 쫓아다닌 사람도 있었을 것 같은데."

"글쎄요……. 제가 알기론 없어요. 유미 언니가 그런 여지는 없게끔 딱 잘라 행동했거든요. 손님들도 다 프라이드가 있으니까. 솔직히 돈 줘도 2차 안 나가겠다 그러면 돈 더 준다 그래 보고, 그래도 안 나가겠다 그러면 관두는 거죠. 기를 쓰고 어떻게 해 보겠다고 그러는 건…… 없었어요."

"정유미 씨의 인기가 대단했군요. 그래서 월요일부터 목요일까지만 출근하고 나머진 쉬어도 벌이는 충분했겠군요."

"출근을 그렇게 한 것도 언니가 다 인기가 있으니까 가능한 거였죠."

"어째서요?"

"저나 다른 아가씨들은 결석하면 소위 '결근비'로 수십만 원씩을 마담 언니한테 내야 하거든요. 근데 유미 언니는 아예 출근 일수를 줄이겠다면서 마담 언니하고 담판을 했어요. 인기를 등에 업고 큰소리친 거죠. 결국에는 일주일에 네 번만 출근하는 특혜를 얻어 냈어요."

이유현은 핏물 속에서 피어오른 한 떨기 장미 같던 정유미의 얼굴을 떠올렸다. '여자의 미모는 권력이다.'라는 말이 실감되었다. 하지만 마담으로부터 얻어 낸 금요일 밤의 휴식 중에 정유미는 살해당해 버렸다.

"김형빈 씨를 아시죠?"

"그럼요. 유미 언니 매일 출퇴근시켜 주고, 우리가 얼마나 부러워했는데요."

"김형빈이 남자친구인 걸 부러워했다고요?"

"형빈 오빠는 잘생긴 것도 잘생긴 거지만, 너무너무 사람이 담백하고 매너가 좋아요. 우리가 바라는 남자친구의 모든 걸 갖춘 오빠예요."

"그 정도로 인기가 있었나요? 돈이 별로 없어 보이던데."

"돈만을 바란다면 쉬워요. 솔직히 돈 대줄 남자들 천지예요. 하지만 그게 그냥이겠어요? 결국은 몸을 대가로 줘야죠. 거기 오는 남자들 돈 있고 지위 높아 봤자 다 똑같아요. 우릴 섹스 상대로밖에 생각 안 해요. 성 인형이나 장난감인 거죠. 지금 벌이로도 충분한데 돈 몇 푼에 그런 건 싫거든요. 그런 데에 워낙 질려 놓으니까 간혹 매너 좋고 담백한 남자들을 보면 호감을 갖게 되는 게 우리 생리예요. 플라토닉러브에 대한 동경이랄까요."

거침없는 표현에 듣고 있던 이유현이 뜨끔할 정도였다.

"형빈 오빠는 돈은 없지만 그런 남자였어요. 여자들한테 침 흘리고 다니는 남자들하곤 질적으로 달랐어요. 그렇게 꽃미남이면서 다른 여자들한테는 관심을 안 뒀어요. 유미 언니는 형빈 오빠를 자기 매니저라고 그랬어요."

"매니저요? 김형빈이는 애인이라면서요."

"장난 삼아 그렇게 불렀어요. 우리 매니저, 매니저 오빠 하면서. 형빈 오빠도 그런 호칭을 은근히 좋아했고요. 언니는 그런 꽃미남을 매니저로 두고서 자기가 스타가 된 것 같은 기분을 내려 했던가 봐요. 그래서 유미 언니는 더 부러움을 샀죠."

물론 그 부러움은 가장 좋은 경우의 표현이고 그 본모습은 여자,

아니 인류의 영원한 적, 질투였을 것이다.

"그렇게 부러워하나 보면 성유미 씨를 질투하거나 미워하게 될 수도 있지 않겠습니까? 혹 그런 일은 없었는지?"

명세인은 5초 정도 생각하다가 머리를 흔들었다.

"없었을 거예요. 뭐 속으론 부글부글하는 애들도 있었을지도 모르지만 그것까진 제가 알 수 없고요. 하여간 유미 언니 성격이 화통한 편이라 이쪽에서 이를 갈아 봤자 잘 안 먹혔어요. 그러니 겉으로 내놓고 으르렁대는 애들은 없었어요."

역시 수확이 없다.

"정유미 씨를 쫓아다니거나 귀찮게 하는 남자는 혹시 없었나요?"

"별로…… 언니가 휴대폰 번호 같은 것도 손님한테 안 가르쳐 주고 평소에 처신을 잘했어요. 형빈 오빠가 있으니까 더 조심한 거죠."

"그렇군요. 손님들하곤 선을 확실히 그었군요. 그럼 혹시 이필호라는 사람 이야기는 하던가요? 정유미 씨가 스토킹을 당했다거나 하는 이야기."

"이필호요? 이름은 모르겠고 아래층 이상한 남자가 쫓아다닌다는 이야기를 하면서 웃은 적은 몇 번 있었어요."

류경아한테만 이야기하지 않았던 모양이다. 마담에 대한 자존심이었을까.

"류경아 씨는 모르는 이야기라던데요?"

"마담 언니는 몰랐을 거예요. 유미 언니가 우스운 이야깃거리 정도로 저한테 가볍게 얘기한 거니까요. 그런 것도 참 대단해 보였어요. 저 같으면 무서워서 벌벌 떨 텐데."

"정유미 씨는 이필호를 전혀 겁내지 않았던 모양이군요. 오히려 김형빈 씨가 걱정돼서 현관 자물쇠를 바꿔 주었다던데."

"맞아요. 만만하게 봤던 것 같아요. 형빈 오빠가 현관에 번호 키를 달아 주었다기에 제가 놀랐죠. 언니 기억력도 나쁜데 여섯 자리나 되는 비밀번호 까먹으면 어떡하냐고. 그랬더니 절대 안 까먹는다며 깔깔 웃었어요. '내가 비밀번호야.' 하면서."

"자신이 비밀번호란 건 무슨 이야깁니까?"

"몰라요. 언니하고 형빈 오빠 둘만 아는 번호니까 사연이 있겠죠, 뭐."

돌아가기 전 이유현은 마지막 질문을 했다.

"정유미 씨가 죽던 날 가게 마담하고 아가씨들은 모두 정상적으로 일했죠?"

"그럼요. 금요일 밤이 대목인데. 다음 날 새벽 4시 넘어서야 끝났어요."

형식적인 알리바이 질문이지만, 이유현은 명세인에게 왠지 미안해졌다.

결국 정유미는 남자관계가 투명했고, 호감형 성격에 겉으로 드러난 갈등 관계도 없었다는 게 류경아와 명세인의 공통된 증언이었다. 명세인의 얘기를 들어 보니 류경아도 귀찮아질까 봐 대충 둘러대기만 한 건 아닌 듯했다. 역시 다른 원한이나 치정이 없다면, 스토커의 집착에 의한 살인일까. 하지만 벌써 두 손을 털고 나올 순 없었다.

정유미와 가장 가까웠던 김형빈은 역시 남들이 모르는 더 깊은 사정을 알고 있지 않을까. 그녀의 인간관계에 대해 심층 질문을 해 볼 필요가 있었다.

김형빈의 집은 잠실 석촌호수 근처의 조그만 아파트였다. 하는 일이 없는 김형빈은 대낮인데도 집에 있었다. 이유현의 전화를 받는 목소리가 잠겨 있었다. 그나마 정유미를 출퇴근시켜 주는 일도 없어졌으니 식물처럼 집에만 틀어박혀 있는 모양이었다.

초겨울로 들어서서 매워진 호숫가 바람을 뺨에 맞으며 이유현과 유석태는 김형빈의 집 안으로 들어갔다. 김형빈은 역력한 억지웃음을 지으며 이유현 일행을 맞이했다. 음료를 대접하려는 그를 극구 말린 다음 이유현은 편안한 대화를 끌어내고자 의자에 대충 걸터앉았다.

"요즘 어떻게 지내세요?"

"그냥 이것저것 일 좀 알아보고 있습니다."

"취직하실 건가요?"

"……네. 아무튼 곧 일 시작해야죠. 요즘은 유미가 죽고 나서 아무 정신이 없었어요."

이유현은 집 안을 휘이 둘러보며 말했다.

"그래도 집 안이 참 깨끗하네요. 정리정돈도 잘되어 있고."

"요즘엔 가끔 어머니가 들러서 청소나 빨래 같은 집안일을 해 주시고 갑니다. 지금 제 사정을 아시니까."

"어머니가 가까이 계시나요?"

"가깝지는 않아요. 연신내에서 혼자 사세요. 제가 돌봐 드려야 하는데 유미도 여기 근처고, 일도 강남 쪽이 많고 해서 제가 이쪽으로 나와 살고 있었습니다. 빨리 제가 정신 차려야죠. 같은 서울이래도 연신내하고 여기는 너무 머니까. 어머니가 저 때문에 고생이 많으세요."

이유현은 본론으로 들어갔다.

"정유미 씨가 혹 이필호 말고 다른 남자 문제로 속을 썩은 일은 없었을까요?"

"남자 문제요?"

김형빈은 의외의 질문이라는 듯 눈을 크게 떴다.

"전혀요. 유미는 이 남자 저 남자 정을 흘리고 다니는 그런 여자가 아니었어요. 열정이 있는 여자였어요. 한번 빠지면 다른 건 돌아보지 않았어요."

"그 대상이 김형빈 씨란 거군요."

김형빈은 얼굴을 붉혔다.

"네. 저한테 어떤 여자보다도 정성을 보여 줬어요. 제 주위에 여자는 많았지만 그냥 외모만 보고 잠깐 관심을 가져 보는 애들이었지, 유미만큼 진심으로 대해 주는 여자는 없었어요."

"꽤 순수한 분이셨던 모양이군요."

김형빈의 눈가에 그리움의 빛이 피어올랐다.

"네. 맞아요. 죽더라도 오빠하고 딱 2년만이라도 같이 살아 보고 싶다는 말까지 했었어요. 그런 말이 씨가 되어 버린 건지……. 하는 일 때문에 세상 사람들이 선입견을 갖고 보는 거죠. 솔직히 저도 처음에는 가볍게 만났습니다. 그런데 유미는 정열적이면서 솔직했어요. 백마 탄 왕자를 흰색 페라리 탄 남자로 생각하는 여자들하곤 달랐어요. 별 볼일 없는 저를 왕자 대접 해 줬어요. 유미는 제가 최고라고 늘 치켜세웠죠. 유미가 열정을 보여 주니까 저까지 같이 뜨거워졌죠."

말하면서 김형빈의 볼이 더욱 상기되었다. 이유현은 자신이 경험해 보지 못한 남녀의 애정 세계를 엿본 것 같아 머쓱해졌다. 나이는 어려도 감성에 있어 이유현과 별반 다를 것 없는 유석태도 적절한 반응을 찾지 못하고 그저 주먹을 쥐었다 폈다 할 뿐이었다. 이유현은 화제를 바꾸었다.

"남자 문제가 아니더라도 정유미 씨 주변에 미움을 품을 만한 사람은 없었습니까?"

김형빈은 물어본 이유현이 민망할 만큼 고개를 크게 가로저었다.

"아뇨. 제가 남자친구여서가 아니라, 유미는 적을 만드는 성격이 아니었어요. 같은 말을 해도 밉상인 사람이 있지만, 유미는 반대로 거친 말을 해도 밉지가 않은 애였어요. 사람 사는 일이니까 유미한테 잠시 화가 날 수야 있겠지만 유미를 그렇게 깊숙이 미워할 만한 일은 있을 수 없었다고 생각합니다."

"물론 애인이셨으니까 좋은 기억만 남았겠지요. 그래도 지금 상황에서 주위 원한 관계 같은 건 범인을 잡는 데 아주 중요합니다. 해결을 위해서라도 한 번 더 생각해 보시고 솔직한 말씀을 부탁드립니다."

옆에서 유석태가 거들었다.

"아무리 생각해도 제가 아는 한은 없어요."

김형빈도 오히려 없어서 안타깝다는 표정을 지었다.

"정유미 씨는 6개월 전에 파출부를 바꾸었죠? 젊은 분에서 지금의 할머니로."

"네⋯⋯. 그런데요, 그게 왜요?"

"혹시 그 경위에 대해서 아시는 바 있습니까?"

"모르겠어요. 그건 유미 사정일 테죠."

"예전 여자분은 어떤 분이셨나요?"

김형빈은 고개를 사선으로 꼬았다.

"……글쎄요. 잘 몰라요. 유미는 인혜 언니라고 불렀는데. 나이는 한 서른 초반쯤이고, 외모도 꽤 예뻤던 걸로 기억납니다. 왜 저렇게 젊은 분이 가사 도우미를 할까 했는데 남편을 여의고 힘드니까 이것저것 하는 중이라더군요."

"혹시 그분 연락처 아세요?"

"전혀요, 제가 알 일이 없죠. 아마 유미 언니는 알 거예요. 언니 소개로 일하게 되었다고 했으니까."

"정애라 씨가 소개했군요."

"네."

김형빈은 귀찮은 듯 짧게 대답했다.

김형빈의 집을 나온 이유현과 유석태는 경동시장으로 향했다. 시장 초입 허름한 붉은색 건물의 간판도 제대로 없는 조그만 2층 방이 정애라의 사무실이었다. 문을 열고 들어가니 사무실 안에서 훈훈한 기운이 뻗쳐 왔다. 키 작은 전기스토브가 책상 옆에서 빨갛게 달아올라 있었다. 정애라는 전화기에 대고 얘기하는 중이었다. 들리는 단어로 보아 채무자를 닦달하는 모양이었다. 남자 한 명을 직원으로 두고 있다고 했는데, 서른쯤 되어 보이는 그는 차 키가 들어 있는 열쇠 뭉치를 테이블에 올려놓은 채 항공점퍼를 걸치고 소파에서 신문을 뒤적거리고 있었다.

성애라는 "그건 됐고, 이따가 얘기해요." 하고는 전화를 끊었다. 사채업이 아니라 소매 금융이라 떵떵거렸지만, 빚 독촉하는 모습을 형사들에게 보여 주기는 쩝쩝했을 것이다. 정애라는 걸걸한 목소리로 맞이했다.

"범인 잡았어요? 아래층 그 녀석이 한 짓 맞죠?"

"죄송하지만, 아직 수사 중입니다. 최선을 다하고 있습니다."

이유현과 유석태는 책상 앞 낡은 소파에 적당히 나누어 앉았다.

"그 녀석 짓이 아니에요?"

"그것도 알 수 없고요. 좀 더 수사를 해 봐야 해요."

"그래요? 여긴 왜 오셨어요, 근데."

정애라는 미심쩍은 눈길을 보냈다. 이유현은 솔직히 털어놓았다.

"정유미 씨 주변의 남자관계나 인간관계를 좀 알아보려고요. 혹시 정유미 씨한테 남자는 없었는지, 앙심을 품은 사람은 또 없었는지 알아보러 왔습니다."

"글쎄요, 퍼뜩 생각나는 사람은 없는데……."

정애라는 책상에 앉은 채 볼펜을 북북 그어 댔다.

"유미가 성격이 괜찮아요. 걔 미워할 사람 별로 없는데."

"김형빈 말고 남자는 없었을까요?"

"아마 없었을걸요? 모르겠어요, 유미는 나한테 남자 이야기는 별로 안 했어요. 형빈이 얘기도 간간이 하는 정도였으니깐. 언니라고 해도 나이 차가 나니까 좀 구닥다리 취급을 했지요. 고 깜찍한 게. 하긴 나도 남자 문제는 잘 모르기도 하고. 나 만나면 늘 돈 얘기만 실컷 했어요."

"그러고 보니 지난번에도 정유미 씨가 돈이 궁했다는 말을 했죠?"

"앓는 소릴 하기에 내가 틈틈이 좀 빌려줬죠."

"얼마를 빌려주셨는데요?"

"많게는 한 2천씩 빌릴 때도 있었고, 그건 딱 한 번이었고요. 보통은 2, 3백 정도씩이었어요. 다 합쳐서 3천이 조금 넘어요."

"용도는 뭐라고 하던가요?"

"용도는 잘 얘기 안 해요. 내 입장에서도 그건 중요한 건 아니고요. 갚을 수 있냐, 없냐 그게 중요한 거지. 이자는 달랑 2부밖에 안받았어요. 그래도 동생인데."

역시 그녀는 프로페셔널이다. 정유미가 동생이어서가 아니라 탄탄한 변제 능력이 있어서 빌려주었다는 얘기다.

"그래 그 돈은 지금 다 갚았나요?"

"아뇨, 대부분 그대로 남아 있어요. 이번에 유미 아파트 보증금 뺄때 거기서 떼어 와야지. 차용증은 다 있으니까."

정애라는 대담한 몸짓으로 장부를 툭툭 두드렸다.

이유현이 물었다.

"정유미 씨 예전 파출부를 정애라 씨가 소개했다면서요."

"네? 맞긴 맞는데 그건 왜요? 송인혜라고 시장에서 건너건너 아는동생이에요."

"주변 조사 중 하나입니다. 일을 상당히 잘했다고 하던데 왜 할머니로 바꾸었나 싶어서요."

"글쎄요. 뭔가 실수라도 했나? 모르겠어요."

송인혜가 남편을 잃고 고생하는 사정이 딱해 보여서 마침 파출부를 구하던 동생한테 연결시켜 주었다고 했다. 유석태는 연락처를 수첩에 받아 적었다.

이유현은 유석태에게 눈짓을 보냈다. 알리바이 질문을 하라는 신호였다. 의심하는 거냐며 딱딱거리던 정애라에게 한 번 데었던 이유현이 슬쩍 유석태에게 질문을 넘겨 버린 것이었다. 정애라의 성질머리를 알지 못하는 유석태는 서슴없이 질문했다.

"사건 당일에는 밤까지 여기서 남아 일하셨다고 했는데, 이 사무실에 과연 그럴 만큼 일이 있나요?"

역시나 정애라의 눈에 즉각 쌍심지가 켜졌다.

"이보세요, 형사님. 지금 뭐 하자는 거예요?"

"알리바이 확인 좀 하려고요."

태연하게 말하는 유석태는 아직 깨닫지 못하고 있었다.

"날 의심하는 거야? 그렇게도 할 일이 없어요?"

정애라가 팽팽하게 소리를 높였다. 유석태는 갑작스러운 포격에 당황했다.

"아니, 그게 아니라 원래 그냥 조사하는 거라서……."

"그럼, 여기 있는 미스터 김한테 물어봐요! 미스터 김, 얘기해 드려!"

서슬이 퍼런 정애라의 눈길에 미스터 김이라 불린 덩치 큰 남자는 찔끔하더니 보던 신문을 내려놓고 나지막한 목소리로 말했다.

"그날 여기서 장부 정리했던 거 맞아요. 한 달에 한 번씩은 차용증, 영수증하고 장부를 대조하느라 그래요."

정애라는 그의 말이 채 끝나기도 전에 유석태를 향해 빳빳이 고개를 들고 소리쳤다.

"들었죠? 자, 이젠 어서 범인이나 잡으러 나가시죠. 어서요. 어서. 아님 뭐 나한테 관심 있어요?"

쫓겨나다시피 사무실을 나온 이유현과 유석태는 서로 마주 보았다.

"저걸 남자라면 그냥 콱."

유석태가 울컥했지만 별수 없다는 것을 서로 잘 알고 있다.

"온 김에 송인혜인가 이 여자도 한번 만나 보죠. 정유미의 인간성을 끝까지 박박 파헤쳐 봅시다."

정애라에게서 박절한 대접을 당하고 성과도 없자 유석태는 오기가 발동한 모양이었다.

경동시장의 사채 사무실을 나온 이유현과 유석태는 송인혜에게 전화를 걸었다. 경찰이라고 밝히니 놀란 숨을 들이쉬고, "경찰이 왜요?" 하며 영문도 모르고 겁부터 집어먹었다. 괜스레 미안해지는 상황이다. 이유현에게는 일상이지만 그들에게는 사건이다. 송인혜는 자신이 있는 곳을 가르쳐 주었다. 경동시장 바로 뒤쪽이었다. 멀지 않았다. 경동시장을 지나 안쪽의 주택가 근처 공원에서 기다리라고 말해 왔다.

이유현 일행은 북적대는 경동시장을 빠져나갔다. 유명한 한약상 골목에서 전해져 오는 향긋한 약재 냄새가 코끝을 간질였다. 골목을 빠져나가자 주택가가 나오고, 송인혜가 말한 자그마한 공원이 시야에 들어왔다. 공원이라기보다는 벤치가 서너 개, 나무 몇 그루가 심겨 있을 뿐인 공터였다. 여자가 앉아 있다가 이유현 일행을 보자 형사인 것을 직감했는지 가볍게 손을 들었다. 옷은 유니폼 같은 숑류 위에 외투를 걸친 차림이었다. 화장을 한 예쁜 이목구비가 눈에 먼저 들어왔다.

"송인혜 씨?"

"네, 저예요. 근데 무슨 일로 저한테까지 오셨어요?"

송인혜는 그사이 마음을 다잡았는지 이유현과 석태를 보자 싹싹하게 응대했다. 거친 정애라에게 시달린 다음이라 그런지 상대적으로 마음이 평화로워졌다. 이유현은 가녀린 코스모스를 다치게 하지 말아야겠다는 갸륵한 생각을 하며 벤치에 조심스레 걸터앉았다.

"걱정하실 필요는 없습니다. 그냥 몇 가지 여쭤보러 왔을 뿐이에요."

"저한테 무슨 이야기를요?"

"정유미 씨가 죽은 걸 모르고 계셨군요."

"정유미? 어머, 정말요? 이를 어째…….."

송인혜는 말문이 막히는지 몸이 그대로 굳어 버렸다.

"살해당했습니다. 그래서 생전의 정유미 씨를 아는 분을 만나서 얘기를 들어 보려는 겁니다."

송인혜는 상당한 충격을 받았는지 벌어진 입을 한동안 다물지 못했다. 이유현은 대화가 준비될 때까지 잠시 기다려 주었다.

"정유미 씨 집에서 일은 얼마 동안 하셨습니까?"

"한 8개월…… 했어요."

"그 전에는요?"

"그 전에는 정유미 씨가 사람을 안 썼다고 하데요. 혼자 살다가 힘에 부치니까 가사 도우미를 부른 거죠. 마침 시장 앞에 있는 애라 언니가 소개해 줘서 일하게 됐어요."

송인혜는 눈을 내리깔고 차분한 목소리로 말했다.

"일하던 무렵에 정유미 씨 남자관계나 뭐 그런 쪽으로다가 아시는 거 없어요?"

"남자관계요? ……김형빈 씨라고 애인이 있었죠."

"그 사람 말고는요?"

"그 사람 말고는 남자는 없었던 걸로 알아요. 제가 아는 한은. 하긴 뭐 모르죠."

"그렇군요. 정유미 씨가 김형빈 씨를 무척 좋아했나 보죠? 다른 남자는 눈길도 안 주게."

"그렇죠. 사실 제가 잘린 것도 그것 때문이에요."

송인혜는 달갑지 않은 표정을 지었다.

"그건 무슨 말씀이진지?"

이유현이 귀를 세웠다.

"정유미 씨는 성격 좋고 다 좋은데, 김형빈 씨한테 집착하는 게 문제였어요. 제가 다른 파출부보다 젊으니까 집에 자주 오는 김형빈 씨가 불안해진 거예요. 혹시 무슨 일이 있을지 모른다고 걱정한 거죠. 자기가 없을 때 김형빈 씨하고 저하고만 있을 때도 있었으니까요. 그 눈길이 아직도 기억나요. 막 불길이 이글이글 타는 것 같았어요."

"김형빈 씨가 송인혜 씨한테 치근덕거리기라도 했나요?"

"전혀요. 제 쪽에서도 마찬가지고요. 먹고살기 바쁜데 그럴 정신이나 있나요. 정유미 씨도 머리로는 당연히 아닌 거 알았고요, 단지 혹시라노 그럴까 봐 마음의 걱정이 지나쳤던 거죠. 어리석게도. 그래서 절 그만두게 한 거예요. 제 뒤엔 아주 할머니를 들였다고 하데요."

황금순의 프라이드에는 미안하게도 정유미가 황금순을 고용한 건 일을 잘해서가 아니라 늙어서였다는 게 밝혀졌다.

"그랬군요. 그럼 송인혜 씨는 정유미 씨를 좋게는 생각 안 하시겠군요. 일자리도 잃었고."

송인혜는 무슨 소리냐는 듯 고개를 들어 이유현을 빤히 쳐다보았다.

"아뇨. 그 정도 일자리야 구하려면야 얼마든지 있죠. 요즘 가사 도우미 서로 구하려고 난린데. 의심했다고는 해도 나올 때는 좋게 하고 나왔어요. 실제로 김형빈 씨하고 무슨 일이 있어 나온 게 아니라 정유미 씨의 염려가 지나쳐서 그런 것에 불과하니까요."

이유현이 송인혜의 눈동자를 마주 보았지만 그늘과 은닉의 흔적은 찾아볼 수 없었다. 물론 그것만으론 속마음을 알 수가 없다.

"실례지만 요즘은 무슨 일 하세요?"

송인혜는 의심스러운 눈길을 하고 고개를 돌렸다.

"왜요? 그걸 왜 알고 싶으세요?"

"그냥 단순한 조사입니다."

송인혜는 잠시 후 가벼운 헛웃음을 보였다. 그녀의 태도에서 경찰에 대한 긴장감은 벌써 사라진 지 오래였다.

"아하, 혹시 제가 잘리고 일자리 못 구해서 정유미 씨한테 앙심 품었을까 봐요? 그런 거 알아보러 오신 거군요. 그런 식으로 끈적하게 오해받는 거 정말 싫거든요. 정유미한테도 남자 건으로 한 번 데였고.

지금 일식집 나가요. 오늘도 일하는 중이었는데, 경찰이래서 겁먹고 사장님한테 말씀드리고 잠깐 뛰어나온 거예요. 요즘 그때보다 몸은 힘들지 몰라도 마음은 더 편하게 잘 지내고 있거든요. 오히려 그만둬서 다행이라고 생각하고 있어요. 정유미 집에서 일하면서 보니까, 정유미처럼 웃음 팔고 술 몇 잔 따라 주면 편하게 큰돈 번다는 건 알겠데요. 물론 저야 나이도 있고 유미만큼 안 예쁘니까 노래방 정도밖엔 못 나가겠지만요. 그래도 자존심 조금 꺾으면 몸 편하고 돈 생기는 거 잘 알아요. 솔직히 유미 사는 모습을 보고 혹했던 적도 많아요. 그런데요, 그런 일 하니까 사람 보는 게 이상해지나 봐요. 남자, 여자가 있으면 무조건 눈이 맞는다고 생각이 드나 보더라고요. 김형빈 씨하고 저하고를 자꾸 의심하는 눈으로 보는 게 느껴져서 못 견디겠데요. 아, 정유미처럼 이런 일 해선 안 되겠구나. 세상일을 전부 삐딱하게 보게 되는구나. 보는 게 전부 그런 거라서 그렇겠구나. 오히려 정신이 확 들었어요. 정유미가 그만두라 그러지 않았어도 제가 나갈 참이었어요. 그래도 정유미가 손은 크데요. 퇴직금 조로 두어 달 치 월급도 챙겨 줬어요. 1년도 안 됐는데 말이죠. 원망하는 맘 없어요.

정유미가 왜 죽었는지는 몰라도 살해당했다고 하니까 측은하기는 해요. 모르긴 몰라도 정유미가 유흥업 일을 하고 있었던 것과 무관하지는 않겠죠? 역시나 제가 그런 일을 택하지 않은 게 천만다행이란 생각이 다시 들어요. 저는 더 이상 아는 것도 없고 관여하고 싶지도 않네요."

흥분해서 입이 터지니 일사천리였다. 이유현이 처음에 코스모스로 보았던 송인혜는 분노한 억새풀로 화했다. 요즘 만만한 사람은 어디에도 없다.

"11월 20일 금요일 밤에도 나가셨습니까?"

"그날 정유미가 죽은 모양이죠? 얼마든지 확인하세요. 그날도 일식집 나갔을 거예요. 열흘에 한 번 쉬는데 근래 금요일에 쉬었던 적은 없으니깐. 일하는 일식집 전화번호 가르쳐 드릴 테니까 알아보시고 맞거든 다시는 절 찾지 말아 주세요. 죄송해요. 오래 못 있겠네요. 곧 저녁 시간이라 바빠져서 들어가 봐야 해요."

송인혜는 단호하게 마무리했다. 이유현과 유석태를 남기고 또각또각 걸어 떠나갔다. 알아보나 마나 저 정도면 알리바이는 확실할 것이다.

유석태가 혹시나 하고 송인혜가 일하는 일식집에 들러 물어보았으나 분명히 그날 근무했다는 답변이 돌아왔다. 그날따라 늦게 끄는 손님이 있어 거의 밤 11시에야 퇴근했다는 증언이었다.

이유현은 스토커 이필호 말고도, 정유미를 살해할 정도로 미워한 인물이 주위에 있을지 모른다는 생각을 마음 한구석에서 지울 수 없었다.

김형빈, 정애라는 정유미를 칭찬했지만 둘은 애인과 언니다. 류경아, 명세인은 직업상으로 만난 여자들이니 아무래도 본모습을 보기는 어렵다. 송인혜는 김형빈을 놓고 정유미와 심리 대결을 펼치는 통에 다른 면을 볼 여유가 없었던 것 같다.

　지금까지 이유현이 만난 인물 중에서는 그래도 정유미의 집에서 부림을 받던 노인 황금순이 정유미에 대해 가장 떨어져서 볼 수 있지 않을까. 진부한 상상이지만, 술을 따르며 늘 웃고 비위를 맞추는 정유미의 뒷면 사생활에서는 포악하고 교만한 진짜 얼굴이 따로 있을 수 있다. 그로 인해 본인도 모르게 상처를 주고 원한을 품게 할 법도 하다. 인간이 볼 수 없는 달의 뒷면처럼, 'dark side of the 정유미'. 그런 것에 대해서 인생을 오래 산 이 황금순이 힌트를 줄 수 있지 않을까?

　이유현과 유석태는 송인혜와 헤어진 뒤 황금순을 찾았다. 늦가을의 짧은 해가 벌써 기울어 긴 그림자를 만드는 저녁 무렵이었다.

　황금순은 흑석동 자신의 사글셋방 한가운데 우두커니 앉아 있었다. 며칠 전 경찰서에 처음 왔을 때보다 얼굴에 근심이 어려 있고 더 늙어 보였다. 방 한 칸, 부엌 한 칸. 한눈에도 찌들고 낡은 살림살이의 궁색함이 피부로 느껴졌다. 약간의 저축과 연금으로 굶지는 않을 거라며 히죽 웃었지만 할머니가 정유미의 죽음으로 직장과 수입을 잃고 낙담한 모습이 이유현의 눈에도 처량해 보였다.

　"요즘 다른 데 일 안 나가세요?"

　"없어요. 금방 그렇게 일이 쑥쑥 나오나. 유미, 그 아가씨만큼 월급 주는 사람도 잘 없고."

　기운이 없어 보여도 목소리는 여전히 쩌렁쩌렁했다.

　"정유미 씨가 손이 컸던 모양이죠?"

　"돈을 제대로 쓸 줄 알았지. 웬만한 좀팽이 남자들보다 나았어."

"그래도 유흥업 아가씨들 한 성격 하는 건 있잖아요."

"몰라. 난 화내는 거 한 번도 못 봤어."

"성격이 좋았나 봐요?"

"성격? 성격이야 엄청 좋았지. 나는 그런 데 일하는 아가씨들 별 세계 사람들로 좀 안 좋게 봤거든. 근데 유미 씨 보고는 생각을 바꾸게 됐어. 하는 일이 술 파는 것일 뿐이지, 싹싹하고 경우 바르고 어른 공경할 줄 알고. 사실, 월급 외에도 수시로 보너스 비슷하게 돈도 잘 줬어요. 꼭 그런 것 때문에 좋게 본 건 아니지만……."

역시나 별반 수확이 없다. '정유미의 다크 사이드'는 일하는 노파에게는 보이지 않을 정도로 깊게 묻혀 있을지도 모른다.

"평소에 원한을 살 만한 일은 없어 보였다는 말씀으로 들어도 되겠습니까?"

"원한? 그런 꽃 같은 아가씨한테 누가 원한을 가져요. 에이 그……."

노파는 질색을 하며 손을 내저었다.

"그럼 혹시 남자관계는 아세요?"

"남자친구야 거 있잖아요, 매일 오는 잘생긴 총각."

"김형빈 씨 말씀이군요. 그 친구 말고는 없었어요? 요즘 젊은 여자들 왜 남자친구가 여러 명 있잖습니까. 누구 집으로 찾아온다거나 한 남자 정말 없었어요?"

"집에 어떻게 와, 못 와요. 김형빈이랬나, 이름이? 그 총각이 얼마나 자주 오는데. 다른 남자 데리고 올 틈이 없었어요."

"김형빈 씨가 그렇게 자주 집으로 왔습니까?"

"자주 오다마다. 매일 유미 씨를 차로 출퇴근시켜 주었는데."

"그렇게 붙어 있으면 싸움도 많은 법인데, 혹시 둘이 자주 싸우거나 하진 않았어요?"

"엄청 좋던데. 싸우는 건 못 봤어요."

"그래요? 두 사람 사이가 어땠습니까? 옆에서 보시기에."

황금순은 질문을 이해 못 하겠다는 듯한 눈으로 이유현을 올려보았다. 잠시 생각을 하더니 나름대로 답을 하기로 한 모양이었다.

"두 사람 사이? 나야 잘은 모르지만 유미 씨가 총각을 너무 좋아하는 것 같더라고. 내가 원래 그런 거 간섭할 입장은 아니지만 보다 못해 딱 한 번 얘기했었어. 여자가 너무 그러면 남자들이 도망간다고. 남자는 숨 막힌단 말이야. 좀 자유롭게 놔두라고 그랬지. 유미 씨가 그 말엔 좀 언짢아하더라고. 그걸 보니까 아, 내가 실수했구나 싶은 거야. 나이 들면 참견만 많아지고. 그 뒤로는 거의 신경 안 썼어요. 다시 보니까 유미 씨가 정성을 들여도 총각 맘이 변하는 것 같지도 않고. 내가 괜히 오지랖이 넓었지. 좋은 한 쌍이었어. 그 총각 참 볼수록 괜찮더라고. 인물 훤하지, 젊은 나이에 돈도 있지, 맘 안 변하지, 남자가 그러면 됐어."

"김형빈이 돈이 많다고요?"

이유현이 물었다.

"그 나이에 좋은 차도 있고, 옷도 잘 차려입은 걸 보면 꽤 있는 거 아니겠어요? 돈 있는 사람은 척 보면 알아요."

"김형빈이 차가 있고, 돈 냄새를 풍겼다?"

옆에서 듣고 있던 유석태가 고개를 갸웃거렸다.

"몇 달 선에 큰 차를 하나 뽑았더라고. 은색으로."

노파는 문앞에 자가 보이는 듯 눈부신 얼굴을 했다.

다음 날 이유현과 유석태는 대전까지 내려가 정유미의 부모를 만났다.

눈물을 흘리는 그들을 달래며 진술을 유도했지만, 그들은 너무나 착한 딸이었다는 부모들 특유의 맹목적 대사만을 되뇔 뿐 전혀 도움이 되는 정보를 내놓지 못했다. 어찌 보면 그 사람의 실체를 가장 알지 못하는 사람이 부모일 것이다.

대전에서 빈손으로 돌아오는 차량 안에서 이유현도, 유석태도 아무런 말이 없었다. 정유미의 주변을 아무리 달리고 달려도 원한이나 남자의 흔적을 찾을 수 없는 구름 속 수사에 탱크 같은 그들도 지쳐가고 있었다. 뜻 없이 뛰어다닌 자신들의 행동에 짙은 회의가 몰려왔다. 복수나 치정 쪽으로는 아무런 단서가 보이지 않았다.

"오히려 처음으로 돌아가 무색무취하게 사건을 봐야 하지 않을까요?"

유석태의 말이 아니라도 그즈음 이유현 역시 같은 생각에 도달해 있었다.

치정, 원한 관계에서부터 사건을 풀어 나갈 것이 아니라 처음에 시도했던 것처럼 순전히 범행 방법의 측면에서 범행의 실행 가능성을 따져 보는 것이 맞지 않을까? 미녀와 스토커의 죽음이라는 사건의 특성 때문에 원한, 치정, 남자관계를 뒤적거렸던 건 낡은 선입견이었을 수 있다.

때마침 조회해 놓았던 정유미와 이필호의 통화 내역과 이메일 조회 내역이 도착했다. 이유현은 여기에서 두 사람을 둘러싼 인간관계의 어떤 실마리가 나오지 않을까 마지막 실낱같은 기대를 걸어 보았다.

정유미는 역시나 사생활이 깨끗했다. 김형빈과는 하루에도 여러 차례 수시로 통화를 했지만, 자주 통화하는 다른 남자는 없었다. 그밖에는 류경아, 명세인 등 룸살롱 동료들과 배다른 언니 정애라, 대전에 사는 부모, 파출부 할머니 정도가 상대방이었다. 가게 손님에게는 번호를 가르쳐 주지 않은 듯했다. 이메일 내역에도 특별한 점이 없었다. 김형빈과 러브레터를 수차례 교환했지만 그건 당연한 일이었다.

독거 청년 이필호의 통화 내역 조회에서는 룸펜의 외로움이 느껴져 서글픔을 갖게 했다. 통신회사로부터 몇 달간의 내역을 몽땅 받았음에도 몇 장 되지 않았다. 하루에 두세 통, 그나마도 야식 배달업체나 택배 직원인 경우가 많았고, 사건 관계자 중에는 유일하게 김형빈과의 통화기록이 있을 뿐이었다. 김형빈이 스토커 행위에 대해 항의하려고 이필호에게 걸었다는 몇 통이었다. 이메일은 거의 스팸이었다.

정유미가 인간관계나 남자관계의 진창에 빠져 있었을지 모른다는 의심은, 주변인의 탐문에서 드러난 호의적인 증언과 그것을 뒷받침하는 통화 내역, 이메일 조사로 거의 지워져 버렸다고 해도 과언이 아니었다. 이필호는 아예 사회의 외딴 섬 같은 존재였다.

범인은 베란다로 침입했다. 그자가 이필호인지, 아니면 제3자인지 현장 증거와 정황만으로는 알 수 없다. 그런 가정하에 인간관계와 동기를 파고들며 추적의 범위를 넓혔다. 하지만 그것이 오히려 역으로 성급한 판단 아니었을까……. 감정이 배제된 테크니션의 차가운 눈으로 범죄가 기술적으로 가능했던 사람을 추려 본다면 범인이 자판기 캔처럼 철커덕하고 튀어나올지도 모른다. 미지수가 많아 불가해한 연립방정식이라고 버렸던 것이 실은 풀 수 있는 문제였던 경우도 많다.

이유현은 숙고했다.

204호 외벽의 침입자는 이필호일 수도, 강도일 수도 없다고 결론내렸다. 그 방정식에서는 예상외의 엉뚱한 해(解)가 나왔다. 미지수의 답은 의외로 간단했다.

경비 조판걸을 용의자로 전격 체포한 것이 이 무렵이었다.

6

"……이렇게 된 겁니다."

삼성동 어느 뒷골목 술집. 이유현은 김이 푹푹 새는 어묵 냄비를 보면서 앞자리에 앉아 사케를 들이켜고 있는 한 남자를 상대로 사건 이야기에 열을 올리는 중이었다. 김 서린 창밖으로 얼핏 보이는 거리는 겨울의 한복판에 접어들어 바싹 얼어붙어 있었다.

이유현은 몸을 앞으로 기울이고 큰 제스처를 취해 가며 내내 혼자

떠들었고, 상대방 남자는 담배 연기로 시야가 흐려진 가게의 구석 의자에 비스듬하게 앉아 있었다. 그는 가끔씩 "역시 재미있는 사건이야, 천재야 천재." 하며 눈빛을 반짝였다. 그 외에는 가끔씩 술을 홀짝이는 것 외에는 별말 없이 줄곧 듣고만 있었다.

어두운 남색 정장에 노타이의 흰 와이셔츠 차림. 뻐딱하게 누운 듯 앉아 이유현의 이야기를 듣고 있는 남자의 이름은 고진. 외모는 서른 중후반의 느낌이나 말투만 듣고 보면 대여섯 살은 족히 더 나이 들어 보이는, 정체가 애매한 독신남이다. 호리호리한 몸은 날렵해 보였다. 검은 피부와 홀쭉한 뺨, 뾰족한 턱은 스마트한 느낌을 더해 주었는데, 선하게 보이는 처진 눈매가 그 인상을 중화시키는 듯하다가도 그 아래 살짝 비뚤어진 입매가 그를 시니컬한 인물로 보이게 만들고 있었다.

이유현이 야심차게, 다소는 모험적으로 체포했던 조판걸은 2차 공판 다음 날 재판부의 직권보석결정으로 풀려나 버렸다. 살인사건 피고인을 이런 식으로 보석결정을 한다는 건 무죄로 하겠다는 법원의 공적인 예고나 다름없다. 이유현은 전혀 놀라지 않았다. 법정에서 수사가 맥없이 무너지는 현장을 직접 목격한 순간부터 예견했던 일이기 때문이었다. 애당초 직접증거 없이 기소한 사건이었다. 조판걸이 아니면 범죄가 불가능하다는 입증의 가능성에 기댄 기소였다. 그러나 그 증명을 시도해 보기도 전에 재판은 흥행이 실패한 연극처럼 급작스럽게 막을 내렸다. 붕대와 탄원서, 법정에서의 수순에 따른 제스처의 간단한 연출이 판사의 의혹을 유도했고, 승패는 일찌감

치 결정 나 버렸다. 원래부터 증거가 약한 기소인 데다가 일이 이렇게 되지 유죄 입증이 난망하다고 판단한 검찰은 보석결정 다음 날 공소취소를 해 버렸다. 사건은 원점으로 돌아갔다. 그리고 그 배후에는 조판결의 구치소 탈출을 연출한 '어둠의 변호사' 고진이 있었다.

검찰의 공소취소가 있은 날 저녁, 이유현은 분기탱천하여 득달같이 그에게 전화했다.

"당장 나오세요!"

고진은 귀찮아하는 목소리로 힘 빠지는 한마디를 뱉었다.

"왜?"

"왜라뇨, 오늘 검찰이 공소까지 취소해 버렸어요. 대체 무슨 생각으로 그런 겁니까? 형님 장난으로 완전히 망쳤어요. 조판걸이가……."

"잠깐, 지금 숙녀분과 식사 중이야, 매너를 지키게 해 줘."

"스테이크라도 썰고 계세요? 고기가 넘어갑니까?"

고진은 졸리는 듯 말했다.

"흥분한 사람하곤 상대 안 해."

이유현은 성질을 죽여야 했다. 그와는 언제나 거래를 해야 했다. 그가 탐낼 만한 먹잇감을 던졌다.

"오늘 밤 안에 나오시면 경찰만이 아는 사실을 전부 말씀드리죠."

수화기 너머 꼴깍하고 침 넘어가는 소리가 들렸다.

이유현 의식의 표면에서는 자신이 고진에게 화가 난 건 아니라고 생각했다. 고진이 조판걸을 유죄라고 생각하면서도 그런 조작을 하지는 않았을 거라 믿었다. 분명 조판걸이 무고하다 판단했고, 그를 석방하기 위해 법률외적인 수를 썼을 것이다. 반면에, 이유현으로서도 이필호의 범행이 아니며, 제3의 강도의 범행도 아니라고 믿은 데에는 나름의 확실한 논리가 있었다. 여전히 조판걸 외에는 범인을 생각할 수 없었다. 고진은 조판걸 측의 의뢰를 받으면서 사건의 일면밖에는 알 수 없었을 터였다. 경찰이 수사해 온 전 과정을 알 수 없었을 그가 무슨 이유로 조판걸이 무고하다고 믿었나. 사건에 대해 오해를 하고 있는 건 아닌가. 만약 아니라면 그는 무슨 생각을 했던 것일까. 만나면 이성적으로 차분하게 대화를 풀어 볼 것이다…….

그렇게 생각하고 불러냈건만, 이유현은 이야기 도중 어느새 벌겋게 흥분해 목청을 높이고 있었다. 고진은 이유현의 혈압 상승에는 관심이 없는지 오로지 사건이 재미있어 죽겠다는 표정이었다.

"대단해, 대단해. 욱해서 푹 찌르는 상상력 제로의 단순 범죄에 완전히 질려 버린 참이었는데, 한국에도 이런 창의적인 플레이를 하는 자가 있다니."

이유현은 지난해 외숙모로부터 한 통의 전화를 받았다. 외숙모는 이유현이 외숙모에게 10억의 채권을 갖고 있다는 증서를 하나 만들어 달라고 했다. 이유현은 깜짝 놀라서 "그런 게 왜 필요합니까?" 했더니, 외숙모의 설명인 즉 다음과 같았다.

이유현의 외숙모는 수원에 3층짜리 조그만 상가를 갖고 있는데 술집을 하는 한 세입자가 기한이 지났는데도 안 나가고 버티면서 애를 먹이고 있었다. 하도 평소에 그 세입자 때문에 애를 먹은 탓에 기한 연장을 하지 않고 내보내려고 하니 '이사비'로 거액을 요구한다는 것이었다. 알고 보니 이전에도 임대인을 그런 식으로 괴롭혀서 소위 '이사비'로 꽤 큰돈을 받아 챙겨 온 상습범이었다. 변호사 사무실 몇 군데를 찾아가 보았는데 모두 다 명도소송을 하자고만 하였다. 고액의 수임료에, 시간도 걸리고 신경도 쓰이니 그런 것이 싫어 머뭇거리고 있던 차에 누군가로부터 묘한 변호사 이야기를 듣게 되었다 한다.

그는 법정에서 소송을 수행하는 일은 하지 않고 주로 법을 교묘히 이용해서 결론을 얻어 내는 방법을 가르쳐 주는 자인데 그 방법이 극히 절묘하여 후유증도, 시간 소모도 없이 사건을 해결해 내곤 한다는 것이었다. 그를 찾아갔더니 '친척 중에 믿을 만한 사람을 채권자로 한 허위의 거액 채권을 만들어라, 그것을 가지고 상가 건물 전체에 가압류를 하도록 해라.'라는 코치를 받았다. 그 한마디의 대가로 꽤 큰돈을 주었다 한다.

실제로 이유현이 자기 명의로 외숙모에 대한 10억의 허위 채권증서를 만들어 외숙모의 상가에 가압류를 하였더니 상가 건물이 경매로 넘어가 보증금이 날아갈 것을 우려한 입주자는 뺑소니치듯이 당장 가게를 빼 버렸다. 상가 건물 임대차는 주택과 달리 보증금이 전액 보장되지 않는다는 점을 이용하여 위장 채권으로 쇼를 벌여 골치 아픈 세입자를 제 발로 걸어 나가게 만든 것이었다.

이유현은 당장 이자를 변호사법위반, 즉 변호사 자격 없이 소송 대리나 법률 자문을 한 혐의로 체포해야겠다고 생각했다. 그렇게 다짐하고 그와 접촉했던 이유현은 깜짝 놀라고 말았다.

그는 변호사 자격이 있었다. 판사로 5년을 근무하다가 돌연 퇴직,

변호사 사무실을 개업하지 않고 법정에도 나가지 않으며 '어둠의 변호사'로 뒤쪽 세계를 떠돌며 그 같은 생활을 하고 있는 것이었다.

그리고 그는 이유현이 잘 아는 사람이었다.

"형님! 그동안 소식이 어째 끊겼나 했더니! 그 사건 뒤로 사라지셔서 궁금했어요."

"눈물의 재회로군."

고진은 눈물 대신 빙글빙글 웃었다.

고진을 안 지는 오래되지 않았지만, 이유현은 누구보다 그를 잘 알고 있었다.

그가 3년 전 갑자기 법원을 그만둬 버린 이유, 그것은 이유현이 강력팀 형사를 고집하는 이유이기도 했다. 그 사건은 권태의 늪에 빠져 있던 고진으로 하여금 다른 길을 걸어가게 만들었던 모양이다. 아니, 원래의 그의 길을 찾아준 것인지도 모른다.

인생길의 정도에서 벗어나 있는 듯한 고진은 모두가 좋아할 수 있는 사람은 아니었다. 법조인으로서의 성실성이나 꼼꼼함과도 거리가 멀었다. 하지만 이유현은 다 틀려 버린 대국에서 한 수로 체크메이트를 외치는 고진만의 재능을 알아보았다. 그의 직관과 상상력은 상궤를 벗어난 것이어서 특히 변칙적인 사건에서 빛을 발했다. 사건이 막힐 때 가끔씩 고진을 찾아가 하소연 반, 사건 이야기 반 하다 보면 영감을 얻어 무릎을 탁 치게 되는 경우가 있었다.

그 고진이 이번에는 흑막에서 조판걸 사건을 의뢰받아 이유현의 뒤통수를 때렸다.

그래서 이유현은 더 분노하고 있다.

"······탐문해 봐도 정유미를 살해할 만큼 원한을 가진 사람은 없었다, 이겁니다. 남자관계도 일방적으로 쫓아다니던 이필호 말고는 없고. 결국 원한이나 남자 문제 쪽은 아니에요. 만약에 외부의 침입자가 있은 거라면 역시 단순 강도일 겁니다.

현장에 드러난 증거로만 보면 이필호가 침입해서 정유미를 찌르고 자신도 반격당해 죽었다고 보든지, 아님 강도가 들어왔다가 정유미를 죽이고 그때 2층으로 올라온 이필호도 죽였다고 보든지 둘 중 하나로 보는 게 맞긴 해요. 통상의 범죄에서 그 이상의 상황이란 생각하기 힘드니까요. 그런데 이번은 두 가지 다 말이 안 돼요."

이유현이 김이 샐 만큼 고진은 차분한 목소리로 말했다.

"그래서 결국엔 만만한 경비를 의심하게 되었다?"

"그렇습니다. 만만해서는 아니지만요."

"조판걸의 범행이라는 증거는 어디에도 없는 걸로 알고 있는데."

"조판걸이 했다는 직접증거는 물론 없어요. 하지만 경비의 범행 말고는 다른 범행이 전혀 개연성이 없어요."

"호오, 그 정도로 자신 있나. '없음'을 증명하겠다는 건가? 악마의 증명에 도전하는 자네의 추리를 들어 보고 싶군."

고진은 흥미롭다는 듯이 의자를 당겨 앉았다.

"우선 이필호가 범행을 저질렀다는 건 아무래도 어색해요. 이필호가 정유미를 찔렀고, 정유미가 죽기 직전 힘을 짜내서 달아나는 이필호를 찔렀다는 건 좀 생각하기 어려운 일 아닐까요? 정유미 같은 가냘픈 여자가 그러기엔 좀 어렵다고 봅니다."

"죽음을 앞둔 정유미의 회광반조에 이은 동귀어진이라……. 하긴 좀 설득력이 없지. 하지만 죽음을 앞둔 자가 잠재능력에서 퍼 올리는 마지막 괴력을 과소평가해서도 안 돼."

"좋아요. 어쨌건 형님의 무협취미 안에선 그런 게 가능할는지도 모르죠. 하지만 몇 가지 문제점이 더 있어요."

"뭔데."

"정유미는 분명히 '강도야!'라고 외쳤어요. 뭐 당황해서 아무 소리나 내질렀다면 이해가 되지만, 이필호가 방문을 열고 들어왔다면 아무래도 다른 말을 하지 않았을까요?

더 큰 문제점은 현관의 CCTV 화면입니다. 이필호는 CCTV에 안 나옵니다. 3동 현관을 통해 아파트 밖으로 나온 적이 없다는 거죠. 그렇다면 이필호가 204호로 들어가는 루트는 둘 중 하납니다. 계단으로 올라가 204호 현관으로 들어갔든지, 아니면 자기 집 베란다 문을 열고 밖으로 나와 2층으로 가는 홈통을 기어올랐든지요.

계단으로 올라가 현관을 통해 들어가려 했다면 정유미가 문을 열어 주었을 리가 없죠. 게다가 정유미는 애인과 통화 중이었어요. 이 루트는 확실히 생각하기 어려워요. 그렇다면 역시 자기 집 베란다로 나와서 홈통을 탔다는 건데 이것도 참 이상한 얘기지 않습니까? 멀쩡한 자기 집 현관을 놔두고 굳이 베란다로 나온다는 게."

고진은 고개를 천천히 끄덕였다.

"아무래도 인정해야겠군."

이어 반문했다.

"그렇다면 강도는 왜 아니라고 생각하나?"

"강도가 침입한 거라고 보면 이필호의 죽음은 어느 정도 설명이 돼요. 강도가 정유미를 죽였을 때 마침 이필호가 위층 소란을 듣고 올라왔고 강도가 문을 열어 준 다음 살해했다, 이렇게 말이죠. 하지만 이건 이해가 안 가는 부분이 더 많아요.

사건이 발생했을 때 정작 3층 입주자는 아무런 소음을 듣지 못했다고 하거든요. 베란다 창문까지 열어 놓고 있었답니다. 그렇다면 3층에서 듣지 못한 소음을 아래층 이필호가 듣고 뛰어 올라갔다는 가설 자체가 성립하기 힘들어요. 또 아시다시피 강도가 도망갈 때 아래로 뛰어내렸으면 베란다 아래쪽 흙바닥에 자국이 남았어야 하거든요. 아무리 언 땅이래도 2층에서 뛰어내린 건데. 근데 흙이 멀쩡해요, 뛰어내린 흔적이 없어요. 그렇다면 홈통을 타고 내려갔을 거라고 다른 형사들이 말하는데, 홈통이 타고 올라가기는 쉽지만 내려오기는 어려워요. 바닥에서부터 타고 올라가기는 쉽지만 2층 베란다 창문에서 손을 뻗어 부여잡고 내려가기는 힘든 구조거든요. 더구나 사람을 둘이나 죽인 급박한 상황에 2층에서 홈통을 타는 재주를 부렸다고는 생각하기 어려워요."

"음. 그것도 동감이야."

동의를 끌어낸 이유현은 자신 있는 표정을 지었다.

"이번 사건은 범행 동기에서 추적해 들어가지 않아도 범행 방법만으로 범인을 확정할 수 있어요."

"놀랍군."

"뭐가요?"

"나 역시 범행 방법만으로도 범인은 알 수 있다고 생각했거든."

"재밌네요, 그 결론만이 서로 다른 거군요."

"내 의견은 원래 없었어. 오늘 자네로부터 자세한 사건 이야기를 듣기 전까진 말이야. 하지만 적어도 조판걸이 아니란 건 처음부터 알았지."

이유현은 고진을 훈육하는 학생주임처럼 말했다.

"그럴까요? 범행 수단으로 딱 한 가지를 생각해 보면 모든 게 설명이 돼요."

"뭔가? 가르쳐 줘 봐."

고진은 등을 비스듬히 기댄 채 말했다. 대사와는 달리 가르침을 받으려는 태도는 아니었다. 이유현은 의기양양하게 말했다.

"그게 바로 사다리죠. 쉽지 않습니까. 사다리를 걸쳐 2층으로 올라가 송곳으로 걸쇠를 망가뜨려 열고 들어갑니다. 그리고 정유미를 살해, 무슨 일인가 싶어 2층으로 올라온 이필호마저 살해, 그러고는 다시 사다리를 타고 내려갑니다."

"사다리로 설명하는 게 그렇게 만능일까?"

"일단은요, 베란다 아래에 뛰어내린 흔적이 안 남아 있는 게 설명이 됩니다. 사다리 놓은 흔적이야 적당히 편편한 걸 괴든지 하면 안 남는 거고요."

"음, 또?"

"이필호든 낯선 자든 CCTV에 비치지 않았다는 것도 이해가 되죠. 침입자는 사다리로 간편하게 외부에서 올라갔으니까."

"흠."

"위층 남자는 아무런 소음을 못 들었는데도 이필호가 위층의 이상을 감지하고 올라와 봤다는 것도 설명이 됩니다. 이필호는 하필 그 시간에 서실 바깥을 봤어요. 베란다 창밖에 사다리가 걸쳐져 있는 걸 목격한 거죠. 2층까지 걸쳐져 있는 걸 보고 뭔가 이상하다 생각한 겁니다. 평소에 2층 여자한테 지대한 관심이 있던 이필호였어요. 2층으로 올라가 봤겠죠. 그러다가 2층 침입자의 습격을 받아 죽은 겁니다."

"그래서 경비를……."

"그뿐만이 아닙니다. 침입자는 이필호의 지문을 위장하고, 발자국을 거실에 찍었어요. 이필호를 침입자로 만드는 위장공작을 했단 말이에요. 그 말은 즉, 이필호가 정유미의 남자친구가 아니라 아래층에 사는 정유미의 스토커라는 사실을 알고 있었단 얘깁니다. 생판 남인 강도라면 절대 알 수 없는 사실이죠. 하지만 경비는 다 알고 있었어요. 이필호를 살해하고 나서, 그를 침입자인 것으로 꾸미자는 생각을 할 수 있는 인물입니다."

"그것도 그렇군."

"204호의 침입은 사다리일 수밖에 없어요. 범행에 사다리를 이용할 수 있는 사람은 경비 조판걸뿐입니다. 다른 사람이 경비실 뒤 창고에 있는 사다리를 꺼내 가기는 어려워요. 굳이 그런 위험한 범행을 할 사람도 없을 거고요. 사다리를 늘 곁에 두고 관리하는 경비 말고는 생각할 수 없습니다. 그 아파트의 다른 경비들 상대로 진술을 받았어요. 이구동성으로 그래요. 경비 눈을 피해 외부인이 경비실 뒤 창고에 있는 사다리를 꺼낸다는 건 생각하기 힘들다고요.

조판걸은 사다리를 204호 베란다 창문 부근에 댔어요. 사다리에

서서 송곳으로 베란다 창문 걸쇠를 구부려 풀고 침입했죠. 침대방에 들어가 정유미를 살해합니다. 때마침 베란다에 걸쳐진 사다리를 보고 이상하게 생각한 이필호가 204호에 올라오자 숨어 있다가 찔러서 살해합니다. 그러고는 지문과 발자국으로 이필호의 범행으로 조작한 다음 다시 사다리를 타고 내려간 겁니다."

고진은 잠깐 생각하다가 불쑥 물었다.

"물론 그런 논리라면 경비 영감을 범인으로 생각해 볼 수도 있었을 거야. 그렇다면 범행 동기는 뭘까. 난 개인적으로 범행의 기회나 물적 증거 이상으로 가치가 있는 것이 범행 동기라고 보거든. 동기의 끈을 찾아 실타래를 풀어가다 보면 최후에는 그 끈을 움켜잡고 있는 자가 나온단 말이지."

"정유미를 성폭행하려던 게 아닐까 합니다. 조판걸은 예순이 넘은 노인네지만 몸도 다부지고 오랫동안 혼자 살아왔어요."

"내가 제일 싫어하는 범행 동기군."

고진은 이유현이 넘칠 듯이 채워 놓은 술잔을 쭉 들이켜고는 한참을 말이 없었다. 응답 없는 고진이 결론에 수긍하는 것으로 여긴 이유현이 다시 입을 열었다.

"요는 그겁니다. 강도의 범행으로 보게 되면, 일단 강도는 204호의 현관으로 들어오거나 나간 것은 아닙니다. 왜냐하면 3동 현관 CCTV에 강도가 드나든 것은 보이지 않았거든요. 범인이 제3의 강도라고 보면 베란다로 침입해서 둘을 살해하고 베란다로 도망친 것이 될 수밖에 없습니다. 그런데 문제는 강도가 베란다를 통해 탈출했다고 하기엔 베란다 아래 흙이 멀쩡하다는 겁니다. 뛰어내린 흔

116

적 따위는 없었어요. 그렇다고 그 상황에서 홈통을 타고 내려갔다고 보기도 아주 어려워요. 무슨 곡마단 출신이 아닌 이상. 또 한 가지는 거실에 이리저리 찍힌 이필호의 신발 자국입니다. 강도가 이필호의 침입으로 위장한 거라고 설명하겠지만, 이필호가 정유미의 친구인지 애인지 알 수 없을 강도가 이필호를 침입자로 위장했다는 것도 말이 안 됩니다.

그렇다고 이필호의 범행으로 보자니, '강도야!' 했던 정유미의 비명과 현관 CCTV가 걸려요. 이필호는 3동 밖으로 나온 일이 없어요. 이필호의 집 베란다가 잠겨 있지 않은 점 때문에 형사 몇몇은 이필호가 베란다로 나가서 홈통을 타고 위층 정유미의 집으로 기어 올라갔다고 하는데, 정말 정신이 이상한 놈이 아니고서야 왜 자기 집 현관 놔두고 베란다 창문으로 나가겠습니까? 또 목을 찔려 곧 죽을 정유미가 거실 현관까지 이필호를 뒤쫓아 가서 칼로 찔러 살해했다는 게 무슨 좀비 영화도 아니고 도무지 믿겨지지 않습니다.

그래서 경비를 생각한 겁니다. 경비 영감이 사다리를 이용해서 범행했다면 그런 모순들이 깨끗하게 다 설명이 돼요."

이유현의 이야기를 가만히 듣고 있던 고진이 입을 열었다.

"경비 영감이 아무리 노욕에 몸이 달았다고 해도 그렇지 사다리를 타고 올라갔을까? '강제'로 어떤 범행을 생각했다면 차라리 벨을 눌러 속이고 들어가야겠지. 경비라면 정유미라도 문을 열어 줄 테니까."

"……그거야 그렇지만 범인이 어떤 범행 방법을 취하는가는 범인 마음이겠죠. 경비 영감으로서는 무얼 고치는 척하면서 사다리를 타고 가는 게 더 낫다고 생각했을 수 있고."

여기서 자신감을 잃은 이유현은 무리한 반박을 펼쳐 보였다. 고진이 말했다.

"더 문제는 불빛이야."

"네?"

"경비뿐만 아니라 누구라도 외부를 통해, 즉 홈통을 기어오르건 사다리를 타건 베란다를 통해 들어갔다면 그건 상식적으로 적어도 집주인이 자는 시간에 하는 게 맞아. 바깥에서 보기에 집주인이 잔다고 생각하려면 적어도 집 안의 불빛은 꺼져 있어야 하지 않겠나. 베란다로 침입한 것으로 보려면 가장 납득이 안 되는 점이 이 불빛 문제야. 범행 시간에는 불이 켜져 있었거든."

"불이 켜져 있었다고 확신할 수 있을까요. 경찰이 도착했을 때는 집 안이 완전히 깜깜했다고 합니다만."

"정유미는 음악을 튼 채 애인과 통화 중이었어. 괴기 취향이 아니라면 당연히 불을 켜 놓고 있었겠지. 김형빈과의 마지막 통화에서도 말했잖아? 침대에서 잡지를 읽고 있었다고. 당연히 전등을 켠 상태지. 경찰이 현장에 도착했을 때 집이 깜깜했다고 하지만 그거야 범행 후의 이야기인 거고, 범인은 아마 나가기 전에 불을 다 껐을 거야. 경찰 의견대로 베란다로 달아났다고 해도 굳이 스포트라이트를 받고 싶지는 않았을 테니까.

적어도 침대방에 불이 켜져 있다면 집주인은 안 자고 있다는 건데, 홈통을 타고 올라가 힘들게 화분받이에 다리를 뻗어 디디고 서서 한가롭게 그 집 베란다 창문의 잠금쇠를 송곳으로 긁어 대고 있었다? 당장 정유미인지 누군지 모르지만 집주인이 튀어나올 거야.

안방의 불빛에 비쳐 외부인에게 발각되기도 쉬워. 그건 사다리를 썼다 해도 마찬가지지. 범인이 누구든 집주인이 깨어 있을 때, 그러니까 굳이 불이 켜져 있는데 베란다에서 그 짓을 할 리가 만무하잖아."

"하긴 그러네요."

이유현은 순순히 인정할 수밖에 없었다. 정유미가 불을 꺼 놓고 있지 않았을까 하고 가정한다는 건 너무 상식에 반하는 설정이었다.

위축되었던 이유현은 우겨 보았다.

"그래도 아직 조판걸이 완전히 용의선상에서 벗어났다고는 하기 어려워요. 다른 사람의 범행을 생각하기 어렵잖습니까?"

"그 이유만으로 조판걸을 살인자로 몰 수 있을까? 이건 닭이 아니다, 따라서 이건 개다, 이런 거야?"

실체가 약해진 판이라 이유현은 절차를 물고 늘어졌다.

"그래도 그렇지, 법정에서 그런 연극을 합니까?"

"증거물 따지면서 제대로 공방 붙으면 질질 끌게 되는 사건이었잖아? 조판걸 영감님을 빨리 귀가시켜 드리려고 그런 거야."

"만약 판사가 그 속임수에 안 걸려들었다면요?"

킥킥, 고진은 기분 나쁜 웃음을 지었다. 이유현이 질색했다.

"형님은 가끔씩 그 품격 떨어지는 웃음이 정말 깹니다."

"한 가지 안배를 더 해 놓았지. 왼손잡이 연극은 그중 더 빠른 방법이었고. 그게 먹힌 거야."

"그래요? 그렇다면 혹시…… 그거 아닙니까?"

"뭐?"

"조판걸 노인이 발기부전이라는 주장 같은 거. 그래서 정유미를 성폭행하려야 할 수 없다고 주장하는 것. 주변 여자들 증언 몇 개 조작해서."

이번엔 고진이 질색했다.

"그건 너무 전형적이고 시간도 오래 걸려. 영감님이 구치소에서 초조해 말라 죽을걸. 설사 그런 게 밝혀진다 해도 검사가 금품이라든가 하는 다른 범행 동기를 갖다 붙여 버리면 소용없잖아. 따라서 결정적인 반증도 못 돼. 그런 건 내 구미에 맞지 않아."

"그럼 또 한 가지 안배란 건 뭡니까?"

고진은 비틀린 미소를 지었다.

"그 부분은 내가 경찰한테 미안한 점이 있어. 아무래도 직접 가서 보고 이야기해야 할 거 같아. 지금 서초서로 같이 들어가 볼까. 밤이라 한가할 텐데."

이유현은 황당한 제안에 잠시 부릅뜬 눈으로 쳐다보았다.

고진이 비록 웃고 있지만 이유현은 그에게 장난기가 없다는 것을 깨닫고 자리에서 일어섰다.

서초경찰서에 이유현이 술 냄새를 풍기며 들어서자 야근 경찰들이 웃으며 경례를 붙였다.

"강력팀 사무실로 갈까요?"

"아니, 증거품 보관실로 가지."

증거품 보관실?

고진의 행동이 뜬금없지만 묘하게 호기심을 자극했다. 이유현은 순순히 안내했다.

근무를 서던 경찰은 이유현에게 "이 시간에 웬일이십니까?" 하고 물었다. 웬일인지는 이유현도 모른다.

정유미 사건의 증거품들 앞에 서서 쭉 둘러보던 고진은 경비실에서 압수해 온 사다리를 가리키며 말했다.

"여기 그 문제의 사다리가 있군. 길어서 보관하기 힘들겠어."

"본론이 뭡니까?"

"저 사다리의 길이가 본론이야. 지금 저 사다리가 몇 미터짜리라고 생각하나?"

그러고 보니 사다리가 그다지 길지 않아 보였다.

"어, 좀 이상하긴 하네요. 저렇게 짧았던가……."

이유현이 고개를 갸우뚱했다.

"조판걸이 체포되고 이틀 뒤에 전격적으로 아파트 경비실 압수수색을 벌여 다 압수했지, 아마?"

"그랬죠."

"조판걸이 체포되자마자 아들이 날 찾아왔더군. 그래서 내가 말했어. 얼른 사다리 짧은 거 하나 구해서 경비실 창고의 긴 사다리하고 바꿔 놓으라고. 경찰이 증거물로 압수한 게 그거야."

"뭐라고요!"

이유현이 버럭 소리를 질렀다.

"얘길 들어 보니 경찰이 추측하고 있는 범행 방법이 어떤 건지 알겠더군. 그래서 일단 실제 사다리보다 50센티미터 정도 짧은 걸로 표 안 나게 바꿔 놓도록 시켰어. 조판걸의 키가 얼마던가. 160센티미터도 안 되겠지? 저 사다리에 조판걸의 키를 합쳐 봤자 204호로의 침입하기는 좀 어려울 거야. 저기 올라서서 204호의 베란다 창문 걸쇠를 느긋하게 쑤시고 있으려면 최홍만 정도는 돼야 할걸."

이유현의 목이 벌겋게 달아올랐다. 고진의 말이 계속 부채질을 했다.

"왼손잡이 쇼가 안 통하면 그다음엔 사다리를 은근슬쩍 들이밀 작정이었어. 저 사다리는 폐기처분하는 게 좋을 거야. 나중에라도 창피당하지 않으려면. 잘못된 증거품으로 수사에 혼선을 빚을까 봐 걱정돼서 직접 와서 얘기해 주는 거야."

"……지금 내가 고마워해야 하나요."

억누른 이유현의 분노를 모른 척하며 고진은 증거품을 다시 뒤적뒤적했다.

이유현이 한마디 했다.

"함부로 만지지 마세요. 아, 사다리는 예외네요. 어차피 가짜니까."

한동안 뒤적거리던 고진이 생뚱맞은 말을 했다.

"증거품 목록에 이필호의 열쇠가 없군."

"이필호의 열쇠요?"

이유현은 되물었다.

"이필호의 열쇠는 발견됐나?"

"아뇨……."

이유현은 의아한 눈으로 고진을 쳐다보았다.

"이필호가 자기 집 베란다 창으로 빠져나와서 홈통을 기어올라 204호로 침입한 게 아니라고 가정한다면 당연히 자기 집 열쇠를 갖고 나오지 않았겠나? 104호 자물쇠는 열쇠로 열고 잠그는 구식이잖아. 104호 현관이 잠겨 있었다면서. 그렇다면 이필호는 104호를 나와서 열쇠로 현관문을 잠그고 204호로 올라간 거잖아. 그럼 필시 열쇠를 갖고 있어야지. 열쇠가 이필호의 트레이닝복에서 발견되지 않았어?"

"으음, 옷 속에 열쇠는 없었어요."

이유현은 곤혹스러운 낯빛이 되었다. 그러고는 혼잣말을 하듯이 덧붙였다.

"그럼 이필호는 열쇠를 자기 집에 두고 나왔단 건데…… 그렇다면 역시 이필호가 베란다 창으로 나와서 홈통을 타고 침입한 것일까요? 그건 아무래도 이상한데."

고진은 고민에 빠진 이유현을 내려다보며 말했다.

"이필호의 집 열쇠는 이 사건의 열쇠이기도 해."

이유현은 말없이 의문에 찬 얼굴로 고진을 쳐다보았다. 고진이 다시 말했다.

"우리 같이 이필호의 집 열쇠를 찾으러 가 볼까?"

"네?"

"같이 아파트로 한번 가 보세."

이유현은 반신반의했지만 고진의 기이한 행동에 익숙해진 터라 순순히 밖을 나섰다. 이유현의 머릿속 대부분을 의구심이 차지하고 있긴 했지만 현장을 한 번 더 가 본다고 해서 해로울 리는 없을 터였다.

서초경찰서에서 H 아파트까지는 그리 멀지 않았다. 택시 안에서 고진은 맛있는 술과 재밌는 사건에 취한 모양으로 기분이 좋아 보였고, 콧노래마저 흥얼거렸다.

아파트 입구 경비실에는 마침 당번이었는지 조판걸이 근무하고 있었다. 석방되자마자 경비 업무에 복귀한 모양이었다. 조판걸은 자신을 닦달하던 이유현과 사건에서 빼내어 준 고진이 같이 들어오자 놀라 일어서서 꾸벅 인사했다. 그를 본 이유현은 좀 민망했다. 조판걸의 범행이라는 확신이 이미 많이 옅어져 버렸기 때문이다. 술김의 고진도 실실 웃으며 마주 보고 고개를 숙였다.

이유현은 이필호의 3동 104호 현관 앞으로 고진을 데리고 갔다. 사건이 일어난 지 꽤 시간이 흘렀건만 노란색 폴리스라인이 여태껏 둘러쳐져 있었다.

"이필호의 집은 여깁니다. 현관문은 안 잠겨 있어요. 들어가시죠."

고진은 고개를 가로저었다.

"아니, 내가 가 보자고 한 곳은 여기가 아니야. 204호로 올라가지."

"네? 정유미의 아파트에 이필호의 열쇠가 있단 말입니까? 설마요."

고진은 대답을 않고 성큼성큼 계단을 앞장서 올라갔다. 이유현은 무슨 말을 하려다가 그만두고 고진을 뒤따랐다. 일단 속는 셈 치고 고진이 하자는 대로 온 것이니만큼 따라가 보자는 생각이 앞섰다.

204호에도 마찬가지로 출입을 막는 노란 테이프가 걸쳐져 있었다. 이유현은 테이프를 걷어 올렸다. 현관문 틈 아래에 자그마한 나무토막이 끼워져 있고 그 때문에 문은 약간 열려 있었다. 204호 자물쇠는 닫으면 자동으로 잠긴다. 문이 닫혀 키가 잠기는 귀찮은 사태를 방지하기 위한 나무토막이었다.

거실로 쑥 들어간 고진은 재밌는 장난감을 발견한 아이처럼 신나했다.

"범죄 현장이란 이런 거로군. 역시 박력이 남달라. 영화가 아니라 실세잖아. 여긴."

"형님, 견학하러 온 거 아닙니다!"

조금 성질이 난 이유현이 나무랬다.

거실 안은 거의 바깥과 비슷하게 추웠다. 베란다 창문이 열려 있어 차가운 한겨울의 밤공기가 조용하게 넘나들고 있었다. 경찰이 현장 수사하면서 창문을 열었다 닫았다 하다가 열어 놓고 가 버린 모양이다.

고진은 거실에서 두리번거리더니 현관 옆 작은 방에 들어갔다. 책상과 걸상이 덩그러니 있는 썰렁한 방이었다. 금방 나와서는 침대방 안으로 쑥 들어갔다. 아직 남아 있는 핏자국에 눈살을 찌푸리다가 곧 이곳저곳 서랍을 열어 보기 시작했다.

"조심해 주세요. 현장 보존!"

이유현의 만류도 아랑곳 않고 장롱과 서랍장을 열어 이불과 옷가지 따위를 뒤적거리더니, 급기야는 화장대 아래서랍을 열고 속옷 더미 안쪽까지 살펴보고 있다.

"그런 곳에 열쇠가 있을 리 없잖아요."

이유현이 재차 핀잔을 주었지만, 장난감 가게에 들어선 어린아이 같은 호기심으로 가득 차 있는 고진의 귀에 그런 말은 들리지 않는 듯했다.

고진은 거실로 나와 베란다 창문 쪽으로 다가갔다. 안에서 보기에 오른쪽, 즉 바깥쪽에서 보면 왼쪽 창문이 열려 있었다. 그 앞에는 커다란 티브이 받침대가 놓여 있다. 고진은 베란다 창문을 한 번 보고,

그 앞 티브이 받침대를 한 번 보더니, 갑자기 그 큰 티브이 받침대를 끙끙대며 움직이려 했다.

"좀 도와줘, 허리가 나갈 거 같아."

고진의 허리보단 현장이 어지럽혀질까 봐 걱정된 이유현은 같이 티브이 받침대를 옮기는 것을 도와주었다.

고진은 티브이 받침대가 있던 바닥을 살펴보더니 말했다.

"어? 여기 없네? 이럴 수가."

"이럴 수가 있죠. 거기에 왜 이필호의 집 열쇠가 있겠어요?"

이유현이 그런 모습을 보고 빈정댔다.

고진은 잠시 고개를 갸우뚱하더니 아하 하는 소리를 냈다.

"혹시 현장에 처음 왔을 때는 베란다 창문의 반대쪽이 열려 있지 않았나? 지금은 오른쪽이 열려 있었는데, 원래는 왼쪽이 열려 있었던 것 아닌가?"

이유현의 눈이 커졌다.

"아니, 그걸 어떻게 아세요? 맞아요. 원래는 왼쪽 창문이 열려 있었어요."

고진은 눈이 살에 파묻힐 만큼 만족한 웃음을 지었다.

"하하, 경찰 때문에 괜히 내 허리만 나갈 뻔했군."

그러더니 다시 거실 왼쪽에 자리한 큰 소파에 달려들어 또다시 힘을 쓰기 시작했다.

고진은 소파를 쭉 밀어 버리더니 허리를 숙여 뭔가를 집어 올렸다. 그러고는 이유현의 눈앞에 그것을 대고 흔들었다.

"앗, 열쇠군요. 어떻게."

열쇠가 두 개 매달려 있는 조그만 건담로봇 열쇠고리였다. 여자의 깃은 분명 아니었다.

"이 열쇠가 이필호 집 현관에 들어맞을 거라는 데 내 빚 전부를 걸겠네."

"형님이 열쇠를 찾아낸 마술이 놀랍긴 하지만 채무는 사양합니다."

두 사람은 곧장 아래층 104호로 가서 열쇠를 꽂아 넣었다.

철컥하고 현관문이 열렸다.

"이필호 집 열쇠로군요."

이유현이 신음처럼 내뱉었다.

이유현은 이필호의 열쇠를 고이 품에 넣었다. 이 밤중에라도 경찰서로 돌아가 증거물로서 처리해야겠지만, 이때만큼은 고진의 설명을 들어야 한다는 호기심이 형사로서의 직무의식을 눌렀다.

"이거 오늘 도저히 그냥은 못 보내 드리겠습니다. 당장 설명을 해주셔야 해요."

이유현은 납치하다시피 고진을 끌고 강남역 부근의 가까운 바로 잡아끌었다. 이유현은 자리를 잡고 앉자마자 몰아붙이듯 얘기를 꺼냈다.

"이필호의 키가 거기 있다는 건 도대체 어떻게 아셨습니까?"

"반드시 204호 거실 어딘가에 떨어져 있을 거라고 생각했지. 범행 방법에 대해 추리해 보면 그런 결론밖에는 없어. 경찰이 현장에 출동했을 때 이필호의 열쇠를 발견 못 한 걸 보면 키가 소파나 장식장 아래 같은 안 보이는 데에 들어가 버린 게 아닐까 하고 생각했던 거고."

"아니, 그러니까 어떻게 그걸 아셨냐고요!"

"이 사람아, 술이라도 한잔하면서 천천히 얘기해. 그건 범인의 탈출 방법과 직접 연결되어 있어. 좀 전에 거기에 대해서 얘기하고 있지 않았나. 거기서부터 다시 시작해 볼까."

이유현은 참지 못하고 먼저 자신의 의견을 말했다.

"오면서 제가 생각해 보았는데, 104호 키가 이필호의 호주머니가 아니라 204호 거실에서, 그것도 소파 아래 구석에서 발견된 건 굉장히 중요한 문제 같아요. 이필호의 104호의 현관문은 사건 당시에 잠겨 있었어요. 그 말은 이필호가 104호 문을 잠그고서 키를 갖고 나섰다는 건데, 그 키가 이필호의 트레이닝복 호주머니가 아니라 104호의 거실 구석 소파 밑에서 발견됐단 말이에요. 그렇다면 이필호의 침입설이나 경비의 범인설은 설 자리가 없어져요. 이필호가 침입해서 정유미를 찔렀고 정유미가 다시 뒤에서 이필호를 찔러 죽였다면, 이필호의 열쇠가 호주머니에서 나와 거실 구석으로 들어가 있는 게 설명이 안 돼요. 경비가 사다리를 타고 침입해서 살인을 했다고 해도 역시 설명이 안 돼요. 가능한 건 이것뿐입니다. 침입자는 결국 강도였던 거죠. 강도가 이필호의 주머니를 뒤져 열쇠를 발견했는데 어디 열쇠인지도 모르겠고 소용이 없다 싶어 팽개친 겁니다. 그래서 거실 구석 소파 아래에 들어가 버린 거죠."

고진은 팔을 내저으며 이유현을 막았다.

"잠깐, 좀 전까지의 가설을 모두 버릴 거야?"

"어떤 거요?"

"불빛 때문에 외부인이 베란다로 침입하기는 어렵다는 거 말이야."

"음. 그러네요."

이유현은 다시 그 점이 생각난 듯 읊조렸다. 고진이 쐐기를 박았다.

"강도든 누구든 기어 올라가서 베란다 창으로 들어간다는 건 확실히 무리야. 상식 밖이지."

"분명 그렇긴 해요. 하지만 그러면 204호의 거실 구석에서 발견된 104호의 열쇠는 도대체 어떻게 된 걸까요?"

이유현은 차분해지면서 생각에 잠겼다. 고진은 그사이 숨을 돌리려는 듯 위스키 언더록 한 잔을 쭉 들이켰다. 이유현은 중얼거렸다.

"열쇠를 보면 강도가 침입한 걸로 보는 게 자연스럽긴 한데, 현관문으로는 들어왔을 수 없고, 베란다 쪽 침입은 역시 형님 말대로 무리고……."

이유현은 자문자답하다가 고개를 들며 물었다.

"베란다를 통해 침입한 게 아니라면, 대체 어떻게 침입한 걸까요? 현관은 분명히 아니거든요. CCTV를 보면 3동 현관으로 외부인이 들어왔다거나 이필호가 나갔다거나 한 일이 전혀 없는데."

고진은 다시 위스키를 조금 들이켜고 입을 열었다.

"일단 이필호는 범인이 아냐. 피해자지."

"저도 이필호가 범인이라고는 생각되지 않아요. 범인이 이필호가 침입자인 것처럼 꾸며 냈다는 생각이 강하게 들어요."

이유현은 동의했다. 고진은 이유현의 눈을 똑바로 들여다보며 말했다.

"이 사건에서는 침입 경로만 밝혀지면 자연스럽게 범인도 같이 드러나겠지."

"그건 저도 동감입니다."

이유현은 고진의 다음 말을 기다리며 침을 꿀꺽 삼켰다.

"베란다로 침입한 게 맞아."

"네?"

이유현은 어처구니없다는 듯 항의했다.

"무슨 말씀이에요. 조금 전엔 베란다로 기어오르는 건 생각하기 힘들다고 했잖아요."

"당연히 힘들지. 그래도 범인은 베란다로 침입했어."

"그게 무슨 억지입니까."

"베란다는 맞는데."

고진은 오른쪽 입 꼬리를 말아 올려 씩 웃으면서 말을 던졌다.

"204호가 아니라 104호 베란다야."

"?"

"104호 베란다 창문이 닫혀 있긴 했지만 잠겨 있지 않았지? 범인은 104호 베란다로 들어온 거야."

"104호 베란다라고요?"

"응, 104호 베란다로 들어와서는 104호를 통과하여 내부 계단을 통해 204호로 올라가서 침입한 거야. 그러고는 정유미와 이필호 둘 다 죽였어. 그래서 범인은 CCTV에 비치지 않을 수 있었던 거야."

이유현은 시선을 아래로 떨어뜨리고 한참을 생각에 빠져 있다가 불현듯 고개를 들며 말했다.

"잠깐만요. 그렇다면 3동 현관 CCTV에 범인의 얼굴이 비치지 않은 건 설명이 돼요. 하지만 나머진 다 뒤죽박죽이 되어 버려요. 범인이 104호 베란다는 어떻게 열고 들어갔으며, 자기 집에 범인이 침입하는데 이필호는 대체 뭐 하고 있었고, 또 왜 204호에 죽어 있는지, 열쇠는 204호에 던져져 있었는데 104호 문을 범인이 어떻게 열고 잠갔는지 설명이 안 돼요. 착상은 좋았는데, 그럴듯하긴 하지만 모든 게 몇 배나 더 꼬여 버려요. 이 몰려오는 수수께끼의 쓰나미를 어떻게 하실 건가요?"

이유현이 비꼬았지만, 고진은 여유 만만한 표정으로 말을 받았다.

"하나씩 설명해 볼까. 아 먼저 뒤에 것부터 설명해 주지. 이필호의 열쇠도 같이 말이야. 어떻게 범인이 베란다 아래 흙에 흔적도 안 남기고 탈출했는가. 여기엔 위층 304호 입주자, 김남규던가? 그 사람의 증언이 힌트가 돼."

"무슨 증언이요?"

"11시쯤에 아래층 정유미의 음악 소리가 들렸다고 했지. 그리고 유리창에 쨍그랑하는 소리가 두어 번 들렸다고 했어. 그게 뭘까?"

"글쎄요. 굳이 해석하자면, 범인이 베란다로 뛰어내리면서 낸 소리 아닐까요?"

"그렇게 대충 넘겨짚지 마. 물컹한 사람의 살이 유리창에 부딪힌다고 쨍그랑 소리가 나겠어? 범인이 탈출하는 건 범행의 제일 간단한 부분이었어. 이필호를 죽이고 호주머니에서 이필호의 104호 열쇠를 빼낸 거야. 그리고 계단을 내려가 그 열쇠로 104호 문을 열고 안으로 들어간 다음 현관 CCTV에 모습이 비치지 않도록 104호 베란다 창문을 통해 밖으로 나왔어. 그러고는 아래에서 열쇠를 204호

안으로 던져 넣은 거야. 열려져 있는 베란다 창문 사이로 말이야. 몇 번은 실수했겠지. 304호에서 들었던 쨍그랑하는 소리는 그때 실수하면서 이필호의 열쇠가 204호 베란다 창문에 부딪쳐서 난 소리야. 마지막으로 성공했을 때 세게 던져 넣은 열쇠는 그 힘으로 거실 소파 아래로 쑥 들어가 버렸던 거지.

범인은 이필호의 범행으로 위장하는 게 목적이었던 만큼 이필호의 집 열쇠가 이필호의 곁에서 발견되도록 하는 게 중요했어. 열쇠가 이필호의 옷에서 발견되지 않고 거실 바닥에 흘러 있는 게 다소 이상한 상황이겠지만 열쇠가 없는 것보단 훨씬 말이 되니까.

사건에 관한 자네의 얘기를 들었을 때 이 방법을 알아챌 수 있었어. 그런데 열쇠가 발견되지 않았다고 하니까 직접 찾으러 간 거고.

열쇠를 베란다의 열린 창으로 던져 넣은 거니까 당연히 열린 창 쪽을 살펴봤지. 아아, 아깐 경찰이 창을 바꿔 열어 놓은 걸 모르고 괜히 티브이 받침대를 옮기느라 헛고생했어. 거기에 열쇠가 없기에 반대쪽 창문이 원래 열려 있던 게 아닌가 하고 자네한테 물어봤던 거야. 역시 원래 열려 있던 건 왼쪽 창이었고, 그 창을 통해 날아든 열쇠는 그쪽에 있던 소파 밑으로 기어 들어가 버렸던 거였고."

"음. 왠지 열 받지만 맞는 말인 걸 인정할 수밖엔 없네요."

바로 조금 전 고진이 204호에서 이필호의 열쇠를 찾아낸 현장에 있었던 이유현은 고진의 추리를 인정할 수밖에 없었다.

고개를 끄덕이던 이유현이 물었다.

"근데, 범인은 어떻게 이필호의 104호 베란다로 들어갈 수 있었을까요?"

범인의 이동경로

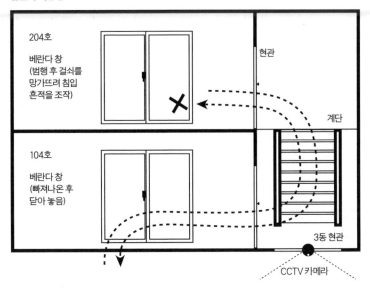

이유현은 항의를 포기하고 고진의 설명을 기다렸다.

"침입하는 방법은 없지. 이필호는 그때까지 안 자고 있었고, 204호와 달리 104호 베란다 잠금쇠가 망가져 있는 것도 아니었다며?"

"그렇다면요? 침입하는 방법이 없다니, 도대체 무슨 말씀을 하시려는 건지?"

"이런, 상상을 해 봐. 침입이 아니라면 가능성은 하나밖에 없잖아. 이필호가 열어 준 거밖에 더 있겠어?"

"네?"

"이번 범행은 거의 하나의 행위예술이라고 할 만해. 그러니까 이쪽도 그에 상응하는 수준의 상상력을 발휘하지 않으면 안 돼. 범인의 창작물에 대한 감상력 정도는 갖추는 게 예의 아니겠어?

범인은 이필호에게 좋은 제안을 했을 거야. 아니면 좋은 먹잇감을 던져 주었다고 해도 좋아. 아마 정유미와 한번 자게 해 주겠다는 걸 거야. 분명히. 사건의 경과나 현장 상황으로 보면 틀림없어. 이필호를 움직일 수 있는 건 그것밖에 없었을 테니까. 범인의 발상이 빛난 점이 바로 여기야. 이필호를 끌어들이기로 한 것. 이필호의 104호 베란다를 빌려 현관 CCTV에 들키지 않고 3동 안으로 들어갈 수 있는 통로를 제공받을 수 있을 뿐만 아니라, 이필호를 정유미의 집에서 살해함으로써 이필호의 침입과 범행으로 조작할 수 있는 이중의 장점이 있게 돼.

CCTV에 비쳐서 경비한테 출입을 들켜서는 안 된다는 이유 따위를 내세웠을 거야. 그 시간쯤에 와서 베란다 문을 두드릴 테니까 열어 달라고 미리 얘기해 놓았겠지. 11시 조금 전 범인은 104호의 베란다 문을 두드려 이필호로 하여금 창문을 열게 하고 넘어 들어왔어. 그러고는 이필호는 잠시 후에 204호로 올라오도록 기다리게 해 놓고 범인이 먼저 104호를 나갔어. 범인은 계단으로 204호까지 올라가서는 문을 열고 들어가 침실에 무방비 상태로 있던 정유미를 송곳으로 찔러 죽였어. 그리고 정유미의 방에 있던 과도를 들고 기다렸어. 어리석은 희생양 이필호가 올라올 때까지. 이필호가 204호의 벨을 누르자 인터폰을 눌러 문을 열어 줬어. 범인 자신은 옆방이나 부엌에 숨어 있다가 들어온 이필호의 목을 과도로 찔러 살해했어. 그러고는 이필호가 베란다로 침입해서 정유미를 송곳으로 찌르고, 정유미가 과도로 이필호를 찌른 것처럼 위장하기 위해서 송곳에는 이필호의 지문을, 과도에는 정유미의 지문을 찍어 놓았어. 정유미의 시체는 안방에서 거실로 옮겨 이필호를 찌른 듯한 위치로 설정해 놓았지. 또 이필호의 운동화를 벗겨서 베란다로부터 거실에 이르기까지 이리저리 발자국을 찍어 놓기도 했어. 베란다 창을 반쯤 열어 놓고 걸쇠받침 근처에 날카로운 물건으로 비튼 듯한 자국을 냈어. 송곳은 이미 범행에 써 버렸으니 아마 다른 송곳이나 드라이버를 한 개 더 준비해 왔을 거야.

그러고 나서 이필호의 주머니에서 104호 키를 꺼내고 204호를 나왔어. 현관문은 저절로 잠겼지. 계단으로 내려가서는 이필호의 키를 이용해 104호 문을 열고 들어간 다음 베란다 창문을 통해 빠져 나간 거야. 베란다는 살짝 닫아 놓기만 했지. 베란다 문은 밖에서 잠글 수도 없었고, 잠그지도 말아야 했어. 범인은 현관 CCTV의 존재를 잘 알고 얼굴이 촬영되지 않기 위해 104호의 베란다를 통로로 이용한 치밀한 자야. 애써 이필호가 204호에 침입한 것처럼 꾸몄는데, 정작 현관 CCTV에 이필호의 얼굴이 안 나온다는 문제가 있는 거야. 좀 이상하지만 고육지책으로 이필호가 현관이 아니라 자기 집 베란다 창문을 통해서 나간 것으로 만들어야 했어. 그래서 베란다 창문은 잠겨 있지 않은 쪽이 범인으로서도 좋았어.

그다음은 조금 전 얘기한 대로야. 바깥으로 나간 범인은 아래에서 204호 베란다의 열린 창 사이로 이필호의 104호 열쇠를 몇 번의 실패 끝에 던져 넣었어. 강한 힘으로 던져진 열쇠는 거실 구석까지 미끄러져 들어가 버렸어. 그래서 이필호의 열쇠는 자신의 호주머니가 아닌 204호 거실 구석에서 발견됐던 거야. 모든 증거와 상황과 배경과 진술을 종합하면 이런 그림이 떠오르지 않나?"

이유현은 자신도 모르게 고개를 끄덕였다. 고진의 가설은 범행의 모든 요소를 설명할 수 있었다. 한 가지 점만 빼고는.

"하지만 마지막 문제가 남았군요. 범인이 204호는 어떻게 들어갔을까요?"

"그 문제와 침입 방법을 같이 생각해 보면 범인은 자연스럽게 나와. 이필호에게 정유미를 먹잇감으로 던져 줄 수 있다고 꾈 수 있는 사람. 이필호가 보기에 정유미에게 그만한 영향력과 지배력이 있다고 믿어지는 사람. 그래서 이필호를 꾀어 베란다 문을 열게 할 수 있는 사람. 그러면서 그는 또한 204호를 자유롭게 출입할 수 있는 사람이야. 누굴까?"

이유현이 그 인물을 생각해 내는 데는 많은 시간이 걸리지 않았다.

"김형빈?"

"……말고는 없겠지?"

고진은 묘한 웃음을 띠고 이유현을 보았다. 이유현은 무릎을 쳤다.

"맞다! 사건 관계자 중에 이필호와 통화기록이 있는 유일한 인물이 김형빈이었어요. 김형빈은 바로 사건 전날인 목요일에 이필호와 통화했어요. 전전날인 수요일에도."

"그래. 김형빈은 이필호에게 따지러 전화했다고 하지만 사실은 수, 목 연이어 전화 통화를 하면서 이필호를 꾄 거였어. 정유미하고 잘 수 있도록 해 주겠다면서 슬슬 구슬렸을 거야. 명세인이 그랬지. 정유미는 김형빈을 매니저라고 불렀다고. 실제로 김형빈은 이필호에게 그런 말을 했을지도 모르지. '난 실은 정유미의 남자친구 겸 매니저다. 정유미는 밤의 여자고, 기본적으론 돈을 주면 잘 수 있는 여자다. 물론 돈을 받는다고 아무 남자하고나 자는 것은 절대 아니다. 당신은 특별히 내가 기회를 만들어 주겠으니 돈이나 좀 준비해라. 정유미한테 미리 얘기는 해 놓겠지만 여자는 마음이 자주 변하는 동물이니 금요일 밤에 내가 먼저 정유미한테 올라가 한 번 더 얘기해 놓겠다. 당신은 잠시 뒤에 올라와라.', 이런 식으로 말이야. 자신이 왔을 때 104호의 베란다 창문을 열어 주도록 시켰지. 사실상 성매매고 불법이기 때문에 카메라에 찍히면 안 된다는 식으로 이유를 갖다 붙였을 거야. 김형빈은 물론 204호의 도어록 비밀번호를 알고 있었어. 그래서 204호에 손쉽게 들어갈 수 있었어. 이런 범행이 가능한 사람이 바로 김형빈이야."

흥분해서 하나하나 증거를 확인해 나가던 이유현의 얼굴에 일순 의아한 빛이 스쳤다.

"잠깐요, 김형빈은 그때 정유미와 통화 중이었는데…… 아!"

"이제 깨달았나? 통화 중이었다는 건 반드시 멀리 있었다는 증거는 될 수 없어. 그저 심리적 맹점을 찔러 정황만 그럴듯하게 만든 거야. 알리바이를 만들기 위해."

"그렇군요. 김형빈은 정유미와 통화하면서 몰래 204호 현관문을 열고 들어와 안방에 불쑥 침입해서는 놀란 정유미를 죽였군요. 한 손에는 휴대폰을, 또 한 손에는 송곳을 들고."

"그런 거지. 한 손엔 연인에게 바치는 헌사, 한 손엔 독 사과. 정말 극적이지 않은가. 김형빈은 경비가 순찰을 돌지 않는 시간을 알았고, 또한 그 시간대 중에 정유미의 204호 거실 불이 꺼지고 안방 불이 켜지는 것을 확인하고는 실행했을 거야. 만약 정유미가 거실에 있다면 김형빈이 현관문을 열고 들어갈 때 금방 들키니까 범행이 어려워. 정유미가 '강도야!'라고 비명을 질러 줄 일도 없겠지. 그렇게 되면 이필호의 짓으로 꾸미기 위해 김형빈이 어렵게 준비한 휴대전화 심리 트릭이 소용없게 될 거니까."

"정유미가 '강도야!'라고 소리 지른 건…… 흠, 아마 변장을 했겠군요."

"응, 아마 김형빈은 204호에 들어가기 전에 준비한 복면이나 가면을 뒤집어썼을 거야. 큰 마스크를 했을 수도 있고. 흉기에 지문이 남으면 안 되니까 장갑도 물론 꼈겠지. 옷차림도 당초부터 평소와는 다르게 하고 왔을 거야. 한밤중에 침실 방문이 열리며 복면 쓴 자가 뛰어들었다면 무조건 '강도야!'라고 소리칠 수밖에 없었을걸."

"112 신고를 한 것도 일종의 쇼였고요."

"물론. 정유미와의 마지막 통화에서 '강도야!' 하는 비명을 들은 게 11시 직전이었는데, 112 신고는 그보다 5분 늦게 했어. 김형빈 말처럼 당황해서 늦을 수도 있겠지만, 실은 여기서는 아주 중요한 의미가 있어."

"그건…… 범행 뒷정리에 걸린 시간이겠군요."

"그래. 그 5분은 뒤이어 올라온 이필호를 죽이고, 그의 신발을 벗겨 자국을 거실에 찍고, 흉기에 서로의 지문을 찍은 다음 아래층으로 내려가 탈출하는 데에 소요된 시간일 거야. 최소한 자신이 범행 장소에서 나온 다음에 신고를 해야 했으니까. 일부러 112 신고를 하고 경찰이 도착한 다음 현장에 헐레벌떡 뛰어오는 것으로 극적인 심리 트릭을 완성시킨 거지."

이유현은 벌레 씹은 얼굴이 되었다.

"제길. 처음부터 김형빈을 수사대상에서 제외한 게 패착이었네요."

"김형빈이는 204호 현관 비밀번호를 아는 유일한 인물이었다며? 정유미는 '내가 비밀번호'니 뭐니 하면서 김형빈 말고는 아무에게도 안 가르쳐 줬다고 그러지 않았나. 그럼 당연히 김형빈을 먼저 의심해 봤으리라 생각하네만."

"심정적으로야 물론 의심했죠. 근데 다 그 녀석이 현관 CCTV를 피하려 수작을 부린 탓이에요. 현관 CCTV에 사건 관련자들이 안 비치니 당연히 범인은 외벽을 기어올라 침입했을 거라는 생각에만 사로잡혔죠. 범인이 이필호를 꾀어내서 104호 베란다로 침입했다고는 상상을 못 하고…… 더구나 살인이 있던 때 김형빈이가 정유미하고 통화 중이었다는 심리 트릭에도 말려들고 말았어요. 게다가 서초역에…… 응?"

이유현은 갑자기 고개를 번쩍 들었다.

"아니다! 지하철 CCTV가 있어요. 김형빈이 사건 직후 서초역에 정차한 전철의 출입문에서 허겁지겁 뛰어나오는 장면이 찍혀 있어요. 이건 어떻게 설명할 수 있습니까?"

"그것도 수사의 맹점이지 않을까. 수사관들은 김형빈이 정말 서초역에서 내렸는지에 대해서만 초점을 맞추었던 거야. 즉, 내리는 사람들 얼굴 위주로만 체크한 거지. 김형빈은 범행 후 서초역으로 달려가 전철이 정차하자 급히 올라탔어. 그러고는 차량을 몇 칸 신속하게 이동해서 전철이 출발하기 전에 다른 칸의 출구에서 내린 거야. 이때는 일부러 CCTV에 찍힐 것을 예상하고는 다급히 달려오는 척 연기하면서 말이야. 지하철 CCTV는 그 방향상 지하철에서 내리는 사람 얼굴은 잘 보이지만 지하철을 타는 사람은 뒤통수 쪽에서 비치니까 뒷모습 아니면 기껏해야 옆모습 정도만 보이게 되어 있어. 아마 김형빈은 탈 때 걸친 옷을 재빨리 벗어서 선반 위에 올려놓고 내렸을지도 몰라. 그렇게 하면 탈 때와 내릴 때 입은 옷이 달라지니까 더욱 알아보기 힘들지. 김형빈 정도라면 충분히 용의주도하게 그런 식으로 했을걸. 대담한 놈이야."

이유현은 질렸다는 듯 말했다.

"으음……. 그렇게 보면 범행 방법은 완벽히 설명이 돼요. 하지만…… 동기가 뭘까요?"

"사귀던 젊은 남녀가 상대방을 살해할 이유란 건 수십 가지도 더 델 수 있어. 오히려 남남 사이에 동기를 찾기 어렵지. 둘 사이라면 표현이 그렇긴 하지만 소위 '치정 문제'일 수도 있어. 흔하게는 김형빈이 몰래 다른 돈 많은 집 여자와 사귀어 결혼을 앞두고 있어 술집에 다니는 정유미가 방해되었을 수도 있고. 그동안 정유미 주변만 뒤져 왔다며. 이번엔 김형빈 주변을 한번 조사해 보는 게 어때?"

안개가 걷히는 듯했다. 현장과 진술 모든 게 부합했다.

김형빈은 악마다, 이유현은 생각했다.

한시도 김형빈의 체포를 늦출 수 없다는 조급한 마음이 들었다. 이유현은 앞에 놓인 글라스를 기울여 술을 한꺼번에 입안에 털어 넣고는 벌떡 일어섰다. 고진은 술을 마시다 말고 황당하다는 듯 실눈을 크게 떴다.

"왜 이래? 이 밤중에 어디 가려고?"

"죄송해요. 김형빈을 잠시도 그냥 둘 수 없네요. 지금이라도 당장 수사에 들어가야겠습니다."

"잠깐 기다려 보게. 한 가지 가능성이 더……."

결심만 하면, 이유현은 행동이 빨랐다. 고진이 말을 맺기도 전에 몸을 돌려 자리를 휙 떠나 버렸다. 고진은 할 수 없다는 표정으로 술 잔을 기울였다.

7

이유현은 고진을 버려두고 그날 밤 바로 사무실로 들어가 김형빈 주변에 대한 수사 계획을 세우기 시작했다.

조판걸의 재판이 고진의 장난으로 빨리 막을 내린 건 차라리 다행이다. 수사가 원점으로 돌아간 막막한 시점에 곧 범인의 윤곽이 드러났다. 자신에게 일편단심이었던 애인과, 육욕에 빠진 어리석은 희생남을 교묘한 트릭으로 일거에 도살한 희대의 대악당을 드디어 잡는 건가. 이유현의 가슴은 기대로 들떴다.

지금까지는 정유미의 주변만을 조사했다. 하지만 애초에 덤불이 없었으니 토끼가 나올 리 없었다. 오히려 김형빈의 인간관계를 주목했어야 했다. 강력팀은 이유현의 계획에 따라 다음 날부터 전과자들에 대한 탐문수사를 중단하고, 김형빈의 범행을 입증하기 위한 전면적인 수사에 돌입했다.

일단은 정유미를 살해할 동기가 설명되어야 했다. 주변 여자관계를 조사하려면 휴대전화와 이메일이 무엇보다 앞선다. 이유현은 김형빈의 휴대전화, 이메일 내역에 대한 압수수색영장을 검찰에 신청했다. 접수된 영장기록을 본 검사는 난색을 표했다.

"김형빈의 살인 혐의에 대한 증거가 너무 부족해요. 이걸론 법원에서 영장 안 내 줍니다."

맞는 말이었다.

지난번 정유미와 이필호의 휴대전화 통화 내역은 피살자 본인이었기에 수사상 필요가 인정되어 영장을 비교적 쉽게 받을 수 있었다. 하지만 김형빈은 피의자로서 수사 기록상 객관적인 혐의가 드러나 있지 않았기에 영장이 발부되기 어려웠다. 그렇다고 영장청구서에 고진의 가설에 따른 추리소설을 쓸 수는 없다. 기록상 김형빈에 대한 직접증거가 전무한 판이었다. 그를 의심할 정황도 희미했다. 김형빈은 애인과의 통화 중에 비명을 듣고 경찰에 신고했을 뿐이다. 사건 직후 서초 지하철역에서 뛰어나오는 CCTV 화면도 있다. 김형빈은 가장 혐의 밖에 있는 인물 중 하나라고 해도 과언이 아니었다. 범행 동기가 될 만한 것 역시 현 단계에서는 전혀 밝혀진 바가 없다.

이유현은 검사에게 직접 설명했다. 범행 방법상으로 보면 김형빈이 범인일 수밖에 없다는 추리를 펼쳤고, 검사는 납득했다.

"도리가 없죠. 내가 영장담당판사한테 직접 전화라도 해서 영장을 받아 보도록 하겠습니다. 대신 수사에서는 확실히 뭔가를 보여 줘야 합니다."

영장발부를 기다리고 있던 중에 정유미와 이필호의 금융거래 내역이 강력팀 사무실에 도착했다. 정유미의 내역에는 별다른 것이 없었지만 이필호의 금융거래 내역 중에 분실을 끄는 것이 있었다. 원래 돈이 궁한 룸펜답게 돈을 인출할 때도 3만 원, 5만 원씩 꺼내서 며칠을 보내는 식이었다. 그런 잔챙이 거래 사이에 갑자기 50만 원을 인출한 내역이 나왔다. 그것도 바로 사건 이틀 전 수요일이었다. 빈한한 이필호로서는 큰 액수이기에 그 사용 내역에 의심이 갔다.

이유현은 그 사용 내역을 조사해 보도록 지시했다. 50만 원을 물건 대금이라든가 관리비라든가 어딘가에 사용한 흔적은 보이지 않는다는 보고가 올라왔다. 이필호의 집 안을 수색했지만 역시 현금은 발견되지 않았다.

"이필호하고 친하게 지냈던 사람을 찾았습니다."

이필호의 주변을 추적하던 한 형사로부터 보고가 올라왔다.

"그래? 지난번 휴대전화 통화 내역에서는 평소 연락하고 지낸 사람이 거의 없었잖아?"

"동네 카오디오숍 주인인데, 이필호가 시시때때로 놀러 왔답니다. 휴대폰으로 연락하는 사이는 아니었고, 주로 이필호가 가게로 와서 잡담하다 가곤 했답니다. 그래서 휴대폰 통화 내역엔 안 나왔던 겁니다."

이유현과 유석태는 지체 없이 카오디오숍으로 직행했다. 사장은 박종섭이라는 30대 초반의 자그마한 남자였다. 이필호의 죽음은 알고 있었지만, 경찰의 방문은 예상하지 못했던지 이유현과 유석태가 신분을 밝히자 눈이 동그래졌다. 벌린 입은 어리바리한 인상을 만들고 있었다. 이필호가 동류의식을 느끼고 찾았을 만하다 싶었다. 이유현은 이필호와 가장 최근에 만난 때를 물었다.

"필호는…… 그날이 언제였더라. 수요일인데…… 아, 11월 18일이네요."

사건이 있기 바로 이틀 전이다.

"기억나는 대화나 행동, 뭐 없었습니까?"

박종섭은 미간을 찌푸리며 그날의 짧은 기억을 이야기했다.

이필호가 숍에 들어선 때는 가게 문을 막 닫으려는 저녁 시간이었다. 늘 세상의 불만을 다 짊어진 것 같았던 얼굴빛이 여느 때와 달리 좋았다.

"어서 와라."

간단한 인사말만 하고 박종섭은 곧 시선을 돌리고 진열된 데크를 정리했다. 손님 대접할 사이는 아니었다.

박종섭이 만지던 나카미치 데크를 보더니 이필호가 말했다.

"오늘 나카미치 한 대 값 날려 먹었어."

"뭐, 돈 잃었냐? 포커 쳤어?"

이필호를 돌아보았더니 얼굴은 히죽히죽 웃고 있었다.

"아니. 그럴 일이 있어."

"돈을 잃은 게 아니라 뭐 좋은 일이 있나 본데?"

"좋은 일? 히힛. 드디어 정유미가 나한테 뿅 하고 넘어왔어."

정유미는 이필호가 숍에 들러서는 지겨울 정도로 입에 달고 살았던, 룸살롱을 다닌다는 아가씨였다. 박종섭은 대수롭지 않게 응대했다.

"쳇, 낮잠 자다 꿈이라도 꿨냐. 그 여자가 약 먹었냐? 너 좋다고 하게?"

"여잔 말이야, 결국엔 자기 좋다는 남자한테 넘어오게 되어 있어. 특히나 그런 미인들은 원래 멋진 놈이 차지하는 게 아냐. 잘난 놈들은 자존심이 있어서 여자들한테 올인 못 하거든. 그런 여자들은 받들어 주는 남자한테 약해. 머슴처럼 밀어붙이면 싫다 싫다 하면서도 나중엔 넘어오거든."

"헛소리 말아. 아무리 그래도 너한테 넘어갔다는 건 못 믿겠다. 뭐 여자가 너한테 한 번쯤 웃어 주기라도 했나 보지."

"내가 바본 줄 알아? 그런 걸로 착각하게."

이필호는 갑자기 발끈했다. 자랑하고 싶었는데 박종섭이 부러워하기는커녕 재를 뿌리니 골이 난 모양이었다.

"나하고 자겠다는데? 그럼 끝난 거 아냐?"

"너하고 잔다고? 꿈 깨라. 걔들이 얼마나 눈이 높은데. 그러고 그런 애들은 프로야. 아무 이득 없이 남자하고 자는 애들 아니야."

박종섭이 도무지 믿지 않자 이필호는 좀 더 달아올랐다.

"제기랄. 자기로 했다니까. 오늘 돈까지 줬어. 직접 준 건 아니지만, 그래도 돈 받아 놓고 튀겠어? 바로 위층인데. 정유미도 직접 나한테 오라고 그랬어."

"진짜야?"

"그럼. 아까 나카미치 한 대 값 날아갔다는 게 그 이야기야. 그래도 괜찮아. 그 정도 여자 한 번 안아 보는 데 그건 아무것도 아니지."

박종섭은 황당했다. 굉장히 비싼 술집에 다니는 콧대 높은 여자로 들었는데 돈 몇십만 원에 아래층 남자하고 잔다? 믿기지 않았다.

"그거 사기당한 거 아냐? 남자친구도 있다며?"

이필호는 킬킬킬 웃었다.

"바로 그 남자친구 놈이 자게 해 준 거야."

박종섭은 어리둥절할 뿐이었다.

박종섭의 진술에 이유현은 쾌재를 불렀다. 나카미치 한 대 값, 그
것이 이필호가 수요일에 인출한 백수의 피 같은 돈, 50만 원일 것이
다. 그걸 정유미와의 정사를 약속한 김형빈에게 전해 주었다. 김형
빈은 남자친구란 탈을 쓰고, 매니저라는 직함을 앞세우고, 뒤로는
포주 역할을 하는 녀석이라고 생각했겠지. 그러면서도 김형빈의 비
열함 덕분에 꿈에도 잊지 못할 정유미와 하룻밤을 보낼 수 있게 되
었다고 좋아했겠지. 김형빈은 수요일, 목요일 이필호에게 항의하러
전화했다고 둘러댔지만 실은 거래를 위한 거였다. 그 거래는 금요일
밤 104호의 베란다를 제공받고, 이필호를 희생양으로 삼기 위한 함
정이었다.

이필호가 수요일에 인출한 50만 원과 그 행방, 김형빈과 이필호와
의 통화, 모든 정황이 퍼즐 조각처럼 착착 맞아 들어갔다.

'정유미가 직접 오라고 했다'는 건 좀 이상했지만, 이필호가 박종
섭에게 자랑하기 위해서 꾸며 댄 말이 분명하다고 이유현은 생각했
다. 비록 범죄의 주변정황에 불과했지만 이유현은 기대감에 찼다.
김형빈의 알선행위는 전체 그림에서 보면 분명 살인극을 위한 밑밥
이다.

이제 곧 확실한 증거와 동기가 손에 들어온다. 그리고 김형빈은 서투러진다.

꼬박 이틀의 진통을 겪은 뒤 드디어 김형빈의 휴대전화 내역과 이메일을 볼 수 있는 압수수색영장이 발부되었다. 검사가 판사를 상대로 기록상 등장하지 않는 추리를 동원하여 납득시킨 모양이었다. 다만 이유현이 신청한 기간은 1년이었는데 발부된 건 두 달 치 내역으로 한정되었다. 김형빈과 정유미가 사귄 지 1년이라고 했으니 확인 기간도 1년으로 하여 신청했던 것인데, 법원에서는 현 단계에서의 김형빈의 옅은 혐의를 감안해 두 달 치 내역에 대하여만 영장을 발부한 것이다. 영장청구서에 추리소설을 쓸 수는 없으니 김형빈에 대한 직접적인 증거가 전무한 수사 기록상 전부 기각되어도 사실 할 말 없는 사건이긴 했다. 두 달 치 영장이나마 발부해 준 것도 법원의 영장 관행에 비추어 보면 수사의 답보 상태를 감안해 판사가 이례적으로 사정을 봐준 셈이었다.

영장에 따라 조회에 들어간 지 하루 만에 통신사로부터 휴대전화 통화 내역이 도착했다. 각종 포털 사이트에서 보낸 이메일 내역도 비슷한 시간에 송부되어 왔다. 마음이 급한 이유현은 봉투를 뜯자마자 두툼한 자료들을 처음부터 뚫어져라 샅샅이 훑어가기 시작했다.

"별것 없는데요, 팀장님."

옆에서 같이 내역을 들여다보고 있던 오남형이 말했다. 대답 없는 이유현의 얼굴도 서서히 굳어졌다.

사건이 있기 전 두 달간의 휴대전화 통화 상대는 주로 정유미였다. 가끔 모친이나 친구들과의 통화도 있었지만, 가뭄에 콩 나듯 드물었다. 그 밖에는 택배 기사나 여행사 따위의 업체들에 전화한 것들이었다. 주목되는 건 역시 죽은 이필호에게 스토커 행각을 항의하러 했다는 몇 건의 통화, 그중에서도 수요일과 목요일의 연속된 통화였지만 그건 전혀 새로울 것 없는 내역이었다. 이메일은 더 심했다. 수백, 아니 수천 통 중에 사적인 것은 정유미와의 몇 통이 전부였다. 나머지는 빼곡히 들어찬 결제 알림 메일, 스팸메일이었다.

"이거야 완전 절간이구먼. 보기보다 사생활이 훌륭했는데요, 이녀석. 이필호와 다를 바 없어요. 여자관계가 깨끗해요."

김형빈에게 감정이 좋지 않은 유석태조차 인정할 수밖에 없었다. 오남형이 말을 받았다.

"이필호는 타의에 의한 거고, 김형빈은 자의에 의한 거니깐 다르지."

휴대전화와 이메일 수사에서 고배를 마신 강력팀 형사들은 분담하여 김형빈 주변 지인들의 진술 수집에 들어갔다. 주로 다른 애인을 두고 있지는 않은지, 절박한 돈 문제는 없었는지 등에 대한 것이었다. 김형빈의 휴대전화 통화 내역에 드러난 친구들은 물론, 대학과 고등학교 동창, 류경아와 명세인을 제외한 '엘라가발루스'의 다른 아가씨들을 일일이 방문하거나 전화로 탐문했다.

결과는 실망스러웠다. 역시 깨끗했던 것이다. 지나치리만큼. 김형빈의 대학 동창은 대부분 김형빈의 소식을 아예 모르고 있었다.

"형빈이 소식을 경찰을 통해서 듣게 되네요."

전화를 받고 어이없어하는 친구도 있었다.

김형빈은 미대를 졸업한 뒤로는 동기들과의 연락을 끊었던 모양이었다. 어쨌든 적어도 김형빈에게 정유미 말고는 다른 애인이 없었 던 것만은 분명해 보였다. 애인은커녕 거의 진구조차 없었다.

김형빈이 부잣집 여자를 사귀고는 정유미를 버리려고 살해한 것 이 아닌가 하는 따위의 70년대《선데이서울》기사 같은 범행 동기는 결국 나오지 않았다.

범행 동기에 대한 수사가 벽에 부딪히자, 그 부분은 잠시 제쳐 두 고 범행에 대한 직접적인 증거를 확보하는 쪽으로 수사의 방향을 바 꾸었다. 그 무렵 이유현의 머릿속을 스친 생각이 있었다.

고진의 가설대로라면 녹음된 김형빈과 정유미의 마지막 통화에서 정유미의 "강도야!" 하는 비명이 휴대전화를 통한 음성과 정유미의 육성으로 겹쳐 있어야 했다. 김형빈이 휴대전화로 통화하면서 정유 미의 침대방에 갑자기 뛰어들어 정유미가 소리를 질렀기 때문이다. 말하자면 정유미의 휴대전화 쪽에서 전송되는 통화음과, 김형빈의 휴대전화 쪽에서 육성으로 직접 입력되는 음이 쌍방에서 삽입된다.

녹음 파일에 정유미의 육성이 들어가 있는 것만 확인되면 김형빈 의 휴대전화 통화를 이용한 심리 트릭은 바로 무너진다. 동기가 설 명이 안 된다 하더라도 유죄 입증은 확실하다.

이유현은 기대감을 품고 국립과학수사연구원에 통화 파일의 음성 분석을 의뢰했다. 분석 자체는 비교적 쉬운 작업이었다. 하지만 경 찰로부터의 쇄도하는 업무 의뢰로 차례가 많이 밀려 국과수로부터 분석 결과를 통지받기까지는 한 달 이상이 걸린다는 것이었다. 이유 현은 답답했다. 김형빈의 범죄 입증까지 바로 한 발짝 남았는데.

김형빈은 경찰이 자신의 주변 인간관계, 특히 여자관계를 캐고 다닌다는 걸 눈치챘을지 모른다. 경찰의 전화를 받았던 김형빈의 친구 중 누군가가 그에게 사정을 말해 줄 가능성도 있다. 이런 기묘한 범죄를 구상할 정도로 머리 좋은 김형빈이 그런 얘기를 듣는다면 눈치를 못 챌 리가 없다. 김형빈을 체포할 수 있는 확실한 증거인 국과수로부터의 음성 분석 조회가 오기 전에 그가 수사망이 좁혀 오는 걸 깨닫고 외국으로라도 도피해 버리면 큰일이었다. 그는 사건 당일에도 태국으로 막 여행을 떠나려던 참이지 않았던가. 출국금지조치를 하면 되지만 현재로서는 그런 조치를 요구할 근거가 될 물증이나 증언이 전혀 없다.

초조해진 이유현은 평소에 연줄이 있던 S 대학교 공과대학 정운경 교수에게 다짜고짜 전화를 걸었다.

"휴대폰 통화를 녹음한 파일이 있는데요, 거기서 육성을 구별해 낼 수 있습니까?"

"불문곡직하고 그게 무슨 말입니까? 풀어서 천천히 말씀하세요."

이유현은 그제야 자신의 마음이 앞서서 질문이 엉켜 버린 걸 깨달았다.

"이를테면 그런 겁니다. A와 휴대폰 통화를 하면서 B가 그 통화를 녹음을 했어요. 그러면 A의 목소리는 당연히 휴대폰을 통한 통화음으로 녹음이 되지 않습니까? 그런데 만약 어떤 이유로 A와 바로 옆에서 통화를 했다면요, 휴대폰 통화를 통한 목소리 말고 A의 육성도 직접 동시에 같이 녹음이 되지 않겠습니까? 그걸 알아낼 수 있는가 하는 겁니다."

정운경 교수는 관심을 보였다.

"말씀하시는 걸 보니 꽤 재미있는 사건인 모양이군요. 알 수 있죠. 휴대폰을 통해서 들린 목소리와 직접 말하는 목소리는 달라요. 기계로 분석해 보면 금방 알 수 있습니다."

이유현이 반색하며 사정을 설명하자 정운경 교수는 흔쾌히 협조해 주겠다고 나섰다. 하지만 통화한 그날 바로 오후 이유현이 통화 파일을 들고 교수의 연구실을 전격 방문하자 정운경 교수는 질렸다는 듯이 입을 쩍 벌렸다.

"이 경위님의 열의에 졌습니다. 지금 진행 중인 프로젝트도 있지만 우선 이것부터 분석해 드리죠."

교수도 녹음된 정유미의 비명에 크게 놀랐고, 그러면서도 강한 호기심을 띠었다.

"이 비명이 주로 타깃이 되겠군요. 대화음은 작으니까 육성이 녹음 안 될 수 있어도, 이 정도 비명이면 한 5미터 떨어져 있었어도 육성이 녹음되었을 겁니다."

교수는 컴퓨터에 이유현이 가져온 녹음파일을 넣고 프로그램을 띄웠다. 그러고는 분석 장비를 가동시켰다. 컴퓨터는 이유현이 처음 보는 생소한 기계와 연결되어 소리를 전송하는 것 같았다. 기계가 반응을 보이기 시작했다.

"어떻습니까? 여자의 통화음 말고 육성도 들어가 있습니까?"

이유현은 기대감에 차 물었다. 하지만 이어진 교수의 대답은 이유현을 당혹감에 빠뜨렸다.

"아뇨. 육성은 조금도 없습니다. 통화음뿐이에요."

"그럴 리가……."

이유현은 잠시 할 말을 잃었다.

"확실합니까? 혹시 검사가 잘못될 가능성은 없겠습니까?"

이유현이 다그치듯 물었지만 정운경 교수는 천천히, 하지만 확실하게 고개를 가로저었다.

더 이상 확인하는 것은 선의로 도와준 교수의 자존심에 상처를 입히는 것이라 생각한 이유현은 연구실에서 물러 나왔다.

이유현은 일단 육성음이 없다는 사실을 인정하기로 했다. 다만 어떤 이유로 녹음이 제대로 안 된 걸 거다, 녹음 기능이 너무 떨어져서 통화음 말고는 잘 캐치가 안 된 것일 수 있다, 그렇게 생각했다.

'김형빈, 지긋지긋하게 운이 좋은 녀석이군.'

이유현은 빈손으로 돌아오는 길에 혼잣말로 중얼거렸다.

통화 녹음에 대해서는 더 이상의 미련을 버리기로 했다. 기댈 수 있는 것이 하나 더 있기 때문이었다. 지하철 CCTV였다.

고진이 말한 것처럼 김형빈이 서초역에서 전철에 올라타서 전철이 출발하기 전에 급히 몇 칸을 이동하여 재차 내린 것이 아닌지, 출입자들을 다시금 정밀하게 분석해 보기로 했다. 만약 그 장면이 확인된다면 통화 녹음만큼 결정적일 수는 없겠지만 김형빈을 무너뜨리기에 충분하다. 김형빈은 그 어색한 연출에 대한 설명을 해야 한다. 왜 그런 짓을 했지? 합리적인 설명은 '살인'을 위한 '알리바이 조작'밖에 없겠지?

찾아내야 할 부분은 김형빈이 서초역 전철에서 뛰어나오기 직전에 전철의 다른 문으로 올라탄 장면이었다. 그것을 확인하기 위해 형사들이 날려늘어 많은 시간을 소요하며 역의 모든 CCTV에 비친 승차하는 시민들의 뒷모습, 옆모습을 면밀하게 조사했다.

의욕적으로 시작했건만, 시간이 지날수록 형사들의 얼굴은 어두 워지고 분위기는 점차 무거워졌다. 아무리 보아도 김형빈은커녕 비 슷한 사람조차 없었다. 밤늦은 시간이라 승객들이 별로 없었기에 김형빈이 탈 때와 내릴 때 다른 옷을 입었다 해도 놓칠 가능성은 없 었다.

"이럴 리가 없는데……."

두 번, 세 번, 다섯 번, 열 번을 되돌려 보았다. 반드시 있어야 할 장면이 나오지 않는다. 허탈했다. 부러진 확신은 강했던 만큼 이유 현의 심장을 아프게 찔렀다.

"그럼 잠실역 화면을 한번 받아 보죠. 혹시 모르니까."

오남형의 의견은 당연했다. 김형빈은 잠실역에서 전철을 타서 서 초역에서 내렸다고 했다. 서초역에서 장난친 게 아닌 게 확인되었으 니 잠실역에서 전철을 탄 사실은 맞는지 검증해 보는 건 당연한 수 순이었다.

잠실역 CCTV 자료를 즉시 받아 와 조사에 들어갔다. 조마조마한 심정으로 화면을 돌려보던 이유현은 마침내 돌에 맞은 개구리처럼 쭉 뻗고 말았다. 사건이 있던 날 밤 11시 2분에 김형빈이 잠실역에 서 전철에 타는 모습이 뚜렷이 찍힌 거였다.

김형빈은 '서초동'에서 범행이 일어난 시각에 '잠실'에 있는 게 분 명했다. 범행 불가능이었다. 모든 것이 김형빈의 진술과 들어맞았다.

정유미와의 휴대전화 통화 중 정확히 10시 59분 정유미의 비명을 들었다.

급히 잠실역에서 전철을 탔다. 그것이 11시 2분. 11시 5분에 경찰에 신고했고, 11시 20분경 서초역에 도착, 11시 25분쯤에 아파트로 뛰어 들어왔다.

CCTV는 김형빈의 진술이 틀림없음을, 그의 범행이 아님을 역설해 주고 있다. 믿었던 지하철 CCTV가 이유현의 희망을 결정적으로 꺾어 버렸다. 보고 싶지 않은 장면이었다. 김형빈의 무고함을, 혹은 무너뜨릴 수 없는 알리바이를 증명하는 확고부동한 화면이었다.

어떻게 된 일인가. 사건의 정황은 자북을 가리키는 나침반처럼 모두 김형빈을 향하고 있었는데. 고진의 추리는 전혀 모순이 없어 보였는데.

김형빈은 이필호를 꾀어 104호 베란다 창문을 열게 하고, 204호를 자유자재로 출입할 수 있는 인물이다. 고진이 밝혀낸 범행 방법에 가장 적역인 맞춤형 범인이다. 그는 사건 관계자 가운데 이필호와 통화한 유일한 인물이다. 정유미의 매니저 행세를 하면서 이필호에게 잠자리를 알선하는 척했다.

욕심에 판단이 흐려진 이필호는 쉽게 속아 넘어갔다. '정유미의 남자친구가 자게 해 주었다'며 동네 친구에게 자랑했다. '정유미가 직접 오라고 했다'지만 그건 과시용일 뿐이다.

김형빈은 이필호가 백일몽에서 깨기 전에 곧장 실행에 착수하는 민첩함을 보였다. 사건 전날, 목요일 다시 이필호와 통화했다. 필시 그때 다음 날의 계획을 알렸겠지. 내일 밤에 가서 창문을 두드릴 테니 베란다 창문을 열어 달라고. 그때 정유미를 안게 해 주겠다고.

그리고 그는 204호의 비밀번호도 알고 있었고, 출입이 자유로웠다. 그런데도 동기와 물증은 추리를 완벽하게 배반하고 있다. 정유미의 남자관계가 말끔했던 것과 마찬가지로, 김형빈의 여자관계도 깨끗했다. 적어도 다른 여자 때문에 애인을 살해한다는 통속적인 동기는 갖고 있지 않았다. 남녀 관계에 어두운 이유현의 상상력 부족일지는 모르나 둘 사이에 다른 갈등이 없다면 살해까지 가는 건 생각할 수 없었다. 그가 들이민 통화 녹음에 정유미의 육성음은 섞여 있지 않았다. 알리바이는 그보다 더 확실했다. CCTV는 부동의 현장 부재를 증명해 주었다.

김형빈이 아니란 말인가. 이유현은 두 손을 들었다. 맥이 빠져 완전히 축 늘어져 버리고 말았다.

8

그날 밤 이유현은 헤어진 애인을 생각하듯이 김형빈과 정유미를 그리며 뒤척이다 겨우 잠이 들었다. 새벽녘 이유현이 어지러운 꿈자리를 뒤로하고 눈을 떴을 때 맨 먼저 눈에 띈 벽시계는 4시를 가리키고 있었다.

'휴일인가? 낮잠을 잤나……'

생각하던 이유현은 갑자기 웃고 말았다.

'새벽 4시잖아. 바보같이. 잠을 설치는 바람에 비몽사몽이군.'

가볍게 자신을 탓하던 이유현에게 문득 남을 탓하고 싶은 마음이 들었다.

'헛고생한 것도 다 고진 그 인간 때문이야, 그럴듯한 추리를 했지만 역시 추리에 불과했어. 김형빈은 범인일 수가 없어.'

괜히 고진의 말에 현혹되어 인적, 물적 자원과 시간을 낭비하며 헛삽질을 했다는 자책이 들었다. 혹시 고진이 조판걸의 혐의를 완전히 잠재우려 장난친 거 아닐까 하는 생각마저 들었다.

그때 문득 머릿속 한구석 어디선가 아련하게 고진의 목소리가 울려왔다.

'다른 가능성이 한 가지 더…….'

지난번 술집에서 대화 중에 급히 먼저 일어서 나오는 이유현의 뒤통수에다 고진이 흘린 말이었다.

고진이 말한 다른 가능성은 무얼까? 내가 그의 이야기를 덜 들어본 건 아닐까.

교착상태에 빠진 수사로는 오늘 하루도 가망이 없다. 점심시간을 이용해 그를 잠깐 만나 보자. 지푸라기라도 잡는 심정이었다.

고진 때문에 실컷 고생했고, 새벽잠까지 설쳤다. 고진은 오늘 만나서 해명해야 할 의무가 있다. 이유현은 자리에서 일어나 기세등등하게 전화를 걸었다.

"누구…… 여보……."

졸린 데다가 혀까지 꼬인 말소리가 들렸다. 분명 실컷 폭음 후 수면 중이었을 것이다. 이유현은 무시했다.

"내일, 아니 오늘 점심때 좀 봬요."

"……누구신지? 으음. 새벽에 전화해서 이럴 사람은 한 사람밖에 없긴 한데……."

고진은 아직 정신이 들지 않았다.

"김형빈이는 범인이 아니에요."

"김형…… 누구더라? 아, 그 꽃미남이라는? 수사가 잘 안 됐나 봐?"

"만나서 얘기할게요. 점심에 나오세요. 보아하니 해장도 하셔야겠고."

고진은 술과 잠이 동시에 깬 모양이었다.

"자네가 사는 건가? 나야 언제나 좋지."

"순댓국집으로 오세요. 여기 서초서 건너편에……."

"아냐, 복국으로 하지. 교대역 뒤에 좋은 데가 있어."

이유현의 내심도 모르고 염치가 엷다. 복국이면 얼마야. 이유현은 이를 갈았다.

점심시간, 교대역 근처 복국집 오붓한 2층 방에 휘청거리듯 모습을 드러낸 고진은 과음과 간밤의 수면 방해로 푸석푸석한 피부에 눈이 빨개져 있었다.

"오늘은 제가 쏘죠."

어차피 사는 복국, 이유현은 내심을 숨기고 기분 좋은 척 말했다.

뜨끈한 참복국을 앞에 놓고 이유현은 이야기를 꺼냈다. 김형빈에 대한 수사가 벽에 부딪친 것부터 이야기를 시작했다.

김형빈이 여자 문제가 없었다는 것, 둘 사이의 갈등도 드러나지 않았다는 것, 따라서 살해 동기를 생각할 수 없다는 것을 이야기했다. 다음, 녹음 통화에서 정유미의 육성을 찾아낼 수 있을 거라는 점에 착상했으나 실험 결과 통화 목소리 외에 육성이라곤 전혀 나오지 않았다는 것, 서초역 CCTV에 김형빈이 11시경 정차한 차량에 타는 장면이 포착되지 않은 것과, 결정적으로 잠실역에서 11시 2분에 전철을 타는 모습이 CCTV에 찍힌 것을 이야기했다.

"형님 말대로라면 김형빈은 11시에 범행을 한 후 서초역으로 가서 전철 차량에 몰래 올라탔다가는 신속히 칸을 이동해 다른 칸에서 내리는 장면만을 CCTV에 찍히게 했다는 건데, 서초역에서는 그런 장면이 없었어요. 오히려 11시 2분에 잠실역에서 승차하는 게 찍혀 있으니 당최 형님의 추리하곤 들어맞지가 않아요."

이유현의 말은 은근히 비난조로 변해 갔다.

고진은 별 표정 없이 술이 덜 깬 몸을 이리저리 비틀어 대며 복국만 줄기차게 떠먹었다. 이유현의 이야기가 끝날 즈음 그의 그릇은 거의 비워지고 있었다.

"그래서 결국 김형빈도 범인이 아니다?"

고진은 복국을 비운 뒤 등을 벽에 기댄 채 무심하게 되물었다. 고진이 빗나간 추리에 민망해하고 있을 거라 생각했던 이유현은 어이가 없었다.

"그럼 범인이겠습니까? 이만큼 수사해도 안 되면 방향을 트는 게 맞죠."

"그런가."

"솔직히 형님의 추리는 그럴듯했어요. 베란다를 이용한 거라든지 하는 범행 방법에 관해서는 형님의 추리가 맞다고 아직도 믿어요. 그런데 그 범인이 김형빈일 수는 없는 거예요."

"하지만 조건에 맞는 범인은 김형빈일 수밖에 없다고도 생각하지 않아?"

"그거야 그렇죠. 근데 범행 방법 쪽에서 추리해 들어간 범인이 시간적으로는 범행이 불가능하잖아요."

고진은 말없이 후식으로 나온 배를 한 점 베어 물고는 씩 웃었다.

"내가 김형빈을 너무 만만하게 봤군. 정말 재미있는 친구야."

"무슨 얘기입니까?"

"내가 지난번에 다른 가능성이 있다고 얘기한 적이 있을 거야."

결국은 이유현의 의도대로 고진의 입에서 스스로 다른 가능성에 대한 이야기를 끌어냈다. 이유현은 짐짓 심드렁하게 말했다.

"뭐 그런 말을 했던 것 같긴 하네요."

"제일 가능성이 높았던 건 역시 처음에 자네한테 얘기했던 시나리오였어. 그게 아니란 게 밝혀졌다면 좀 더 어렵지만, 다음 가능성을 생각해 볼 수밖에 없어."

"그럼 범인이 따로 있단 건가요?"

"아냐, 김형빈은 여전히 범행이 가능해."

"김형빈이 범행이 가능하다고요? 그렇게 확실한 알리바이가 있는데도?"

"물론 경찰의 수사는 완벽했다고 믿어. 그리고 가장 정석이기도 했고. 보통의 사건이라면 그 선에서 결론을 내리는 게 맞겠지."

"그런데요?"

"그동안은 비열하기만 하고 머리는 나쁜 놈들투성이였어. 그러다가 김형빈이 같은 범죄의 귀재를 만났으니 혼란스러운 거야."

"너무 음모론에 빠지신 거 아녜요? 아님 김형빈의 도플갱어라도 등장시킬 생각입니까?"

이유현은 턱없는 이야기를 태평스럽게 하는 고진이 마땅찮아 쿡쿡 찔러 댔다.

"겁나는데. 도플갱어가 나타난 거라면 난 당장 손 떼고 도망갔을 거야."

"그럼 혹시 김형빈한테 공범이 있다는 거예요?"

"아니, 그런 건 아니야. 공범이 있다고는 생각되지 않아."

고진은 남은 술기운에 몸이 찌뿌드드한지 기지개를 크게 켰다.

"자네도 아까 분명히 얘기했지만, 김형빈은 '시간적으로' 범행이 불가능하다고 했지?"

"당연히 그렇죠. 휴대폰 통화 녹음이나 통화 내역, 지하철 CCTV 같은 걸 속일 순 없잖아요."

고진은 갑자기 입 끝을 말아 올리며 웃었다. 재미있는 일을 앞에 두거나 기분이 좋을 때의 표식이다.

"하하, 김형빈은 생각보다 더 대담한 놈인 것 같아. 정말 재미있어."

"나쁜 놈은 아니고요?"

"현대의 기술 앞에 범죄의 설자리는 갈수록 없어지고 있다고들 말하지. 지문, DNA, 혈흔 분석 같은 거야 물론 예전부터 있었지만, 요즘은 사건 생기면 딱 세 가지만 보면 되잖아? 휴대폰, 이메일, 그리고 통장 계좌. 이거만 뒤져 보면 그 사람이 어떤 사람인지, 누구와 사회적 관계를 맺고 있는지 다 나와. 그래서 전통적인 추리소설의 트릭은 대부분 현대에는 성립이 안 돼.

하지만 말이야, 난 좀 생각이 달라. 새로운 기술이 등장한 만큼 새로운 트릭의 지명도 그만큼 넓어진 거야. 수사기관을 속일 수단도, 기발한 범죄의 여지도 얼마든지 더 생겨난 거야. 그런 내 이론을 김형빈이 그대로 실현해 보여 줬어. 정말 재미있지 않나? 하하하."

"기어코 김형빈이 범인이라고 생각하시는군요."

고진은 대답 않고 몸을 일으키며 말했다.

"이 길로 사무실로 가서 한 가지만 보여 주겠나?"

"뭘요?"

"김형빈과 정유미의 통화 내역."

강력팀 사무실은 텅 비어 있었다. 다른 형사들은 아직 식사 중인지, 아니면 점심을 먹고 어디론가 가 버린 듯 모두 자리에 없었다.

이유현은 자신의 책상 서랍을 열고 김형빈과 정유미의 통화 내역을 찾아 꺼냈다. A4용지 몇 장에 걸쳐 빽빽하게 전화번호와 통화 시간이 기재되어 있다. 고진은 종이 뭉치를 받아 들더니 거꾸로 뒤부터 넘기기 시작했다.

"어디 보자……."

잠시 후 그의 얼굴에 회심의 미소가 어렸다.

"역시 있군."

"뭐가요?"

"여기 봐 봐."

고진이 가리키는 부분은 사건 당일인 11월 20일 밤 10시 30분의 통화기록이었다. 김형빈이 정유미의 휴대전화로 건 통화였다.

"이게 어떤 의미가 있다는 겁니까?"

"11시쯤에 김형빈과 정유미와의 통화가 있었지. 그때 비명이 들렸고. 그런데 바로 30분 전에도 김형빈은 정유미와 통화했어. 이상하다고 생각지 않나?"

"그 정도는 별로 이상한 게 없어요. 둘은 하루에도 열 통, 스무 통씩 전화를 해 댄 사이예요. 10시 30분에 통화하고 30분 뒤에 또 통화하는 정도는 둘 사이엔 별일 아니었어요. 그런 게 바로 연애란 겁니다. 형님이야 이해 못 하시겠지만."

고진이 말했다.

"두 통화가 어떤 트릭을 위한 거라면?"

"트릭이라고요?"

"김형빈은 이중 트릭을 쓴 거였어."

"이중…… 트릭?"

이유현은 통화 내역을 책상 서랍에 집어넣다가 멈칫했다.

"……이제야 뭔가 솔깃해지네요. 하여간 형님은 항상 재미있는 생각을 하는 사람이에요. 그래서 내가 좋아하지만요. 어디 얘기해 보세요."

"시간 차 트릭이지."

"시간 차요? 어떤 겁니까."

"범행이 있었던 것은 11시가 아니라 그보다 30분 전인 10시 30분이었던 거야."

"네?"

이유현의 머릿속에 작은 소용돌이가 일었다. 이어 얕은 신음이 흘러나왔다. 고진의 말이 그것을 덮었다.

"10시 30분경에 눌이 통화하고 이어 11시에 통화했어. 둘 다 김형
빈 쪽에서 건 거야. 애인 사이니까 당연히 그 정도는 자주 통화할 수
도 있겠지. 물론 자네는 그런 건 꿈도 못 꾸겠지만 말이야."

보복하듯 고진이 비꼬았는데도, 이유현은 아무 말이 없었다.

"하지만 10시 30분과 11시의 두 통화는 김형빈이 완전범죄를 성
립시키기 위한 장치에 불과했어."

"으음…… 형님의 추리가 어떤 것일지 대충 감이 오기 시작하네요."

"역시 눈치가 빠르군. 김형빈이 자네에게 건네준 정유미의 '강도
야!' 하는 비명이 녹음된 파일은 실은 10시 30분에 있은 통화였던
거야. 범행 방법은 지난번 얘기한 것과 동일해. 시간만 달랐을 뿐이
야. 김형빈은 10시 30분쯤 범행을 개시했어. 경비가 매시 30분에 순
찰을 돈다고 했으니, 아마 경비가 돌고 난 직후를 노린 게 아닐까?
이필호를 꾀어 104호 베란다를 통해 CCTV에 걸리지 않게 침입,
204호로 올라가 정유미를 살해, 이때 통화를 녹음했지, 그리고 뒤이
어 올라온 이필호도 살해, 그리고 계단을 내려가 104호 베란다를 통
해 도주, 이 모든 게 10시 30분 무렵에 있었던 거야. 아파트를 빠져
나온 김형빈은 급히 택시를 탔든지 해서 잠실역까지 거슬러 갔어.
그러고는 알리바이 연출을 위해 잠실역에서 다시 서초행 전철에 올
라탔어. 그게 11시 2분 잠실역 CCTV에 찍힌 장면인 거야."

"정말 대단한 녀석이군요."

이유현은 진심으로 감탄해서 말했다.

"김형빈은 10시 30분 살해 현장에서 정유미의 휴대폰을 들고 나

왔어. 그다음 11시경, 정확히는 10시 59분에 자신의 휴대폰과 정유미의 휴대폰을 양손에 들고 통화 버튼을 눌렀어. 그 시간에 서로 통화한 것처럼 꾸민 거지. 또, 11시 5분에는 여자친구와 통화 중에 비명이 들렸다며 112에다가 신고를 하는 연극을 했어. 경찰이 곧 출동해서 시체를 발견해야만 이 쇼는 성립이 되거든. 경찰에서 조사받을 땐 11시경에 통화할 때 그 비명 소리가 녹음된 것인 양 말하며 슬쩍 통화 파일을 건네주었어. 그러면 살인이 있던 11시 무렵에 자신은 정유미의 비명에 놀라 잠실에서 전철을 탄 게 되니까. 그런 방법으로 철벽 알리바이를 쌓아 올린 거야. 아아, 정말 얼굴을 한번 보고 싶군. 이 정도로 교활하고 대담한 짓을 꾸민 자가 어떤 인물인지."

"정유미의 휴대폰은 어떻게 다시 현장에 가져다 놓았을까요?"

"휴대폰이 침대 밑에 들어가서 나중에 힘들게 발견했다며. 처음에 출동한 경찰들 얘기로는 김형빈이 현장에 도착했을 때 난리를 치면서 집 안을 마구 울부짖으며 돌아다녔다고 그랬지? 아마도 그때 몰래 침대 아래에 던져 넣은 거겠지."

이유현은 고개를 갸웃했지만 솔직한 마음을 드러내며 고진을 칭찬했다.

"예리하시네요. 어디서 그런 착안을 하게 되셨어요?"

"김형빈이 휴대폰 통화를 자동녹음 하도록 설정해 두었다는 게 좀 이상했어. 주위에 그런 사람 본 적이 있나? 휴대폰 기기에 그런 기능이 있다는 걸 아는 사람조차 드물걸. 뭔가 어색한 건 반드시 이유가 있는 거야. 물론 김형빈에게 개인적인 다른 이유가 있을 수도 있으니 단정은 못 하겠지만, 적어도 사건에 관련시켜 생각한다면 분명

수상해. 현장의 범행 방법은 어김없이 김형빈을 가리키고 있어. 그렇다면 정유미와의 통화를 녹음했다는 건 트릭일 가능성이 높다고 생각했던 거야.

김형빈이 통화를 녹음한 이유로 우선 떠오르는 건 정유미를 살해한 순간에 멀리서 통화 중이었다는 심리 트릭을 연출하려는 것이었어. 그다음으로는 심리 트릭에 더하여 지금 말한 시간 차 트릭을 전개하기 위한 포석일 수도 있다고도 생각했어. 하지만 후자 쪽은 순전히 이론적인 가능성일 뿐이지 현실의 범죄에서 그렇게까지 하지는 않을 거라고, 가능성이 낮다고 생각했어. 그런데 경찰의 수사로 김형빈은 통화가 녹음되었다고 주장한 11시에는 범행이 불가능한 완벽 알리바이 상태라는 게 밝혀졌어. 그렇다면 남은 다른 가능성, 설마 했던 그 가능성이 답이겠지. 실제 범행은 10시 반에 있었다, 녹음도 그때 이미 이루어졌다, 이거지. 그 녹음된 통화와, 11시에 김형빈이 조작한 정유미와의 통화 내역의 교묘한 조합, 그리고 11시 5분의 112 신고가 결합되어 범행은 11시에 있었다는 착각을 불러일으켰어. 통화 중 정유미가 침입자에게 살해당했다는 심리 트릭과 더불어 시간 차 알리바이도 같이 양립시키는 묘수였어."

여기까지의 고진의 설명은 무리가 없었으나 다음의 말이 이유현의 빈정을 상하게 했다.

"김형빈은 녹음 파일을 자연스럽게 경찰인 자네에게 건네줬어. 자네는 범인이 건네주는 먹이를 덥석 문 거지."

"결국 최후에 알리바이를 완성시켜 준 건 저란 말씀이군요."

이유현이 비아냥거림과 자조가 섞인 대사를 뱉었으나 고진은 "그런 셈인가?" 하며 눈치 없이 껄껄 웃었다.

"김형빈은 정말 재미있는 친구야. 범행 시각 조작이라는 발상을 실제로 실행에 옮겨 버리다니. 앞으로의 수사에 성과가 있길 빌겠네."

고진은 이유현이 권하는 차도 거절하고 먼저 실례하겠다며 일어섰다.

"하지만……."

사무실 문 앞까지 배웅을 나갔다 돌아서는 이유현의 뒤통수에 미련이 남은 듯한 고진의 대사가 들려왔다.

"또 하나의 가능성도 있어……. 말도 안 되는 거지만."

이유현은 귓전으로 흘려듣고 책상으로 향했다.

"어떤 확인 방법이 있을까?"

마음 같아서는 당장 김형빈을 소환해 알리바이 트릭을 눈앞에서 부수며 살인을 자백받고 싶었다. 그렇지만 프로 수사관이라면 주먹구구로 피의자와 대면하기 전에 움직일 수 없는 증거를 확보하는 일이 먼저였다. 그걸 면전에 들이대야 한다. 말과 논리만으로는 쉽사리 자백을 얻어 내지 못한다는 것을 이유현은 경험으로 알고 있다. 고진의 두 번째 가설은 이번에도 역시 그럴듯하지만 검증과 증거가 여전히 필요하다. 그렇지 않고서는 재미있는 소설은 될지언정 김형빈의 현실적인 체포로는 이어질 수 없다.

"그렇지, 사망 시각이 문제야."

곰곰이 생각하던 이유현은 손가락을 딱 하고 튀겼다.

피살자가 사망한 지 며칠이 지났다면 한두 시간의 사망 시각 차이는 알기 힘들다. 하지만 이 사건에서는 피살 직후 경찰이 도착했다. 10시 30분 사망과 11시 사망과는 시체의 사후 상태에서 차이가 있을 수 있다. 그 점을 확인해 보면 살해 시각 조작은 벗겨 낼 수 있지 않을까. 시체 상태로 보아 11시에 죽은 게 아니라 10시 30분에 죽은 것으로 판명이 난다면 김형빈의 통화 녹음이니 허위 통화 조작이니 하는 알리바이 장난은 자연스럽게 깨진다.

이유현은 당장 감식반으로 달려갔다.

당시 임장했던 감식반원을 찾았다. 양중호 경사가 불려 나왔다.

"무슨 일이십니까?"

"정유미 사건 때의 시신 상태를 좀 여쭤보려고요."

"네. 말씀하십시오."

"부검 결과에는 사망 시각이 10시부터 11시 사이라고 기재되어 있던데요. 시간이 더 구체적으로는 특정 안 되었던 겁니까?"

"원래 부검에서 정확한 시간이 안 나오는 건 아시잖습니까? 살해 당한 직후 경찰이 출동했고, 그게 11시 좀 넘어서였죠. 부검해 봐도 죽은 지 한 시간이 채 안 된 걸로 나왔으니까 공식적으로는 사망시 각이 10시부터 11시 사이로 보는 게 맞습니다. 제가 보기엔 죽은 직후 같았고, 듣기로도 살해당하는 순간에 애인하고 통화 중이어서 살 해시각은 11시로 특정되었다던데, 아닙니까?"

"그것도 아직은 조사 중입니다. 그래서 여쭙는 건데 정유미나 이 필호의 시체 상태로 보아 11시에 죽은 것이 아니라 10시 30분에 죽 은 건 아닐까요?"

"글쎄요, 출동했을 땐 피살당한 직후 같던데……."

양중호의 대답은 썩 희망적이지 못했다.

"그래도 현장에서 사건 직후 시체를 보셨으니까 제일 정확히 아
시지 않겠습니까? 죽은 지 삼사십 분 이상 경과한 상태 아니었습니
까?"

"참 뭐라 말씀드리기 어렵네요. 죽은 지 한 시간 안이면 시반도 잘
나타나지 않고 사후경직도 시작되기 전이라서요."

"너무 신중하신 거 아닙니까?"

"아뇨, 30분 정도의 차이를 판명한다는 건 원래 힘듭니다."

"그럼 비공식적으로라도 견해를 좀 얘기해 주세요."

이유현의 거듭된 요청에 양중호는 곤란한 표정을 지으며 마지못
해 말했다.

"꼭 말을 하라시면 제가 보기엔 10시 30분은 아니지 않나 싶어요.
체온도 채 식지 않았던데요. 11시쯤이 맞을 겁니다."

"두 시체 다요?"

"네, 둘 다요."

그럴 리가. 이유현은 애꿎은 감식반원을 한참 바라보다 물러 나
왔다.

이유현은 사무실 제자리로 돌아와 앉아 넋을 잃고 생각에 잠겼다.
감식반원은 비교적 나중에 출동했다. 그래서 시체 상태의 판단에 오
류가 있을 수 있다. 죽은 후 시간이 지날수록 사망 시각 판정은 곤란
해진다. 전문 지식을 떠나서 시체의 상태를 가장 잘 알 수 있는 사람
은 가장 먼저 출동한 경찰관이지 않을까.

"사건 신고를 받고 가장 먼저 출동했던 사람이 누구지?"

이유현은 책상 열 맨 끝에 들어와 앉아 있던 유석태에게 물었다.

"그야 지구대 경찰이죠."

"그 지구대 경찰 좀 불러 봐. 몇 가지 물어보게."

두 시간 뒤 제복을 입은 중년의 경찰관이 사무실로 들어왔다. 이유현은 그를 보자마자 와 준 데 대한 고마움을 간단하게 표한 후 질문공세를 폈다. 다급해진 마음에 말도 이상하게 나왔다.

"당시 시신 상태가 어땠습니까? 금방 죽은 게 아니라, 아니 이거 표현이 좀 이상하긴 한데, 그러니까 죽은 지 한 30분 이상 경과한 시체처럼 보이지는 않았습니까?"

"저는 감식 쪽은 전혀 모릅니다만."

경찰관은 어리둥절해하면서도 어디까지나 신중했다. 이유현은 죄 없는 경찰에게 은근 울화가 치밀었다. 지금은 공무원의 보신 따위가 중요한 게 아니란 말이다.

"그냥 참고하기 위한 겁니다. 그럼 다르게 물어볼게요. 시체가 식어 있지는 않았습니까?"

"그렇게 말씀하시니, 잘 모르지만 개인적인 소견으로 말씀드리겠습니다. 시체는 지금 막 죽은 사람 같았습니다."

기대하는 대답을 얻지 못한 이유현은 다급해졌다.

"막 죽은 사람이라니, 얼마 정도 전이에요?"

"죽은 직후요. 핏물만 없다면 꼭 잠자고 있는 사람처럼도 보였습니다."

"잠자는 것처럼 보이는 건 저도 봤고요. 제가 알고 싶은 건 그런 모양새가 아니라 출동하셨을 때 막 죽은 사람처럼 보였느냐, 아니면 그래도 한 삼사십 분은 지난 것 같았느냐는 겁니다."

"아, 네."

경찰은 드디어 이유현이 무엇을 묻고 싶어 하는지 알아들은 모양이었다.

"삼사십 분씩 지난 것 같지도 않았습니다. 체온이 덜 식어서 몸도 따뜻했거든요."

경찰관은 켕기는지 다시 말을 덧붙였다.

"그래도 전 잘 모릅니다. 시체 감식 같은 건 감식반이 정확하겠지요."

이유현은 허탈해졌다. 감식반원이나 출동한 경찰관의 말에 따르면 죽은 지 30분 이상 경과한 것 같지도 않다는 것 아닌가. 갓 죽은 생생함을 시체에서 느끼고 보았다고 하지 않는가.

그래도 둘 다 자신 있게 말하지는 못했다는 점을 떠올리며 위안을 삼았다. 어차피 죽은 시간의 정확한 판정은 늘 어렵다. 사실 의욕만 앞섰던 것이지 생각해 보면 아무리 사망 직후 발견했다고 하나 죽은 시간을 30분 단위로 확정하기는 어려울 것이라는 데에 이유현도 고개가 끄덕여졌다.

이유현은 재차 생각에 잠겼다.

김형빈의 트릭을 부술 다른 방법이 없을까? 김형빈은 범행 시간을 30분 늦추어 알리바이를 손에 넣었다. 그 방법은 두 가지였다. 10시 30분의 통화 녹음과 11시의 허위 통화 조작. 통화 녹음과 통화를 조작했다면 거기에서 허위를 발견해 낼 수 있지 않을까. 그럴 수 있다면 정유미의 사망 시각 같은 변죽을 울릴 필요 없이 곧장 그를 코너에 몰아붙일 수 있지 않을까.

이유현은 눈을 크게 떴다. 그래, 통화 시간만 확인하면 된다!

김형빈이 경찰을 농락하려 제출한 통화 녹음은 거꾸로 그의 범행을 밝히는 포승줄이 될 수 있다. 10시 30분의 통화 시간과 11시의 통화 시간을 확인해서 어느 쪽이 녹음된 통화의 지속 시간과 일치하는지만 확인하면 되는 것이다. 김형빈이 11시에 통화를 한 것으로 조작했다고 해도 통화 시간까지 일치시킬 수야 없었을 것이다.

가령 정유미와 녹음된 통화가 1분이라 치자. 10시 30분의 통화가 1분이고 11시의 통화가 30초라면 녹음 통화는 11시가 아니라 10시 30분에 이루어진 게 명백해진다. 그렇다면 11시의 통화라며 김형빈이 건네준 녹음된 통화는 실제는 10시 30분에 이루어진 게 된다. 즉 살인도 10시 30분에 있었다는 말이 된다. 그 말은 다시, 김형빈의 알리바이가 없어진다는 뜻이다. 더구나 그는 경찰을 상대로 통화 시간을 속여 알리바이를 꾸며 대려 했다는, 빼도 박도 못할 이야기가 성립된다. 게임 오버.

통신사에서 보내온 통화 내역에서는 통화한 번호와 통화한 시간 모두가 확인된다. 정유미의 비명이 녹음된 그 통화에 걸린 시간과 통화 내역에서 확인된 10시 30분과 11시의 통화 시간을 각각 대조해서 어느 쪽 통화가 일치하는지를 확인해 보면 답은 명확해진다.

이걸로 충분히 김형빈의 거짓말은 깨부술 수 있다. 다시 힘을 낸 이유현은 재차 통화 내역 확인에 들어갔다. 김형빈으로부터 받은 통화 녹음 파일을 불러오고, 책상 서랍에 모셔 놓은 김형빈, 정유미의 통화 내역서를 꺼내 들었다.

먼저 녹음을 재생시켜 정유미의 비명이 담긴 마지막 통화 시간을 재어 보았다. 41초였다.

이제 10시 30분의 통화가 41초인 것으로 확인되면 되는 것이다. 그러면 범행은 11시가 아니라 10시 30분에 있었다는 것이 입증되고 김형빈의 알리바이 트릭은 백일하에 드러나는 것이다.

10시 30분과 11시 두 통화의 시간을 확인해 보았다. 순간 이유현의 머릿속이 하얗게 비워졌다. 10시 30분의 통화는 3분 20초, 11시의 통화는 41초였다.

그렇다면…….

정유미의 비명이 녹음된 통화는 11시에 있었던 것이 틀림없다. 즉 살인도 11시에 있었던 것이다. 그리고 그 시간에 김형빈은 잠실역에 있었다…….

다시금 김형빈은 흐물흐물 웃음을 흘리며 안전지대로 복귀해 버렸다. 비록 이유현의 머릿속에서만 체포되었다 풀려났다 한 거였지만. 위험해진 건 김형빈의 신병이 아니라 이유현의 정서였다. 이유현의 마지막 잎새가 떨어졌다.

9

길이 보이지 않았다. 범인이 미꾸라지처럼 손아귀에서 빠져나가 버린 느낌이었다. 이유현은 김형빈의 범행을 확신했고, 증거를 잡기 위해 잠까지 설쳐 가면서 고투했다. 그런데도 증거는 변심한 애인처럼 자꾸만 멀어져 갔다. 잡으려 해도 잡을 수 없는 신기루였다. 도대체 어떻게 범행을 한 것일까. 어떻게 알리바이를 만들어 낸 것일까.

김형빈이 범인일 수밖에 없다. 그런데 그에게는 확실한 알리바이가 있다. 몇 번이나 여러 방향에서 내려쳤지만 깨어지지 않는 바위와도 같은 알리바이가. 고진의 말대로 범행 시각 조작이라는 가설을 세워 보았지만 이 역시 씨알도 먹히지 않았다. 그렇다면 그동안 들인 노력은 아깝지만 이제는 김형빈 범인설을 포기하고 방향을 다시 바꾸는 게 맞는 것일까…….

그러고 보면 김형빈에게서 정유미를 살해할 동기도 찾을 수 없다.

잠깐.

김형빈에게 동기가 과연 없을까? 그거야말로 수사에서 가장 성급하고 부실한 부분이 아니었을까. 흑막 뒤에 숨은 동기를 밝혀낸다면 알리바이는 오히려 부차적인 문제일 수 있다. 범행은 꼭 직접 실행하지 않아도 가능하다. 지금까지는 김형빈의 단독범행이라는 가정 하에서 알리바이를 무너뜨리는 데 주력했지만, 공범이 없다고는 단정할 수 없다. 물론 여러 정황상 공범의 존재를 감지하기는 어렵고, 경험이 풍부한 베테랑 형사들도 이번 사건에서 공범의 가능성을 제기하는 사람은 없었다.

하지만.

동기가, 범행을 꼭 해야 할 이유가 강력하다면? 동기라는 요소가 압도적으로 강하다면 그런 위험도 감수했을 수 있다. 그것이 인간이고, 살인자다.

지금까지 김형빈의 동기에 대해서 오해를 해 온 것은 아닐까. 정유미와 애인이었다는 사실 때문에 오로지 남녀 관계, 치정 문제 쪽으로만 파헤쳐 왔다. 방향이 완전히 잘못됐던 것은 아닐까. 금괴가 묻힌 곳이 아닌 방향으로 백날 파 봤자 흙밖에 더 나오겠는가.

범죄의 2대 동기는 돈과 원한이다. '원한'이라면 세월을 두고 숙성되어 온 뿌리 깊은 것도 있겠지만, 순간 울컥해서 해치는 경우가 더 많다. 그 원인은 남녀문제, 복수, 순간적인 울분 등이다. 그런 종류의 원인이 될 만한 것을 파헤쳐 봤지만, 없었다. 그렇다면 이번 사건은 혹시 전자가 아닐까. 원한이 아니라 '돈' 말이다.

김형빈과 정유미 사이에 다른 사람이 알지 못하는 돈 문제가 있었다면? 경제적 이해관계는 늘 충분한 살해 동기가 된다. 김형빈은 장래가 안 보이는 청춘이다. 사람이 늙도록 만들어 놓은 것이야말로 인생을 공평하게 만들기 위한 조물주의 안배다. 강남의 밤거리에서 빛을 발하고 있는 김형빈의 출중한 외모도 시간이 지나면 언젠가는 저문다. 그때 재능이나 쌓아 놓은 부가 없는 그에게는 돈이 그만큼 절실해질 수밖에 없고, 영악한 김형빈은 이미 그것을 알고 있다.

여기에 생각이 미친 이유현은 다시금 힘을 냈다.

"마지막 힘을 짜내 봅시다. 김형빈을 속속들이 벗겨 보고 그래도 안 되면 그때 김형빈을 포기합시다."

자리에 남아 있던 형사들도 고개를 끄덕여 동의했다.

며칠 뒤 강력팀 형사가 주의를 끄는 정보를 하나 수집해 왔는데, 이유현은 이것이 하나의 단서가 될지 모른다는 생각에 고무되었다.

파출부 황금순도 말한 적 있지만 김형빈은 어울리지 않게 큰 차를 한 대 갖고 있었다. 자동차등록원부를 떼서 보니 바로 6개월 전에 구입한 따끈따끈한 그랜저였다. 판매를 담당했던 사원에게 알아보니 김형빈은 자동차를 구입할 때 할부금융회사를 이용하지 않고, 차 대금 중 2000만 원을 현찰로 들고 와서는 떡하니 일시불로 지급하고 나머지는 24개월 할부로 나누어서 다달이 입금하기로 했다는 것이었다.

수입도 없고, 하는 일도 없는 그가 어떻게 갑자기 현찰로 그랜저를 구입했을까, 의문이 들었다.

좀 더 조사를 진행하여 김형빈이 차를 고르고 구입할 때나, 대금으로 2000만 원을 지급할 때나 늘 젊은 여자가 김형빈을 동행했다는 것을 알아냈다. 담당 직원에게 사진을 보여 보니 정유미였다.

"차를 정유미가 사 준 게 아닐까요?"

유석태가 의혹을 제기했다.

이유현은 정애라에게 동생인 정유미에게 2000만 원이라는 거금을 빌려준 시기를 물어보았다. 6개월 전이었다.

"무슨 용도라고 그러던가요?"

"어디다 쓸 건지는 안 물어봤다고 지난번에도 얘기했잖아요."

정유미가 언니한테 용도를 얘기하지 않았다 하더라도 상황은 명백했다. 돈을 빌린 날 바로 다음 날이 차량 대금을 지불한 날이었다. 유석태의 의혹은 분명해졌다. 정유미는 언니에게 돈을 빌려서까지 김형빈에게 차를 뽑아 준 것이다. 아마도 정유미가 사채업자 언니에게 가끔씩 200만 원, 300만 원을 빌린 것도 김형빈에게 건너갔을 것이다. 정유미가 많은 벌이에도 불구하고 늘 돈이 궁했다는 것도, 수입 없는 김형빈이 부티가 났다는 것도 단번에 이해가 갔다.

이유현은 정유미를 따랐던 명세인을 경찰서로 불렀다. 그녀는 가까웠던 만큼 내막을 잘 알고 있을 터였다. 집으로 찾아갔을 때와 달리, 경찰서 안으로 들어오는 그녀는 긴장한 기색이 역력했다.

"편안하게 말씀해 주세요. 김형빈과 정유미 사이에 대해서 여쭤보려는 것뿐이니까요."

"지난번에 말씀드렸는데요."

"그건 두 사람 사이의 애정 문제였고요, 오늘 제가 들어 보고 싶은 건 돈 문제입니다."

명세인은 자세를 편안히 고쳤다.

"돈 문제요……? 둘이 돈 빌리고 갚은 그런 거요? 그런 건 모르는데?"

"그러십니까? 정유미 씨가 김형빈 씨에게 돈을 건네주는 걸 본 적 없습니까?"

"돈을 건네주는 거라고요? 월급 주는 거라면 본 일 있지만……."

"월급이라고요?"

예상외의 단어에 이유현이 되물었다.

"네. 지난번에 말씀드렸죠. 언니는 형빈 오빠를 매니저라고 불렀다고. 그래서 월급 조로 돈도 줬죠. 매니저 월급."

이유현은 어처구니가 없었다.

"대체 김형빈이 매니저로 무슨 일을 했죠?"

명세인은 비웃음을 흘렸다. 그 둘의 관계를 막 떠올린 모양이었다.

"자기 차로 출퇴근시켜 준 거 말고는 없었죠, 뭐."

"그 차는 6개월 전쯤 구입한 거 맞죠?"

김형빈이 정유미의 돈으로 6개월 전 구입한 차가 분명했다. 그 차로 김형빈은 으스대며 정유미를 태우고 다녔고, 정유미는 가게에서 꽃미남 애인이 차로 출퇴근시켜 주는 여자라는 허영을 팔며 낯을 세웠을 것이다.

"잘 아시네요. 그 전에는 택시 타고 둘이 왔다 갔다 했는데, 6개월 전쯤에 갑자기 형빈 오빠가 그랜저를 한 대 뽑았더라고요. 그걸로 매일 언니 태워 갖고 출퇴근시켜 줬어요. 우리는 부러워했죠. 나중에 알고 봤더니 매니저니 뭐니 하면서 언니가 수시로 꽤 돈을 주고 있더라고요. 하하, 참."

"왜 돈을 줬을까요? 차로 데려다준 것 말고는 하는 일이 없는데."

"매니저니 월급이니 하는 얘기는 다 사실 웃기는 얘기예요. 언니는 그냥 형빈 오빠한테 돈을 주고 싶었던 거예요. 오빠가 아직 제대로 취직도 못 하고 그러고 있으니깐. 근데 돈을 그냥 주려니 자존심도 상하겠고, 그래서 그런 걸 갖다 붙인 거죠. 주변에 아는 사람은 다 알아요."

"······."

명세인은 어이없는 밤세계 삶의 일면을 남기고, 총총걸음으로 사무실을 떠났다.

김형빈은 정유미에게서 받은 돈으로 하는 일 없이 놀고먹었던 것이다. 갑자기 김형빈과 정유미의 사이가 극히 통속적인 수준으로 떨어져 버렸다.

'엘라가발루스'의 동료들은 김형빈의 정유미에 대한 마음이 플라토닉러브라고 칭송했지만, 김형빈의 관심은 정유미의 몸보다 돈이었다. 김형빈은 정유미의 사랑으로 자신까지 뜨거워졌다고 시를 읊었지만, 김형빈이 말한 정유미의 진심은 현금이었다.

"제기랄, 순 제비 같은 놈이네."

"제비는 아니네. 둘이 사랑했다잖아. 사랑해서 돈 줬대잖아."

"어디 정유미 같은 여자 없나. 그런 화수분 하나 낚으면 이 생활 접는 건데."

명세인의 진술이 강력팀 사무실에 남기고 간 것은 한 줄기 서글픈 바람이었다.

"다 지 얼굴 생긴 대로 사는 거야. 억울하면 잘생기든가."

오남형은 동료들을 놀렸다.

이유현은 형사들의 실없는 대화를 들으며 김형빈 체포라는 작은 가능성을 저울질해 보았다. 정유미는 김형빈을 자기 옆에 두는 것만이 전부였던 것 같았다. 차를 사 주고, 자존심 상하지 않게 매니저 월급이란 명목으로 돈까지 주면서.

정유미로부터 김형빈에게 꽤 많은 돈이 건너가고 있었다는 것은 표면적으로는 김형빈에게는 확실히 우호적인 상황이었다. 살해 동기는커녕 김형빈이 자신의 생계이자 돈줄인 정유미를 죽일 수 없는 확실한 이유만이 추가될 뿐이다.

하지만.

만약에, 가정이지만, 정유미가 김형빈에게 그 돈을 지금 당장 갚으라고 강요했다면? 둘이 최근 들어 어떤 이유로 남몰래 사이가 틀어졌을 수 있다. 그래서 화난 정유미가 지금까지 들인 돈, 차 값 모두 당장 갚으라며 난리를 쳤다면 어떨까. 정유미처럼 화끈한 성격의 사람이 한 번 마음에 어긋나 고집을 피우면 무서울 수 있다. 당하는 김형빈은 어땠을까. 어차피 차봉승도 없는 논, 정유미만 숙으면 이 괴로운 빚 독촉에서 벗어날 수 있다, 이런 생각이 들지 않았을까? 1년이라는 교제 기간을 감안하면 대략 몇천만 원일지 그 이상일지 액수는 알 수 없지만 빈털터리인 김형빈에게는 거액이다. 이것이 살해 동기가 될 수 있지 않을까.

가능성을 한칼에 부정할 수는 없었다. 그렇지만 어디까지나 상식적인 수준, 표면적인 수준에서 정유미는 김형빈에게 현찰을 공급해 주는 보배로운 존재이다.

앉아만 있어서는 어느 쪽일지 알 수 없다. 김형빈과 한번 맨몸으로 부딪쳐 볼까? 행동, 그것이 언제나 이유현의 최대 무기였다. 김형빈의 뇌리 이곳저곳을 두드려 반응을 보다 보면 진실이 불쑥 정체를 드러낼지 모른다.

김형빈을 이대로 경찰서로 소환하기에는 모양이 좋지 않았다. 피의자로 하기에는 아무런 물증도, 증언도 없다. 이유현은 직접 찾아가 비공식적으로 만나 보기로 결심했다. 몇 번 만나 본 바로는 여자를 등쳐 먹을 줄이나 알지 경찰을 상대로는 순한 양처럼 보였다. 잘하면 위세에 눌려 겁을 먹고 숨겨진 사실을 불지도 모른다.

이유현은 유석태를 시켜 김형빈에게 전화를 했다.

"전화를 받지 않는데요."

어둑어둑해져 오는 저녁 무렵, 사무실 창밖을 내다보던 이유현은 직접 김형빈의 휴대전화 번호를 눌렀다. 몇 시간 전 유석태가 소환했을 때는 전화를 받지 않았다는데, 이번엔 받았다. 수사에 필요하다며 장황하게 설명할 필요도 없었다. 김형빈은 조금 전까지는 자고 있어서 전화를 받지 못해 죄송하다며 흔쾌히 나오겠다고 했다.

'오후까지 잠을 자다니 팔자는 여전히 좋군.'

김형빈은 7시까지는 끝내 달라는 조건을 달았다.

'젠장, 백수 주제에 바쁜 척은.'

그의 모든 게 마음에 들지 않는 이유현이었다.

만나는 장소는 그의 편의를 고려하여 집 근처인 석촌호수 옆 S 호텔 로비로 정했다. 김형빈은 먼저 나와 로비 의자에 앉아 기다리고 있었다. 지난번 만났을 때와는 외모가 많이 바뀌어 있었다. 몸에 민망할 정도로 착 달라붙는 검은 정장에 금속제 목걸이를 둘렀고, 머리에는 헤어젤을 버터처럼 두껍게 발라 세팅을 했다. 무대에 출연하는 연예인처럼 화려했지만 실은 훨씬 평범해졌고, 예전에 풍기던 김형빈만의 귀티는 많이 가셔 있었다.

"옷차림이 많이 바뀌셨네요."

"네, 좀 그렇죠."

김형빈은 멋쩍게 웃었다. 그 표정에서 남아 있는 예전의 귀공자를 얼핏 엿볼 수 있었다.

"요즘은 뭐 하고 지내십니까?"

"네, 그냥 이런저런 아르바이트 좀……."

대답하는 김형빈의 얼굴에 당황한 기색이 엿보였다.

김형빈같이 머리만 교활한 순둥이는 같은 두뇌 플레이로 대응하기보다는 처음부터 기로 압도하여 눌러야 한다고 이유현은 판단했다. 그때 상대방이 허둥지둥하면서 흘리는 단서를 캐내는 것이다.

이유현은 의식적으로 배에 힘을 주고 나지막하지만 고압적인 목소리로 말했나.

"너무 안심하고 있지 마."

이상한 기운을 감지한 김형빈의 얼굴이 굳어졌다.

"무슨 말씀입니까?"

"머리를 많이 굴렸더군."

김형빈은 물끄러미 이유현을 바라보았다.

"경찰을 너무 얕봤군. 정유미를 살해한 방법, 속임수 다 알고 있어."

이유현은 그의 반응을 보기 위해 전략상 준비한 말을 던지고 표정과 몸짓 하나하나를 놓칠세라 유심히 관찰했다. 자신만만하게 준비했던 트릭이 깨졌다는 말에 당황해서 허둥지둥하지 않을까. 반응은 예상과 조금 달랐다. 잠시 얼떨떨해 있던 김형빈은 급기야 피식 웃었다.

"살인이 있으면 무조건 가장 가까운 사람을 의심해라. 남편이 죽으면 아내, 부모가 죽으면 상속받는 아들. 아직 이 수준인가요. 경찰이."

"지금 많이 웃어 둬, 우린 이미 다 알고 있으니까."

김형빈은 머리를 절레절레 흔들면서 말했다.

"도대체 사건이 일어났을 때 잠실에 있던 제가 어떻게 유미를 죽였다는 겁니까!"

"바로 그런 주장을 하려고 당신이 모두 조작한 거거든."

이유현의 말에 김형빈은 정면으로 도전적인 눈길을 쏘아 보냈다.

"정유미 씨가 죽은 건 11시가 아니라 30분 전이었어. 당신은 10시 30분에 정유미 씨와 통화하면서 침실을 급습해서 살해한 거야. 이필호의 집 베란다를 타고 넘어 들어왔지. 당신은 아래층 이필호를 살살 구슬려서 속여 넘긴 거야. 이필호하고 수시로 통화하면서 평소 애태우던 정유미와 한 번 잘 수 있는 기회를 알선해 주겠다고 말이야. 이필호는 그 말을 철석같이 믿고서 시키는 대로 베란다를 열어 준 거고."

"잠깐요."

김형빈이 실눈을 뜨고서 이의를 제기했지만, 이유현은 무시하고 말을 이었다.

"당신은 정유미 씨를 죽인 뒤에, 이어 올라온 이필호도 살해했지. 그다음엔 잠실로 급히 이동해서 다시 서초동으로 가는 전철을 탄 거야. 11시에는 현장에서 훔쳐 온 정유미 씨의 휴대폰을 이용해 둘이 통화한 것처럼 꾸며서 알리바이를 만들었어. 그리고 112 신고를 하고는 현장에 달려와 놀라는 척 연기를 했지."

이 대사는 확실히 위험했다. 정유미의 사망 시각과 통화 녹음이 10시 30분이 아니라 11시 통화 내역과 일치한다는 점을 생각하면 거의 무너진 가설이라 해도 과언이 아니었다. 그래도 여전히 이유현의 마음 한구석에는 무언가 수사 착오가 있을지 모른다는 기대감이 잔존하고 있었다. 그 희미한 성립 가능성에 실낱같은 기대를 걸고 질문을 던져 보았다. 이 추리가 실제와 다르다면 큰 창피를 당하는 것이지만, 그런 것을 고민하고 망설일 이유현이 아니었다. 일단 해 보고 단서를 건져야 한다.

복잡한 표정으로 듣고 있던 김형빈은 의외로 무심하게 말했다.

"어처구니가 없네요. 도대체 무슨 말씀을 하시는 건지 이해도 잘 안 되고요. 뭔가 복잡하게 머리를 굴리신 모양인데, 전 그런 머리 쓸 줄 몰라요. 선 그냥 유미하고 통화하다가 '강도야!'란 소릴 듣고 놀라서 신고한 것뿐입니다."

이유현이 빈정대는 투로 말했다.

"그 신고도 몇 분 늦었지."

"그러니까 전 그 정도로 머리 나쁜 놈이라고요."

갑자기 김형빈의 언성이 크게 높아졌다. 마침내 인내의 둑에 금이 간 모양이다. 이어 화를 내며 내뱉었다.

"도대체 제가 유미를 죽일 이유가 있습니까?"

이유현은 그의 강렬한 반응에 멈칫했다. 내심 놀랐다. 이 남자는 생각보다 순둥이도 아니고 만만한 인물도 아니었다. 낭패감이 들었다. 넘겨짚기가 쉽게 통할 상대는 아닌 듯했다.

통화 내역이라든가 음성 분석이라든가 지하철 CCTV 화면이라든가 추리에 모순되는 증거들은 일부러 말하지 않았다. 내심 김형빈이 낚여 올 것을 기다렸다. 그의 대답 안에서 스스로 모순되는 증거를 설명할 수 있는 단서가 드러날지 모른다는 기대였다. 그런데 김형빈은 그 낚싯바늘을 통째로 꿀꺽 삼켜 버리고는 다른 입을 벌리고 있다. 그리고 그것은 그가 할 수 있는 가장 효과적인 항변이었다. 범행의 동기가 없다는 것이다.

이유현은 갈 데까지 가 보자는 마음에 거침없는 말을 내질렀다.

"다른 돈 많은 여자가 생겼던 거지. 정유미가 거치적거렸을 테고."

"지금 소설 쓰십니까?"

김형빈은 흥 하고 코웃음마저 쳤다. 삼류 소설에 가깝다는 건 이유현도 잘 알고 있다. 그렇다면 좀 더 근거 있는 이 상상에 대해서는 어떻게 답할 것인가.

"아니면, 이건 어때? 정유미는 당신한테 좋은 차를 사 주고, 매니 저니 뭐니 타이틀을 달아서는 놀고먹을 만큼 수시로 돈을 줬어. 그 것이 도합 최소 기천만 원은 되겠지. 그런데 정유미는 최근 들어 어 떤 이유로 당신한테 그 돈을 갚으라고 요구하기 시작했어. 독촉은 아마 아주 거셌을 거야. 청천벽력이었겠지. 빈털터리인 당신으로서 는 아득했을 거야. 수입이 끊긴 걸 넘어서 그동안 쓴 돈을 다 토해 내야 할 판국이었어. 정유미는 성격이 화통하고 센 만큼 한번 화나 거나 고집을 세우면 절대 굽히려 들지 않았겠지.

당신은 고민 끝에 결심했어. 차용증도 없는 돈, 정유미만 죽으면 끝난다고. 그래서 범행을 한 거야. 경찰을 우습게 보고 있는 모양인 데, 그 정도 조사는 다 끝냈어. 당신이 깨달았을 땐 이미 수갑이 당 신을 덮치고 있을 거야."

김형빈은 한동안 이유현을 매서운 눈초리로 노려보았다. 그러더 니 말없이 품 안에서 갑자기 휴대전화를 끄집어냈다. 이어 버튼을 이리저리 눌렀다.

"말문이 막힌 건가? 어디다 전화하려고?"

그의 돌발적인 행동에 놀란 이유현이 물었다. 그러나 김형빈은 통 화를 하려던 것이 아니었다.

그는 이유현의 코앞에 휴대전화를 들이밀었다.

"무슨 짓이야?"

"이 파일을 한번 들어 보세요."

김형빈은 가운데 버튼을 꾹 눌렀다.

김형빈과 정유미의 또 다른 통화 녹음이 흘러나왔다. 어느 날인가 정유미가 김형빈에게 건 통화인 듯했다.

—오빠, 어제부터 왜 연락이 없어?

—요즘 기운이 없어.

—왜, 무슨 고민 있어?

—너한테 미안해서.

—뭔데?

—차 값도 그렇고, 돈을 갚아야 하는데 내가 능력도 없고, 미안하고 비참하기도 하고 그래.

—오빠도 참, 그런 거 신경 쓰지 마. 그 돈 안 갚아도 돼. 내가 준 거잖아.

—아무리 그래도…….

—정말이야, 오빠 차도 결국엔 내가 출퇴근할 때 타고 다니잖아? 돈은 매니저 월급으로 준 거고. 근데 왜 갚으려고 생각해. 그러지 마.

—……고마워, 유미야.

—고맙단 그런 말, 하지 마.

—아냐, 정말 고마워. 널 만난 건 기적이야.

—그런 말 하지 말래도.

입을 쩍 벌리고 있는 이유현을 앞에 두고 김형빈은 버튼을 눌러 껐다.

"이래도 유미가 저한테 돈을 갚으라고 독촉했다고 하시겠습니까?"

이유현은 할 말을 잃었다. 김형빈은 이유현을 나무라듯 말했다.

"형사님이 자꾸 저를 의심하시니까 부끄럽지만 도리 없이 밝혀야 겠네요. 제가 왜 남들이 안 하는 휴대폰 통화 자동녹음 기능을 설정 해 놓았는지 아세요? 이런 결정적인 통화를 녹음하기 위해서예요. 유미가 저한테 준 차 대금, 용돈 모두가, 저한테 빌려준 것이 아니 라, 언젠가 받을 생각으로 준 것이 아니라, 그냥 준 것이다. 이런 내 용을 캐치하려고요. 그래서 후일의 증거로 삼으려고요.

유미가 당장이야 저 좋다고 모든 걸 쏟아붓지만 혹시라도 나중에 사이가 틀어지거나 마음이 변했을 때는 장담할 수가 없잖아요? 남 녀 사이란 그런 겁니다. 마음이 달아오를 땐 뭐든지 퍼 주고 싶지요. 하지만 마음이 떠나면 본전 생각이 나게 되어 있어요. 그런 건 형사 님보다 제가 열 배는 더 잘 알 겁니다. 그래서 나름의 대책을 강구한 거예요. 돈을 그냥 준 것이다, 저런 대사가 언제 툭 튀어나올지 예 측할 수는 없는 거잖아요? 그래서 일단은 무조건 통화가 녹음되도 록 통화 자동녹음 기능을 설정해 놓았어요. 이 녹음을 건진 건 다행 이지만 증거야 많을수록 좋으니까 자동녹음은 계속 유지했어요. 그 러다가 유미가 죽던 순간까지도 녹음하게 되어 버렸지만요. 어쨌든, 유미가 변심해서 돈을 내놓으라고 했더라도 전 이 녹음을 당당히 증 거로 삼아 안 갚을 수 있었어요. 그런데 왜 유미를 제가 죽입니까? 그럴 이유가 있습니까?"

이유현은 궁지에 몰렸다. 통화 자동녹음에 이런 이유가 있었을 줄 이야. 사랑하는 애인의 변심을 대비해 녹음까지 준비한 김형빈의 약은 행각은 눈살을 찌푸리게 했지만, 헛다리를 짚고 몰아세우는 판국이라 그걸 낫할 처지에 있지 못한 게 억울할 따름이었다.

막다른 곳에 몰린 이유현은 마지막 포효를 했다. 아니, 포효라기보다는 자포자기한 울부짖음에 가까웠다. 말을 하면서도 '이건 아니야!'라는 생각을 이유현 스스로도 지울 수 없었다.

"다른 물주를 물고 싶었겠지. 정유미가 싫증 났던 거야. 당신 정도의 남자면 여자들이 얼마든지 돈 보따리 싸 들고 줄을 설 테니까. 그런데 정유미는 당신을 놔주지 않았어. 그래서 해치운 거 아냐?"

"지금 장난하십니까!"

버럭 언성을 높인 김형빈은 이유현을 노려보다가 안 되겠다는 듯 부릅뜬 눈으로 갑자기 안주머니를 뒤적거리기 시작했다.

'혹시 칼을 꺼내려고? 이렇게 다혈질인 녀석이었나!'

이유현은 형사 특유의 경계를 하며 긴장했다.

지금 김형빈이 흥분해서 칼을 꺼낸다면 어떻게 대응해야 하지?

부끄럽지만 일순간 머릿속이 하얗게 비워졌다. 경찰대학에서 배운 건 전혀 생각나지 않았다. 학창 시절 노는 녀석에게 들은 말이 뚱딴지같이 생각났다. 오른손으로 찔러 오면 왼쪽으로 피하고, 왼손으로 찔러 오면 오른쪽으로 피하라고 했지. 팔이 안으로 굽기 때문에 그 바깥 방향으로 피해야 하는 거라고. 그래야 칼이 따라오기 힘들다고.

하지만 그 모든 건 이유현의 기우였다. 김형빈은 무언가 작은 병 같은 것을 끄집어내더니 이유현 앞쪽 테이블에 턱 내려놓았다.

언뜻 보아서는 무슨 약 같아 보였는데 약치고는 병 모양이 꽤 예

뺐다. 이유현으로서는 한눈에 알 수 없었다.

"이건 뭐야?"

김형빈은 입술을 깨물고 말했다.

"페로몬 향수예요. 오늘 산 겁니다."

"페로몬 향수? 이걸 왜 보여 주지?"

이유현은 어리둥절해져서 자신도 모르게 바보 같은 어투로 물었다.

"제가 요즘 무슨 일 하는지 아십니까?"

"모르지 그런 건. 아르바이트한다며."

김형빈의 엉뚱한 행동에 이유현이 수세에 몰리고 있었다.

"호스트바에서 일합니다. 페로몬 향수도 일할 때 뿌리려고 산 거예요."

"호스트바?"

"네. 맘껏 비웃으십시오. 저도 죽기보다 싫습니다. 미대는 졸업했는데 몇 년째 놀고먹고 있어요. 재능 있는 친구들이야 전시회도 열고 적성에 맞는 회사에 취직해서 꿈을 좇아 삽니다. 전 그림에 대한 재능도, 흥미도 없는 놈이에요. 그럭저럭 졸업만 한 거죠. 제 재능이 뭔지 아십니까? 민망하지만 외모예요. 그리고 남들이 그러는데 분위기가 여자를 끈답니다. 희한하게도 여자들이 저만 보면 다들 좋대요. 저는 그 재능으로 먹고사는 놈이에요. 유미도, 물론 사랑했지만 유미는 제 보스이자 고용주나 마찬가지였어요. 자존심 안 상하게 저를 매니저라고 하면서 월급 줬어요. 저는 그걸로 그냥 놀며 지냈고요. 제가 유미를 죽여요? 사랑하는 유미를요? 그리고 제 생계인 유미를요? 유미가 죽은 다음 저는 먹고살려고 호스트바에 나갑니다.

제 유일한 재능인 외모를 살려서요. 저도 죽기보다 싫지만 일할 자리가 없어요. 오늘 제 옷차림, 이 몰골을 보십시오. 이 꼴을 하고 나간단 말입니다. 오늘도 7시까지 출근해 있어야 해요. 그래서 형사님과의 약속도 7시까지는 끝내 달라고 했던 겁니다."

김형빈은 감정이 격앙되어 헤어젤로 세팅하느라 상당한 시간을 소요했을 자신의 머리를 마구 헝클었다.

"자존심이 너무 상합니다. 이상한 손님들 상대하는 것도 너무 싫고요. 제가 이 짓거리 하려고 유미를 죽입니까? 유미 대신 절 고용해 줄 돈 많은 여자는 어디 있나요?"

이유현은 말이 없었다. 형사로서는 안 될 말이지만 김형빈의 말에 설득당해 가고 있었다.

"흥분하지 마세요. 원래 경찰의 업무란 게 그래요. 주변 사람들은 한 번씩 다 의심하고 조사하게 되어 있습니다."

이유현은 마침내 윽박지르는 전략을 포기했다. 울분을 토로하는 김형빈을 멋쩍은 말로 다독여야 했다.

오늘의 만남은 참으로 수확도 없고 체면이 상하는 결과밖에 낳지 못했다. 김형빈은 아무리 포장해 봐야 애인을 잃고 금세 호스트바에서 여자들과 시시덕대는 이 도시가 낳은 사생아에 불과하다. 그런데 그 앞에서 말 같지 않은 소리를 했다며 조롱당하고 말문이 막히는 수모를 겪고 말았다. 더 황당한 부분은 그의 말에 이유현도 설득당했다는 것이었다. 이유현이 제시한 가설과 의심보다 김형빈이 들이민 결백의 항변이 누가 봐도 타당했다. 선입견만 갖고 너무 무리하게 밀어붙였다는 자책이 들었다.

하지만 자책감은 잠시였다. 이유현은 형사였고, 김형빈의 말 역시 확인해 보기 전에는 모르는 일이라는 생각이 고개를 들었다.

그는 실은 호스트바에서 많은 돈을 벌면서 화려한 생활을 맘껏 즐기고 있는지도 모른다. 그걸 숨기고 정유미를 잃은 후 고생하는 척 연기를 했을 수 있다. 김형빈은 자신이 진심으로 원하던 이런 생활과 그것을 극력 반대하는 정유미 사이에 갈등을 일으키다가 마침내 그녀를 살해하기에 이른 건 아닐까.

이유현은 저녁을 먹은 뒤 거리를 서성이며 밤이 오기를 기다렸다. 김형빈이 일한다는 호스트바 '아도니스'를 찾아갔다. 압구정동에 위치한 그곳은 입구만 보아서는 호스트바인지 알기 힘들었다. 아는 사람만 온다는 거겠지.

호스트바에 들어가는 건 내키지 않았다. 이유현의 외모나 행색을 보고 호스트라고 생각할 사람은 없을 테지만, 본능적인 거리낌이 앞을 막아섰다. 형사로서의 직무의식이 본능을 넘어서긴 했지만.

호스트바 입구는 보통의 룸살롱이나 단란주점과 별반 다를 바 없는 분위기였다. 어차피 차이는 없는 업소이다. 손님과 종업원의 성별이 뒤바뀌었다는 것 말고는. 계단을 내려가 업소의 출입구에 다다른 이유현은 카운터에서 꾸벅 인사를 하는 종업원에게 형사란 것을 밝히고 김형빈 모르게 마담을 불러 줄 것을 요구했다. 몸의 곡선이 드러나는 은색 정장을 말쑥하게 차려입은 키 큰 남자가 나왔다. 이유현을 보더니 다짜고짜 말했다.

"저희는 2차 안 갑니다. 경찰에 걸릴 일은 없어요."

"2차 단속하러 나온 거 아닙니다."

"그럼요?"

"저는 서초서 강력팀장 이유현 경위입니다."

남자는 놀라서 눈을 치켜떴다.

"강력반에서 무슨 일로?"

"사건과 직접 관계는 없고요, 단순한 주변 조사입니다. 가벼운 맘으로 답해 주시면 되겠습니다."

남자는 여전히 의문이 가시지 않은 것 같았지만, 수락의 뜻으로 고개를 끄덕였다.

"사실은 김형빈 씨에 대해서 물어보러 왔습니다."

"네. 얼마 전에 들어온 애예요. 무슨 일이죠?"

"김형빈 씨 모르게 몇 가지 물어보고 싶은 게 있어서요. 김형빈 씨 눈에 띄지 않았으면 좋겠습니다만, 어디 들어가서 얘기할 수 없을까요?"

"형빈이는 지금 룸에 들어갔어요. 괜찮아요. 타임 내에 이리로 올 일은 없어요."

남자는 이유현을 더 안으로 들이는 것에 거부감이 있는 듯했다. 이유현은 입구에 서서 불편하게 이야기할 수밖에 없었다. 먼저 김형빈의 신상에 대해 가볍게 찔러 보았다.

"김형빈이가 여기서 굉장히 잘나가고 있다는 말을 들었습니다. 돈도 많이 벌었다고요."

남자는 피식 웃었다.

"누가 그런 말 했는지 몰라도 전혀 아니에요. 형빈이는 신입치고도 너무 적응을 못 하고 있어요."

"그런가요? 어떻게 일하고 있습니까?"

"외모는 괜찮은데 영 손님들 비위를 못 맞춰요. 외모가 괜찮으니까 손님들이 많이 부르기는 하는데 뻣뻣해요. 2차는 아니더라도 좀 스킨십도 해 주고 해야 하는데 소질이 없어요."

"그렇군요."

"자기는 여기가 안 맞는 것 같다며 저한테 고민도 털어놓더군요."

"뭐라고 그러던가요?"

"여자들 비위 맞추기 어렵다고요. 자존심 상한다, 뭐 그런 거죠. 내가 그랬죠. 여기 유흥업소에서 일하는 여자들도 많이 온다. 그런 애들은 남자들이 돈 주고 자려고 줄 서는 애들인데, 넌 돈 받고 자니까 얼마나 좋으냐고."

그 순간 '2차를 나가지 않는다'고 했던 자신의 말과 모순된 걸 깨달은 남자는 안색이 변해 말을 중단했다. 솔직한 진술이 아쉬운 이유현은 황급히 불안을 덮어 주었다.

"괜찮습니다. 적어도 오늘 저와 관련해서는 절대 그 문제로 탈이 없을 겁니다. 오히려 솔직한 얘기를 해 주셔서 감사합니다. 근데 김형빈은 요즘 맘을 좀 추슬렀나요?"

남자는 안심하고 말을 이었다.

"사실 걔는 이 일에 별로 흥미가 없어 보였어요. 너무 지쳤는지도. 제 생각엔 얼마 못 갈 거 같아요. 저런 애들은 오래 못 버텨요."

"왜 그럴까요? 김형빈, 그 친구가 생기긴 참 잘생겼잖아요? 아무리 호스트바래도 그 친구만큼 생긴 애들은 별로 없을 텐데."

남자는 이유현의 말이 마음에 들지 않는 듯 이맛살을 찡그렸다.

"여기는 독서 토론하는 데가 아니거든요. 와인 잔 들고 분위기 잡는 데노 아니란 말입니다. 죄후에는 변강쇠가 이기는 곳이에요. 육체적인 서비스를 못 하면 아무리 조각미남이라도 안 되는 곳입니다."

마담으로 불리는 남자의 마지막 말은 호스트바의 실체에 대해 정곡을 찌른 것이었다. 이유현은 수긍할 수밖에 없었다. 김형빈은 비록 미녀를 싹쓸이하는 아니꼬운 녀석이긴 하지만 이곳에는 잘 어울리지 않는 남자란 것도. 남자는 내친 김에 말을 이었다.

"그리고 형빈이는 나이도 좀 오버예요. 전성기는 19세에서 23세 사이 정도? 그거 넘으면 여기선 벌써 노땅이에요. 스물다섯 정도가 한계 나이랄까요. 주 고객인 아줌마들은요, 몸 좋은 아이들을 먼저 찾아요. 팔뚝이나 허벅지나 복근이나 부분적으로 어필할 수 있는 데가 있어야 해요. 그런 애들이 특A급이죠. 얼굴 예쁘장하고 호리호리한 남자애들은 사회에선 어떨지 몰라도 여기선 B급이에요."

"……그렇군요."

착각인지 모르지만 얼핏 마담 남자가 이유현의 튼실한 팔뚝을 눈여겨보는 듯한 느낌이 들어 멈칫했다.

"어차피 뛰어든 거, 제대로 수입 올리려면 자존심 버리고 눈 딱 감고 해야 하거든요. 근데 김형빈이는 그런 게 모자라요. 룸에 들어가면, 얼음통 들어라. 휴지 떨어지면 죽는다……. 뭔지 아시죠? 늘 있는 일인데, 그런 거 안 하고 여기서 뭐 하겠어요? 적당히 맞춰 주면 수표를 포켓에 딱딱 꽂아 주는데 말이죠. 손님들은 수표를 주로 셔츠 포켓에 꽂아 주니깐 좀 아는 애들은 포켓 있는 셔츠를 입고 들어가죠. 하하. 말이 나와서 말인데, 우리 일도 쉽지 않아요. 돈 많은 마

193

님들 방에는 오히려 특A급을 안 넣어요. 자꾸 애들 꾀어서 데리고 가 버리니까. 그럼 타격이 커요. 그렇지 않더라도 돈 많은 아줌마들은 나와서 우리한테 말해요. 맘에 드는 애 딱 찍어 가지고, 쟤 스카우트하는 데 얼마면 되냐고. 예전엔 한 5000만 원 받고 넘기기도 했는데, 그게 아닌 거예요. 그러고 나면 정작 뒤에 오는 애들 구하기가 하늘의 별 따기예요. 요즘엔 인력 단속 차원에서 그렇게 안 하죠……."

남자는 자신의 직업에 대한 애환까지 줄줄이 읊었다. 공감이 안 되었지만 이유현은 꾹 참고 들었다. 종내는 기분이 이상해질 때까지.

대화를 마치고 도시의 복마전 같은 그곳을 벗어나면서 이유현은 다시금 무거운 기분에 사로잡혔다. 김형빈이 새로 취업한 호스트바를 지긋지긋하고 힘들게 여긴다는 건 사실이었다. 그건 적어도 김형빈에게는 정유미를 잃으면서까지 가질 만한 것은 못 되었다.

10

이제는 정말 아무것도 없었다. 김형빈에 대해 수사하면 수사할수록 알리바이만 확고해졌고, 증거는 사라졌다. 동기도 사라져 갔다. 그건 김형빈의 현재 상태가 말해 주고 있다. 김형빈은 정유미가 죽은 뒤 고용주를 잃고 호구지책으로 호스트바의 불나방으로 전락해 밤마다 유한녀들의 희롱감이 되고 있다. 라틴어로 '쿠이 보노(cui bono)', 즉 '범행으로 인해 가장 이득을 보는 자'를 의심하라는 수사의 불문율에 의하면 가장 거리가 먼 사람은 김형빈인 것이다.

원점으로 돌아가 강도의 범행 가능성을 놓고 막연한 탐문수사를 재개할 수밖에 없는 건가. 팀장인 자신조차 납득하지 못하는 그 결론을 위해?

멍하니 사무실 의자에 앉아 있던 이유현의 뇌리에 문득 지난번 고진이 강력팀 사무실을 떠나며 던졌던 말이 갑자기 떠올랐다.

'또 하나의 가능성이 더······.'

이유현은 범행의 진상에 도달했다는 확신에 차, 급한 마음에 고진의 말에 아무런 의미를 두지 않고 떠나보냈다. 하지만 수사를 진행시켜 보니 도저히 김형빈이 범행을 했다고 보기 어려운 정황이 속속 드러났다. 그렇다면 고진이 흘린 남은 한 가지 가능성이란 도대체 무엇일까? 고진이 제시한 가설은 차례차례 박살이 났지만 분명히 설득력이 높았고, 또, 하나하나 부서져 가는 만큼 수사의 범위를 좁혀 온 것도 사실이었다. 제1의 가설은 가능성이 없음이 검증되었고, 제2의 가설도 훨훨 날아가 버렸다. 고진은 제3의 가능성을 갖고 있는 것일까. 민간인의 상상력에 기대는 건 수사관으로서의 자존심에 흠집이 가는 일이었지만, 프로들이 구축한 철옹성에 외부인의 신선한 발상이 숨통을 터 주는 일은 종종 있다. 살인사건이라는 중대한 용건 앞에 자존심을 앞세우는 것도 웃긴 일이다.

이유현은 고진의 전화번호를 꾹꾹 눌렀다.

그날 밤 만날 약속을 잡은 이유현은 논현동 포장마차에서 고진을 기다렸다. 겨울 한복판에 접어든 매서운 날씨에 추운 포장마차 안의 기다림은 유쾌하지 못했다. 서서히 짜증이 일 무렵, 입구의 휘장을 제치고 고진이 들어왔다. 이유현의 옆자리에 삐딱하게 앉은 고진은 약간 취해 있었다.

"역시 전화가 왔군. 내 예상대로야."

"거참, 맘먹고 전화했더니 만나자마자 잘난 척입니까?"

"오늘은 어째 나보다 더 시니컬해져 있군. 수사가 제대로 안 됐나?"

"어째 수사가 안 풀리는 걸 기뻐하는 것 같습니다."

히죽대는 태도에 비위가 상한 이유현이 시무룩하게 말했다. 고진은 과장스럽게 팔을 내저었다.

"이 사람아, 그건 아니야. 난 내가 제시한 두 번째 가능성이 실은 좀 실행이 어렵다고 생각했거든."

이유현은 탄식하듯이 수사가 실패해 온 전 과정을 시시콜콜하게 말했다. 실패의 핵심은 정유미의 사망 시각이 11시 쪽에 가깝다는 것과 녹음된 통화 시간과 11시의 통화 시간이 일치한다는 점이다. 고진은 경찰 수사로 10시 30분의 범행이라는 자신의 추리가 잘못된 것으로 드러났는데도, 의외로 아무런 반응이 없었다. 김형빈이 통화 자동녹음을 설정한 치사한 이유를 설명할 때는 말없이 앉아 있던 그도 "아아, 역시 대단한 친구야!" 하며 탄복했다.

"증거도 들어맞지 않지만, 김형빈은 확실히 동기부터가 없어요. 김형빈은 평소 정유미로부터 수입의 상당 부분을 월급이란 명목으로 받아 갔다네요. 정애라한테 확인해 보니 정유미한테 도합 3000만 원 넘게 빌려줬대요. 그 돈도 차 값이다 뭐다 해서 결국 다 김형빈한테로 갔어요. 다 합하면 아무리 못해도 한 오륙천은 족히 될 겁니다. 김형빈한테 정유미는 애인이자 직업이며 돈줄이기까지 했던 거예요. 정유미를 숙여 봤자 김형빈이 재산을 상속받는 것도 아니잖아요. 김형빈이 지금 뭐 하고 있는지 아세요? 호스트바에서 일하고 있어요. 외모를 무기로 말이죠. 우리야 뭣도 모르고 여자 만나고 돈 번다고 부러워할지도 모르지만 김형빈은 무지 괴로워하면서 다니고 있더라고요. 마담 말을 들어 보니까 우리 생각하곤 달리 이진 선수 취급을 받는 모양이에요. 여자 손님 접대도 제대로 못 하고 2차도 잘 안 나가나 봐요. 결국 정유미의 죽음으로 김형빈은 직장을 잃고 떠돌고 있다는 거죠.

김형빈 입장에서는 정유미를 죽이기는커녕 행여 작은 스크래치라도 날까 모셔야 할 판국이었어요. 물론 서로 싸우다 울컥하면야 돌발적인 살인도 날 수 있지만, 이번 사건은 그런 살인이 아니란 건 상황상 명백하고."

고진은 말없이 고개를 끄덕였다. 이유현이 물었다.

"그런데 참, 형님은 왜 제2의 가설이 실현 가능성이 낮다는 겁니까?"

고진은 뒤로 젖혔던 상체를 바로 하며 말했다.

"내가 내세운 가설대로라면 김형빈은 엄청나게 머리가 좋고 치밀한 놈으로 봐야겠지. 알리바이를 구축하기 위해서 대담하고 치밀한 조작을 하고 경찰까지 농락했단 얘기거든. 그런 자라면 절대로 안전이 보장이 안 되는 상황에서 모험을 하지는 않을 거야."

"그렇겠죠. 그 정도로 치밀한 범행을 꾸민 자가 우연한 상황에 범죄의 성패를 맡기진 않겠죠."

"김형빈이 정유미를 10시 30분에 살해하고 현장에서 휴대폰을 가져와 11시에도 통화를 한 것으로 조작했다, 자신은 11시에 잠실역 CCTV에 얼굴을 남겨 알리바이를 확보했다. 이 발상은 확실히 좋아, 성공만 하면 더 이상 확실한 알리바이가 없지. 그런데 여기에는 굉장히 위험한 게 있어."

"뭡니까?"

"김형빈이 정유미의 휴대폰을 현장에 도로 갖다 놓아야 한다는 거야. 그것도 정유미의 침대방에. 정유미가 침대방에서 살해됐으니까 휴대폰도 그곳에 있어야지. 정유미의 휴대폰이 현장에서 발견되지 않는다면 애써 밤 11시에 정유미와 통화한 것처럼 조작한 보람이 없어. 알리바이 조작은 금방 의심받을 거고."

"그건 형님이 추론하신 거잖아요. 김형빈이 11시에 범행 현장에 와서 집 안을 뛰어다닐 때 은근슬쩍 침대 밑으로 휴대폰을 흘려 놓았다고요."

"그래. 바로 그 부분이 난 실현 가능성이 낮다고 보는 거야. 범행 시나리오상 경찰이 먼저 현장에 와 있고, 김형빈은 놀란 척 나중에 뛰어 들어와야 했거든. 근데 김형빈이 그 인의 장막을 뚫고 침대방까지 가서 휴대폰을 몰래 던져 놓는다는 건 아무래도 어렵고 불확실성도 너무 높아. 그날 김형빈이 충격에 울고불고하면서 집 안을 뛰어다니는 바람에 그때 침대방에 휴대폰을 던져 놓았을 거라고 억지로 상상해 볼 수는 있겠지만, 원래 그건 김형빈이 반드시 할 수 있다고 확신할 수 있는 일은 아니었어. 사건 현장에 경찰 이외는 출입 자체가 어려울 뿐 아니라 행여 뚫고 들어갔다고 해도 그래. 시체는 거실에 있는데 침대방까지 들어가서 경찰의 눈을 피해 몰래 휴대전화를 던져 넣는다? 오히려 그런 걸 할 수 있는 게 이상하지. 실제 김형빈이 어떤지는 몰라도, 두 번째 가설 안에서 추리한 김형빈이라는 인간상은 절대로 자신이 통제할 수 없는 요소에 몸을 맡기는 자가 아니야. 요행수를 바라는 어리석고 허술한 인물이 아니란 말이지."

이유현의 얼굴은 모래 씹은 표정으로 변해 갔다. 고진은 그런 이유현을 다독이듯이 말했다.

"고생했겠구먼. 그래도 보람은 확실히 있었잖아."

"무슨 보람요. 김형빈 같은 기생오라비의 무죄를 증명한 보람?"

"이 사람, 무슨 그런 말을. 그런 놈은 기생오라비도 과분해."

"그럼요?"

"사랑을 팔아서 생계를 사는 신종 기둥서방이라고나 할까?"

이유현은 헛웃음을 지었다. 고진 역시 김형빈이라는 이 앵벌이 미남자에 대한 감정이 좋지는 않은 모양이었다.

이유현이 힐난하듯 갑자기 목소리를 높였다.

"아니 근데, 그런 문제점을 잘 아시면서 제2의 가능성이니 뭐니 해서 날 애먹인 이유는 뭡니까? 심술입니까?"

"그거야 세 번째 가능성이 너무 황당해서 말이야. 내가 모르겠는 부분도 있고."

"……."

"어쨌든 내가 자네한테 했던 얘기는 나머지 두 가능성 중 하나였어. 두 번째 시나리오가 아니란 게 명확하게 밝혀진 지금 남은 가능성은 하나로 좁혀질 수밖에 없는데……."

"없는데?"

"아직은 나도 도저히 알 수 없는 부분이 있어. 지난번에 자네한테 말해 놓고는 나도 나름대로 조사해 봤거든. 하지만 아무래도 그건 정말 어처구니없는 일이야."

이유현은 고개를 휘적휘적 내저었다.

"글쎄요, 김형빈 외엔 생각할 수 없잖습니까. 하지만 범행 시간 바로 직후에 잠실에 있던 김형빈이 도대체 무슨 수로 범행을 했을까……? 아, 혹시 공범을 생각하신 건가요?"

고진은 손을 크게 내저었다.

"그건 아닐 거야. 이번 범죄는 한 사람의 두뇌에서 나온 일관성 있는 트릭과 함정이야. 그리고 과감한 실행. 두 인격의 합작품으로는 도저히 생각되지 않아. 두 사람이어야 할 필요도 없고. 내가 말한 범행 방법이라면 두 사람은 전혀 필요 없지. 오히려 큰 장애가 돼."

"일종의 심리분석에 기댄 건가요? 공범이 없다는 건? 김형빈의 알리바이는 확실해요. 심리 트릭이든 시간 차 트릭이든 쓰지 않았단 거죠. 그래도 공범이 있다면 모든 건 해결이 돼요. 단지 범행의 일관성이 감지된다고 해서 공범을 부정한다? 왠지 형님답지 않네요."

"글쎄…… 거꾸로 되어 있는 건 오히려 공범 논리 같은데."

"왜요?"

"휴대폰 통화를 이용한 심리 트릭이든 시간 차 트릭이든 사용하지 않았다, 그러니까 공범이 따로 있다, 이런 얘긴데 말이야. 그게 모순되는 이야기란 거야. 애당초 김형빈을 범인으로 생각했던 건 그가 휴대폰 통화를 이용한 심리 트릭 혹은 시간 차 트릭을 사용했다는 전제하에서란 말이야. 다시 말해 그런 트릭을 사용했다면 김형빈이 범인이라는 가설이 성립한다는 거야. 그런데 그런 전제를 잊어버리고 '김형빈 범인설'에만 집착해서, 트릭이 사용되지 않았다는 게 밝혀졌는데도 김형빈이 무조건 범인이다, 그런데 트릭이 없었다, 그렇다면 공범이 있다, 이런 식으로 설명해 나간다는 건 논리의 오류지 않겠어?"

"그렇긴 하네요. 출발점이 무너졌으니 중간 결론도 버려야 하는데, 중간 결론에 몰입하다가 출발점을 무시한 발상이 나온 셈이니."

"실제로 두 사람이나 죽인 위험한 살인이 공범을 통해 이루어지는 경우란 거의 없잖아? 자네가 더 잘 알겠지만. 그만큼 사소한 실수나 배신으로도 한순간에 파탄 날 수 있고, 위험성은 한도 끝도 없이 높아지기 때문이야. 또 상대방은 동지이자 가장 강력한 증인이 돼. 자신만큼 믿을 수 있는 건 자신뿐이지. 상대방이 취중에 헛말이 샌다든지, 어떤 실수를 흘린다든지, 도통 믿을 수 없는 거거든. 언제든지 자기 몸이 위급할 때는 상대방을 팔아 버릴 의향을 갖고 있는 것도 공범이야. 그래서 두 사람이나 죽었다면 보통은 단독범행이야. 더구나 이번 사건처럼 치밀한 두뇌가 범행 전반을 지배하는 사건에서 공범을 고용하는 위험을 무릅썼을 것 같지는 않아.

범행 방법에서 거꾸로 생각해 봐도 그래. 실행범은 이필호를 평소에 슬슬 구슬려 베란다를 제공받아 잠입하여 두 사람의 살인을 진행한 자야. 김형빈이든 누구든 멀리서 이만큼 정밀하게 실행범을 원격 조종하여 살인 프로젝트를 진행할 요량이었으면 당연히 직접 실행하는 게 백번 낫지 않겠어? 이 범행은 기획자가 곧 실행범일 수밖에 없어. 필요도 없고 위험만 높은 공범을 끌어들인다는 건 무모해. 원

페어 들고 뺑카로 포커에 도전하는 격이지."

이유현이 물었다.

"그럼 제3의 가능성은 뭡니까?"

"지금 얘기하는 건 관두고 싶네. 도와주려다 또다시 자네한테 엉망인 추리니 뭐니 추궁당하고 구박당하긴 싫어."

"제가 언제 구박했어요?"

"자네 눈이 그랬어."

포장마차 바깥은 진눈깨비가 날리고 있었다. 휘장 틈 사이로 흰 가루가 춤추듯 널름거렸다. 마침 들어온 손님이 걷어 올린 포장막 사이로 한 뭉텅이의 냉기가 습격해 왔다. 고진이 냉기에 정신이 든 듯 이유현을 향해 고개를 돌리고 입을 열었다.

"이왕 자네를 만난 김에 한 가지 실험이나 하러 가 볼까."

"이 밤중에 뚱딴지같이 무슨 실험요?"

이유현은 핀잔하듯 말하면서도 묘한 기대감에 이끌려 벌써 일어서고 있었다.

고진이 택시를 잡아타고 이유현을 이끈 곳은 H 아파트였다. 204호로 터덜터덜 계단을 걸어 올라갔다. 폴리스라인은 제거되어 있었다. 문제는 자물쇠였다. 204호의 자물쇠는 문을 닫으면 자동으로 잠기는 장치다. 현관문은 닫혀 있고, 잠겨 있었다. 안은 비어 있다. 살인 사건이 벌어진 집이니 당분간 세입자를 구하기는 글렀다. 집주인은 울고 있을 것이다. 이유현은 잠긴 현관문 도어를 한번 덜그럭거려 보더니 말했다.

"이래서야 실험이고 뭐고 지금은 안 되겠네요. 형님, 돌아갑시다."

"김형빈한테 전화해서 비밀번호 물어봐."

고진은 왠지 비실비실 웃으니 즐거워 보였다. 이유현은 김형빈에게 전화했다. 밤중에 이유현의 전화를 받은 김형빈은 학을 떼면서도 수사에 필요해서라고 하니 즉각 비밀번호를 알려 주었다. 이유현은 김형빈이 가르쳐 준 현관문의 비밀번호 여섯 자리를 눌렀다. 752690.

고진이 어깨너머로 보더니 한마디 했다.

"복잡하군. 난 외우지 못하겠어."

삡, 소리가 났다. 이유현은 "어?" 하더니 몇 번을 연속으로 눌렀다. 계속 삡, 삡, 소리만 나고 현관문은 개방되지 않았다.

"김형빈이, 이 자식. 날 엿 먹이려고 거짓말했어!"

이유현이 두 손을 펼쳐 현관문을 쾅 때렸다.

"그만두게, 오래전 속옷 광고 생각나."

"역시 안 되겠네요. 돌아가죠. 김형빈이가 협조 안 할 모양이에요. 내일 밝은 날 녀석을 족쳐서 알아 올게요. 이런 식으로 수사 방해하면 본인한테도 좋지 못하단 걸 알 테니까."

"아니, 번호가 복잡해서 그런 거야."

"그게 무슨 소리에요? 이 자물쇠는 복잡한 번호를 알아서 피한답니까?"

"쉬운 번호를 한번 넣어 봐. 아, 이왕이면 행운의 번호가 좋겠군. 777777, 어때?"

이유현은 "나 참." 하면서도 부지불식간에 연속해서 7을 눌렀다.

철컹.

현관문이 열렸다.

이힛힛 하고 고진이 웃었다.

이유현은 한숨을 푹 내쉬었다.

"또 무슨 장난을 친 겁니까?"

11

박청자는 침대 위에서 뒤척이고 있었다.

몸은 복날 아이스크림 녹듯이 지쳤지만 잠이 금세 오질 않았다. 생계 걱정, 건강 문제 따위야 늘 명치끝에 걸려 있는 오랜 친구 같은 거였다. 더하여 요즘 그녀의 마음을 점령하고 있는 건 아들 김형빈에 대한 걱정이었다. 오늘도 아들 집에 들러 밀린 빨래와 청소를 해주고 오는 길이었다.

아들은 어릴 때부터 외모가 출중했다. 데리고 다니면 예쁘게 생겼다며 한 번씩 쓰다듬지 않는 이웃이 없었다. 그럴 때면 아들은 마치 은막의 스타처럼 세련된 미소로 지긋이 응시하곤 했다. 어른들은 그게 더 귀여워 죽겠다며 웃었다. 그런 특별한 아들은 별 볼일 없는 박복한 엄마의 인생에 큰 자랑이었다.

남편은…… 남편 생각만 하면 아직도 울화가 치밀어 목구멍이 콱 막혀 버린다. 한때 단역배우로도 활동했던 젊은 시절의 남편은 신성일을 빼다 박았다. 잘생긴 얼굴만 보였고, 달아오른 마음이 이끄는 대로 사랑에 빠졌고, 결혼까지 골인했다. 호적이 하나로 합쳐지면서 드디어 이 남자가 내 것이 되었다고 뿌듯해했지만 착각이었다. 남편은 잘생긴 외모를 고이 썩힐 생각이 없었다. 여자가 끊이질 않았다. 꼬리를 살랑거리는 여우 같은 여자들과 거리를 두기는커녕 남편은 물레방아처럼 돌아가며 사귀어 댔다. 하루도 맘 편한 날이 없었다.

어느 날 남편은 기어이 대형 사고를 냈다. 옆자리에 여자를 태우고 운전하다 언덕길 옆으로 굴러 버린 것이다. 아마 애인과 딴짓하며 한눈이라도 판 거겠지. 둘 다 그 자리에서 사망했다. 남편은 돈을 남겼다. 하는 일 없이도 외모를 꾸미고 여자를 거느릴 수 있었던 것도 다 선대로부터 물려받은 재산이 받쳐 주어 가능했던 일이다.

그 뒤로 고생을 안 한 건 아니었지만, 그 종잣돈으로 시장 통에 떡집을 차려 그럭저럭 한평생 먹고살아 왔다. 갈수록 집은 작아지고 살림은 쪼그라들었지만, 겨우겨우 아들을 대학까지 졸업시켰다. 아들이 졸업할 무렵 살림은 거덜 났고 허름한 연립으로 이사하게 되었다. 한때 바람둥이 남편의 시선을 잡아끌었던 그녀의 곱상한 얼굴은 동년배의 여자들보다 더 빨리 시들어 노파처럼 변해 버렸고 허리와 관절은 성한 곳이 없었다.

하지만 걱정은 없었다. 든든한 아들이 있다. 이제는 보험회사 대신 안락한 노후를 보장해 주리라. 아들은 어릴 때도 귀여웠지만 고치가 나비로 부화하듯 커갈수록 귀공자로 환골탈태했고, 그 허우대로 무슨 일이든 잘해낼 것 같았다. 다행히 죽은 남편처럼 여자들에게 혹해 허우적대는 일도 없었다.

미대를 졸업한 아들은 정작 회화에는 별 관심이 없어 했다. 그림 그리기보다는 회사에 취직하겠다며 매일매일 어딘가 쏘다녔다. 예술과 거리를 두고 살아온 박청자는 그게 차라리 더 기뻤다. 곧 좋은 데 취직하겠지. 디자인회사 같은 곳. 그래서 멋지게 양복을 빼입고 출퇴근하며 첫 월급날에는 빨간 내복도 사다 주겠지.

기대 속에 하루하루를 보냈다. 세월이 차곡차곡 지나갔다. 달력이 획획 넘어갔건만, 취직했다는 소식은 들려오지 않았다. 기대감이 초조감으로 변해 갈 무렵 아들은 일 때문이라며 아예 나가서 먼 동네에 따로 집을 얻었다. 그게 1년 전이었다.

그 무렵 여자친구도 사귄 모양이었다. 박청자는 기뻤다. 남편과는 달리 오히려 여자한테 너무 무심한 게 아닌가 하는 걱정도 들던 터라, 아들에게 여자친구가 생겼다는 건 반길 만한 소식이었다. 아들도 그 여자를 많이 좋아하는 모양이었지만, 여자애 쪽에서 더 많이 아들을 좋아하는 것 같았다. 역시 잘난 아들이야. 은근히 자랑스러웠다.

그런 아들이 요즘 힘들어하고 있다. 놀랍게도 여자친구가 갑자기 죽어 버렸다고 했다. 무슨 일이냐고 물어도 자세한 이야기는 해 주지 않았다. 아들이 상심에 빠져 기가 꺾이고 풀이 죽은 모습에 마음이 아파 왔다. 생활도 엉망이 된 모양이었다. 혼자 사는 아파트에 들러 봤더니 집 꼬락서니가 말이 아니었다. 아무렇게나 던져진 빨래가 거의 방 하나를 가득 채우고 있었고, 거실 마룻바닥에는 정전기로 뭉쳐진 먼지 덩어리들이 굴러다녔다. 집안 꼴이 이러면 우울한 기분이 더 가라앉는다. 기운이 없을수록 더 주변이 깨끗하고 정리정돈이 되어 있어야 한다. 그 꼴을 본 뒤로는 일주일에 두어 번 정도 저녁에 아들 집을 들러 밀린 빨래며 청소를 해 주고 있다. 연신내에서 잠실까지 왔다 갔다 하느라 초로의 몸은 힘들었지만 초췌한 아들의 얼굴을 생각하면서 기운을 냈다. 오늘도 아들 집에 들러 청소를 해 주고 돌아왔다. 무척 피곤했다. 거울에 비친 얼굴은 완연한 할머니였다.

몸은 물에 젖은 솜 같은데, 이런저런 옛날 생각과 아들에 대한 걱정이 두서없이 떠올라 침대에 누운 채 이리저리 뒤척였다. 그러다 보니 오줌이 마려웠다. 자기 전에 누었는데도 불면의 밤을 보내다 보면 요의가 일찍 찾아온다.

견디다 못한 박청자는 일어나 침대 옆 나이트테이블의 작은 스탠드를 켰다. 화장실만을 이용하기 위해서는 거실까지 나가지 않아도 된다. 방에 별도로 욕실이 붙어 있었다. 화장실 겸용이다. 습기로 비틀린 욕실 문짝에는 뿌연 반투명 유리창이 붙어 있다. 욕실 전등은 따로 켜지 않았다. 욕실 문을 열어 두면 거실의 전기스탠드 빛이 비쳐 들어와 볼일 보는 정도로는 충분했다.

변기에 앉아 시원하게 볼일을 마친 박청자는 막 일어서려다 멈칫했다. 방 쪽에서 무슨 소리가 들린 것이다. 삐이걱. 방문이 조용히 열리는 소리였다. 도둑? 박청자는 기절할 것 같았다. 자신의 입을 오른손으로 거칠게 틀어막았다.

침입자가 방 안으로 완전히 들어오기 전 급히, 하지만 조용히 욕실 문을 닫아 걸쇠를 걸었다. 욕실 전등은 꺼진 채였다. 도둑이 설마 욕실 안까지 들어오진 않겠지? 어두운 이쪽을 보지는 못하겠지? 심장이 증기기관처럼 쿵쾅거렸다. 심장박동 소리가 침입자에게 들릴까 겁났다.

욕실 문은 습기로 비틀려 유리창문과 몰딩 부분이 떨어져 나가 작은 틈새가 있었다. 박청자는 그 틈새에 눈을 살포시 갖다 댔다. 전기 스탠드의 작은 불빛이 방 안을 비추고 있다. 한밤의 침입자는 누구일까. 그동안 아들만 믿고 방범을 소홀히 했다는 뒤늦은 후회가 밀려왔다. 아들이 집을 나간 지금도 습관은 남아, 설마 내 집에 도둑이 들까 하는 안이한 생각으로 지내왔다. 집 열쇠도 가지고 다니다가 잃어버릴까 싶어 현관 옆 소화전 안에 던져 놓고 다녔다.

욕실 유리창의 가는 틈새로 비친 침입자의 형상은 갑작스러운 충격에 영혼이 빠져나간 박청자의 정신으로는 제대로 인식하기 힘들었다. 너무 놀란 나머지 형체를 보고 있으면서도 도둑이 키가 큰지 작은지조차 제대로 파악할 수 없었다. 얼굴 전체에 복면을 칭칭 둘러매고 있다는 것만 눈에 들어왔다.

한순간 박청자의 늙고 처진 눈이 동그래졌다. 침입자의 장갑 낀 손에 빛나는 날붙이가 들려 있었다. 칼이었다. 춤추는 칼날의 번쩍임만이 온통 눈앞에 어른거렸다. 이제 난 죽는구나, 오금이 저리고 금방 눈 오줌이 다시 마려웠다.

침입자는 불이 켜진 방 안의 모습에 다소 당황한 듯했다. 그러나 이내 살금살금 침대 곁으로 발걸음을 옮겼다. 확고한 목적을 가진 몸짓이었다. 침대 곁까지 와서 정작 주인이 없는 것을 확인하자, 재차 당황하는 모습이 보였다. 주위를 두리번거리며 어쩔 줄 몰라 하던 침입자는 욕실 문을 보았다. 어두운 욕실 창문 틈새로 훔쳐보던 박청자의 눈동자를 알아챌 리는 만무하지만, 박청자는 침입자와 눈이 마주친 것 같은 생각에 심장이 덜컥 내려앉았다.

침입자는 고개를 흔들흔들하며 욕실 쪽으로 천천히 발걸음을 떼기 시작했다. 물건을 뒤지지도 않고 처음부터 칼을 꺼내 들고 침대 앞으로 다가온 걸 보면 침입자는 이 방의 주인을 반드시 찾아내 칼을 찔러 넣겠다는 강한 의지를 품고 있는 듯했다.

박청자는 정신이 혼미해졌다. 현실감이 없는 아득한 공포가 찾아왔다. 이건 꿈일 거야. 설마.

무겁게 두어 걸음을 떼던 침입자는 침대와 욕실 사이에 놓인 화장대 부근에서 발걸음을 멈추었다. 화장대 쪽으로 시선을 두는 것 같았다. 그러더니 그 자리에 서서 고개를 갸웃거렸다. 침입자의 행동은 의외였지만, 박청자에게는 그 이유를 생각해 보거나 태도를 찬찬히 지켜볼 정신은 없었다. 침입자가 머뭇거리는 그 잠시의 순간이 박청자에게는 영원과도 같았다.

침입자는 고개를 크게 흔들었다. 그러고는 박청자에게는 천만다행으로, 방향을 반대로 틀더니 들어올 때와 다름없이 살금살금 방을 걸어 나갔다. 문을 조용히 열고, 닫고, 나갔다. 박청자는 욕실에 선 채로 오들오들 떨다가 그 자리에 쓰러졌다.

이유현이 김형빈의 모친 집에 강도가 들었다는 사실을 알게 된 것은 그로부터 이틀 뒤였다. 은평경찰서에서 박청자의 진술을 듣다가 아들인 김형빈의 여자친구가 죽었다는 이야기가 흘러나왔고, 마침 정유미 사건을 알고 있던 경찰관이 이유현의 서초경찰서로 알려 온 것이다.

사건을 전해 들었을 때 이유현은 머릿속이 혼란스러워졌다. 이걸 어떻게 해석해야 하나? 단순한 강도일까. 박청자는 은평경찰서에서 진술할 때 강도가 칼을 들고 집에 들어왔다가 훔칠 만한 물건이 없자 그냥 물러났다고 한다. 그 말대로라면 단순히 미수에 그친 강도에 불과하고, 우연히 김형빈 주변에 사건이 연발한 것일 수 있다.

그래도 이유현의 감으로는 그냥 지나쳐 버릴 수 없었다. 김형빈의 연인이었던 정유미와 아래층 이필호의 불가사의한 살인에 끙끙대고 있었고, 얼마 전까지만 해도 김형빈의 교묘한 두뇌가 빚어낸 범죄라고 의심하며 알리바이와 주변 조사에 열중해 왔다. 이때 하필 김형빈 모친의 집에 강도가 들었다는 변괴가 발생했다. 우연이 아닐지 모른다는 생각이 뇌리를 사로잡았다.

박청자를 직접 만나 봐야 할 것 같았다. 다만 박청자 사건은 외피상 단순 강도 미수로 은평경찰서 관할이었고 정유미 사건과의 연계점이 없었기에 공식적으로 공조수사를 요청하거나 강력팀 형사들을 보내 수사를 진행하기엔 어려웠다. 현 단계에서는 개인적인 의혹에 불과했다. 이유현은 자신이 직접 현장에 가 보기로 했다.

먼저 은평경찰서에 들렀다. 오랜만에 얼굴을 보는 동료, 선배 들과 반가운 인사를 나누었다. 박청자 사건을 담당하는 형사를 만나 양해를 구하고 박청자의 진술서를 읽어 보았다.

간략한 내용이었다. 시간은 오전 2시 30분경. 침입자가 들어왔을 때 욕실에 있던 박청자는 당황한 나머지 창문 틈새로 제대로 본 것도 없었고, 기억도 오락가락했다. 범인의 인상착의는 거의 기억하지 못했다. 다만 그중에 강도가 욕실로 접근하다가 화장대 부근에서 발길을 멈추고는 돌아 나가버렸다는 부분이 눈에 띄었다.

"이 부분은 무슨 말입니까? '강도는 화장대 근처에서 발걸음을 멈추고 화장대 위를 본 다음 고개를 휘휘 젓고는 나가 버렸다.'라고 진술한 부분 말이에요."

"그거요? 아마도 박청자 씨가 경황 중에 많이 놀랐나 봅니다. 진술서 읽어 보셔서 알겠지만 계속 횡설수설이에요. 별 의미는 없습니다."

"그래도 좀 이상하네요. 강도가 욕실로 오다가 갑자기 나가 버렸다는 것도 그렇고."

"강도가 욕실로 가 보려다가 생각을 바꾼 거겠죠. 욕실에 값나가는 물건이 있을 리 없다고 생각했을 겁니다."

"그래도 박청자 씨 진술을 보면 강도는 처음부터 박청자 씨를 노리고 들어왔다고도 보이는데요."

"요즘 강도는 인명을 파리보다 가볍게 여기잖아요. 칼을 들이대며 돈 내놓으라고 하는 애들은 양반이죠. 처음부터 사람을 찔러 놓고 시작하는 겁니다. 경위님도 아시잖아요? 박청자를 먼저 찌른 다음 천천히 방을 뒤져 금품을 찾아내려 한 거겠죠."

"그런 거라면 강도로서는 박청자가 숨어 있을지도 모를 욕실까지 뒤져 봐야 되지 않겠습니까? 중간에 돌아 나갔다는 행동이 이상합니다."

형사는 할 수 없다는 듯 말했다.

"그럼, 현장 사진을 한번 보시겠습니까?"

형사는 서랍을 열어 이유현에게 사진을 몇 장 꺼내 주었다. 디지털 카메라로 현장 이곳저곳을 찍은 것 중에 몇 장을 추려서 출력한 사진이었다. 상당히 솜씨 좋은 형사가 있는 모양이다. 사진 품질도 좋았고, 다 모아 놓으면 방 전체의 모습이 그려졌다.

"별 이상한 게 없습니다. 강도는 방의 물건들을 하나도 건드리지 않았어요. 처음부터 죽여 놓고 뒤지려고 했던 거죠."

형사는 사진을 들여다보는 이유현의 옆에서 설명을 거들었다. 그의 말대로 확실히 사진 속의 방은 깨끗했다. 화장대 위도 마찬가지였다. 사진 구석에 미처 비키지 못한 경찰들과 박청자의 모습이 잘려 보일 뿐 강도가 든 집이 아니라 부동산 매물을 촬영한 듯 정돈된 모습이었다.

이유현이 고개를 들고 물었다.

"신고 직후에 출동한 현장 그대로의 사진이죠?"

"물론입니다. 박청자 씨는 경찰에 전화한 다음 침대 이불보를 뒤집어쓰고 덜덜 떨고만 있었어요. 방은 강도가 물러난 상태 그대로입니다."

"지문은요?"

"안 나왔습니다. 장갑을 낀 모양입니다."

"CCTV도 없습니까?"

"집 앞엔 없습니다. 근처 편의점에서 길을 비춘 카메라가 있긴 한데, 그것만으론 전혀 알 수가 없고요."

이유현은 박청자에게 연락을 취했다.

박청자는 전날에 놀란 나머지 가게 문을 닫고 쉬었는데, 하루 만에 마음을 추스르고 가게에 나가 있다고 했다.

조그만 아파트 상가 지하의 떡집이었다. 박청자는 가게 안쪽에 서 있다가 반색을 했다. 좌판 너머로 이유현의 모습이 보이자 방금 전 통화로 방문을 약속한 형사인 걸 알아본 모양이었다. 박청자는 머리가 하얗게 세어 있었다. 경찰 기록상으로는 60세를 갓 넘긴 초로의 나이였는데, 더 늙어 보였다.

박청자는 이유현이 금지옥엽 애처로운 아들인 김형빈을 코너로 밀어붙이고 있는 자베르 경감이란 걸 알 리가 없다. 강도를 하루빨리 붙잡아 불안에서 구원해 줄 민중의 지팡이로만 생각한 그녀는 이유현에게 음료수를 건네며 반가워했다. 이유현은 초췌한 박청자를 위로했다.

"많이 놀라셨죠?"

"지금도 사실 마음이 불안해요. 이틀째 밤에 잠도 한숨 못 자고. 경찰에서 빨리 그놈을 잡아 주셔야 해요."

"최대한 노력하고 있습니다. 그날 있었던 일을 자세하게 좀 얘기해 주세요."

박청자는 탄식을 섞어 가며 이야기를 시작했다. 선후가 왔다 갔다 하고, 앞뒤도 안 맞았지만 대충의 사실관계는 이유현이 머릿속으로 재조합하여 구성이 되었다.

"강도가 어떻게 집에 들어올 수 있었다고 생각하세요? 혹시 깜박 잊고 현관문을 잠그지 않은 건 아닙니까?"

"아뇨. 현관문은 닫으면 저절로 잠기는 거예요. 다 제 불찰이죠. 귀찮기도 하고, 잃어버릴 위험도 있어서 현관 열쇠를 평소에 안 갖고 다니거든요. 문 옆 소화전 안에 넣어 놓고 있었어요. 나중에 강도가 나간 다음에 보니 현관 열쇠가 복도에 떨어져 있더라고요. 소화전에 넣어 두었던 현관 열쇠로 문을 따고 들어왔나 봐요."

"그럼 강도는 아주머님이 평소에 현관 열쇠를 소화전에 넣어 둔다는 사실을 알고 있는 자로군요."

"그렇겠죠. 살 떨려요. 그래서 어제 부랴부랴 열쇠를 전자식으로 바꿔 달았어요. 최신형으로. 그러면 안전한가요? 형사님 어때요? 요즘 도둑들은 그런 열쇠도 다 따 버리지 않나요?"

이유현은 이야기 도중 정서가 불안해진 박청자를 다시 가라앉혀야 했다.

"걱정 마세요. 전자식 열쇠는 번호를 모르면 열지 못합니다. 비싼 열쇠를 달기보다는 평소에 문과 창문을 꼭 잠그는 습관만 들이셔도 도둑은 안 맞습니다."

"네에."

"그런데 아주머님이 마침 욕실에 불을 끄고 숨어 계셨다면서요?"

"천만다행이었죠. 아휴, 그때 잠이 안 왔기에 망정이지, 천지 모르고 잠을 자고 있었더라면……."

"네, 정말 다행입니다. 근데 도둑을 제대로 못 보셨어요?"

"보긴 얼핏 봤는데 정신이 하나도 없어서요. 눈앞이 어른거리기만 하지 얼굴은커녕 몸집 같은 것도 기억이 안 나요. 그놈이 복면도 썼고, 침실 스탠드 조명이 그리 밝은 것도 아니었고, 욕실 창문 틈도 너무 쪼그맸고. 너무 놀라서 제대로 보질 못했어요. 아휴, 아직도 가슴이 떨리네."

박청자는 양손으로 가슴 위를 눌렀다.

"강도가 물건을 뒤지는 것 같지는 않던가요?"

"……그런 게 없었어요. 이상하죠. 칼을 들고 꼭 나를 죽이러 온 놈마냥……."

"곧장 침대로 왔군요."

"그렇죠. 침대에 내가 없으니깐 휘휘 둘러보더니 욕실 문을 보고는 내가 있는 욕실 쪽으로 오지 않겠어요? 칼을 들고서. 기겁을 했죠."

"그런데 화장대 부근에서 주저하다가 그냥 가 버렸다고 했죠? 왜 그런 걸까요?"

"나도 모르죠."

"화장대 위에서 뭔가를 가져간 건 아닙니까?"

"글쎄요. 없어진 건 없던데. 패물이 거기 있었던 것도 아니고."

"흠."

이유현은 몇 초간 입을 다물고 있다가 말했다.

"아무래도 집에 제가 직접 한번 가 봐야 할 듯합니다. 지금 같이 좀 안내해 주세요."

"집에요? 지금 가게가……."

망설이던 박청자는 결국 일하는 여자아이에게 가게를 맡기고 나섰다.

박청자가 거주하는 연립주택은 마을버스로 다섯 정거장 거리였다. 연립의 1층은 외부에서도 입구가 절반쯤 보이도록 공개되어 있었다. 현관은 후줄근했다.

거실 겸 부엌, 그리고 세 개의 방. 욕실은 거실에 하나, 침대방에 하나 있었다. 박청자 혼자 살기에는 좀 큰 듯했지만 1년 전만 해도 아들인 김형빈이 같이 살고 있었다는 얘길 듣고 이해가 갔다.

"침대방은 안 잠그고 주무세요?"

"네, 아이고 그게 참! 제가 소홀했죠. 설마 이런 집에 도둑이 들까 하고. 지금부터는 침대방에도 걸쇠를 달고 꼭꼭 잠그고 살려고요."

　침대방은 가로로 길쭉한 방이었다. 입구 쪽 벽면에 침대, 가운데 벽면에는 큰 창문과 화장대가 마주 보고 있고, 안쪽에는 장롱과 욕실 문이 보였다.

　"침입자는 문을 열고 들어와 침대를 보고 사람이 없는 걸 확인하고는 다시 욕실 쪽으로 다가왔다, 그런데 화장대 부근에서 멈칫했다, 화장대 위를 유심히 보더니 고개를 휘휘 흔들고는 돌아가 버렸다, 이거죠?"

　"네, 그래요."

　이유현은 몇 걸음을 떼 화장대 쪽으로 걸어갔다. 화장대 위는 널찍했다. 벽면 쪽으로 큰 거울이 부착되어 있고 그 앞에 크고 작은 로션, 에센스, 영양크림, 매니큐어 통, 모기약 등이 빽빽이 도열되어 있었다. 그 옆에 은빛 휴지통이 놓여 있었다.

　"설마 하니, 화장품을 들여다보진 않았을 거고. 그 당시에 화장대 위에 놓여 있었던 건 뭡니까?"

　"그저께 밤에는 장부를 들고 와서 화장대 위에 놓고 보다가 그대로 두었죠. 그리고 몇 가지 날아온 고지서들 있었고……."

　"지금은 다 치우신 모양이죠?"

　"네, 안 그래도 강도가 들어서 마음이 싱숭생숭한데 화장대 위가 지저분하니까 정신 사나워서요. 화장대 아래서랍에 다 쓸어 넣어버렸어요."

　이유현은 서랍을 열어 보여 줄 것을 주문했다. 박청자의 떡집 장부가 있었다. 거래 상대방이 적혀 있고, 돈에 관련된 숫자들이 어지러이 들어차 있었다. 설마 강도가 그 순간에 장부를 들춘 건 아니겠지. 그 아래 고지서들이 몇 장 있었나. 유대전화 요금 고지서와 생명보험회사에서 보낸 보험료 납부 독촉장이 있었다.

이유현은 짐짓 모른 체하고 물었다.

"아드님은 따로 사시는 모양이죠?"

"네, 저기 잠실 쪽에 아파트 얻어 나갔어요. 요즘 힘든 일이 있어서 일주일에 두어 번은 가서 빨래도 해 주고, 청소도 해 주고, 그러고 와요."

"정성이 대단하시네요."

"엄마가 뭐 그 정도야 당연한 거죠."

이유현이 돌연 아무렇지 않은 어조로 물었다.

"혹시 보험 드신 것 있나요?"

"네?"

박청자가 눈을 둥그렇게 떴다. 놀란 원숭이처럼 보였다.

"생명보험 같은 거 말입니다."

박청자의 눈이 방향성 없이 굴러가기 시작했다. 강도사건 수사차 집에 온 형사가 돌연 생명보험 운운하며 엉뚱한 관심을 보였다는 것에 대한 경계심이 발동한 모양이었다. 이유현의 이 질문은 뉴스에 자주 나오는, 돈에 눈이 뒤집힌 패륜 범죄를 떠올리게 했을 것이다.

"그런 건 왜 물으세요?"

"그냥 별 뜻 없습니다. 아드님하고만 두 분만 계신 가정은 보통 보험 같은 거 많이 들어 놓으시더라고요. 덩그러니 남겨질 아드님이 유독 걱정되는 거겠죠."

박청자는 갑자기 싸늘하게 대답했다.

"없어요."

이유현이 단순 강도만을 염두에 두고 온 형사가 아니라는 판단을 확실하게 내린 듯했다. 이유현은 이 초로의 여인이 결코 만만한 사람이 아니라고 느꼈다. 역시나 그 머리 좋은 김형빈의 엄마다, 감탄마저 나왔다. 보험료 납부 독촉장을 자세히 살펴보지는 못했지만 만약 그것이 생명보험 계약이라면 박청자의 대답은 거짓말이다.

이유현은 보험료 납부 독촉장을 발견하고 흔한 상상을 해 본 것에 불과했다. 박청자가 생명보험을 들었고, 그 수익자가 아들 김형빈이라면. 순전히 이해관계로만 보면 침입자는 박청자의 사망으로 이익을 얻는 김형빈일 수도 있지 않을까? 보통은 보험금 때문에 엄마를 살해한다는 상상은 아무리 경찰이라도 하지 않겠지만, 지금 사건 관계자는 바로 그 교활한 김형빈 아닌가. 물론 박청자는 하늘이 무너져도 아들이 그런 의도로 침입했다고는 생각하지 않을 것이다. 그렇지만 눈앞의 형사가 내뱉은 보험 운운하는 말에서 경찰이 아들의 패륜 범죄를 의심하고 있을지 모른다고 눈치챘을 것이다. 그래서 경찰이 쓸데없이 아들을 의심하지 않도록 생명보험 이야기 따위는 있어도 숨기려고 할 것이다. 애 아버지 없이 혼자 시장에서 떡집을 하며 아들을 대학까지 졸업시킨 여자다. 세상 저간의 물정이나 상황의 임기응변에 둔할 리가 만무했다.

생명보험 들어 놓은 것이 없다는 여자의 답변을 믿기는 어려웠다. 적어도 납부 독촉장이 날아온 보험이 어떤 종류인지만이라도 알아볼 필요가 있었다.

박청자의 태도가 눈에 띄게 냉랭해졌다. 그 탓에 제대로 된 문답이 이루어지지 않았다. 박형사는 빨리 이유현을 돌려보내고 싶어 했다.

서초경찰서로 복귀한 이유현은 당장 보험회사에 조회했다. 박청자의 보험 가입 여부, 특히 생명보험. 조회는 곧 도착했다. 이유현이 바라는 결과가 그 안에 있었다.

비록 한 개였지만, 사망 보험금이 5억짜리였다. 수익자는 물론 아들인 김형빈이었다. 가입한 지 3년 된 계약이었고, 보험금도 충실히 납부되고 있었는데, 근래 몇 번 연체하여 독촉장을 보냈다고 한다. 갑작스러운 이유현의 엉뚱한 질문에서 여자는 아들에게 혐의가 갈 것을 두려워하여 생명보험 가입 사실이 없다고 둘러댔지만, 그건 거짓말이었다.

정유미 사건에서 김형빈의 동기는 밝혀내지 못했다. 그러나 김형빈은 적어도 박청자의 강도 미수 사건에서는 분명히 침입과 살해 시도의 동기가 있다. 모친의 사망으로 5억이라는 거금이 손에 들어온다고 하는. 생각만으로도 끔찍하지만, 살인자의 윤리를 상식으로 잴 수는 없다.

우연히 강도가 박청자의 집에 들었다고는 생각할 수 없다. 침입자는 집 안의 값나가는 물건을 뒤지지도 않고 곧장 침대로, 욕실로 흔들림 없이 전진했다. 그건 살인이라는 뚜렷한 목적을 처음부터 가졌다는 이야기다. 지하상가에서 떡집을 하며 살아온 박청자가 무슨 원한의 대상이 되었을 것 같지는 않다. 아들의 여자친구가 원한인지 치정인지 돈인지 오리무중의 사건에 휘말려 살해당한 직후에, 그 아들의 어머니가 다시 별도의 원한 때문에 살해 시도의 대상이 되었다? 그건 우연이 지나치다. 틀림없이 정유미 사건과 관련이 있다. 정유미 사건에서는 김형빈이 철벽의 알리바이 뒤에 숨어 있지만, 유력한 용의자라는 건 부인할 수 없다. 그리고 무서운 패륜적 상상이지만 이번 사건에서는 김형빈에게 박청자를 살해할 경제적 이해관계가 있다……. 결론은 다시 김형빈이었다.

이유현의 가설은 확신으로 변해 갔다. 창피를 당했던 민망함을 감수하고 김형빈을 다시 불러냈다. 지난번 만남에서 그가 의외로 단단하다는 걸 알았기에 이번에는 유석태를 대동했다. 장소는 다시 S 호텔의 로비. 김형빈은 오후 늦은 시간에 호텔 로비에 들어오면서부터 얼굴을 구겼다. 그래도 그의 외모는 여전히 몇몇 젊은 여자들의 시선을 잡아끌 만큼 화려했다.

"이번엔 무슨 일입니까?"

심기가 영 불편해 보였다.

"김형빈 씨, 나흘 전 밤에 어머님이 강도당할 뻔한 건 아시죠?"

"네, 큰일 날 뻔하셨죠."

이유현은 유석태에게 눈짓으로 질문을 독촉했다. 악역 전담 유석태가 말했다.

"단도직입적으로 묻겠습니다. 그날, 김형빈 씨는 어디에 계셨습니까?"

김형빈의 얼굴에서 표정이 사라졌다. 의외로 차분하게 응대해 왔다.

"이번에는 제가 어머니 집에 강도로 들어갔다고 의심받는 겁니까?"

"의심하는 건 아닙니다만."

"아니라면 제 알리바이는 왜 묻습니까? 너무 어이가 없으니까 화도 안 나네요. 세가 경찰의 봉입니까? 사건만 나면 무소선 서를 의심하게?"

김형빈의 목소리 톤이 서서히 고조되어 갔다.

"흥분을 가라앉히세요. 단순 강도가 아니라 의외로 중대한 사건일 수 있어요. 어머님이 상당히 위험하셨어요."

"위험했다니요?"

"침입자는 어머님을 살해하려 했어요. 그러다가 실패하고 그냥 돌아간 겁니다."

김형빈은 놀란 눈빛을 보였다가 할 수 없다는 듯 어깨를 으쓱했다.

"알겠습니다. 말씀드리죠. 그날 '아도니스'에 출근했어요."

김형빈이 안정된 걸 본 이유현이 물었다.

"요즘 일 나간다는 그 호스트바 말이군요. 출퇴근은 승용차로 하시나요?"

"아뇨, 택시로 합니다. 술을 마시니까 그쪽이 편해요."

"몇 시에 퇴근했습니까?"

"2시에 나왔어요."

새벽 2시면 박청자의 집에 침입하기에는 얼추 가능한 시간이다. 강도가 침입한 시간은 새벽 2시 반. '아도니스'는 압구정에 있다. 거기서 연신내의 박청자 집까지 30분 만에 갈 수 있을까, 어림짐작해 보았다. 새벽의 빈 도로를 감안했을 때 택시에 웃돈을 얹어 주어 달리면 충분히 가능한 시간일 것 같다. 정유미의 돈으로 구입한 자신의 승용차로 달려도 마찬가지다.

"2시에 나와서는 어디로 갔습니까."

김형빈은 움찔했다.

"……집에 갔죠."

어정쩡한 김형빈의 대답에서 이상한 느낌이 전해졌다.

"그럼 알리바이가 없군요. 어머님의 집에 강도가 든 건 새벽 2시 반이었어요."

"항의할 기운도 없네요. 어쨌든 전 아닙니다."

이유현은 다시 유석태에게 눈짓을 보냈다. 유석태가 모진 소리를 위해 입을 열었다.

"김형빈 씨 어머님은 생명보험을 들으셨더군요. 5억짜리. 수취인은 물론 아드님인 김형빈."

김형빈은 흰 낯을 똑바로 쳐들었다.

"무슨 얘길 하시려는 겁니까!"

"어머님이 죽으면 김형빈 씨한테 보험금 5억 원이 들어온다는 얘길 하는 겁니다. 아주 간단한 계약 문제죠."

"그래서 제가 엄마를 죽이려 했다, 이겁니까?"

"보험을 든 사실은 알고 있었죠?"

김형빈은 크게 한숨을 쉬었다.

"알고 있었어요. 그래도 그깟 5억 때문에 엄마를 죽이려는 마음을 품겠어요?"

"5억 아니라 5000만 원이라도 사람은 죽어 나갈 수 있겠죠."

정유미 사건을 염두에 둔 이야기다. 유석태는 김형빈을 한 번 더 푹 찔러 본 셈이다. 유석태 역시 처음부터 김형빈을 의심해 온 강력팀 내 대표주자다.

"아닙니다."

김형빈은 낮은 음성으로, 또박또박 대답했다. 그에게서는 일말의 흥분이나 분노가 보이지 않았다. 두 형사에게 차갑고 냉소적인 눈빛만을 보내고 있었다. 신문이 더 어렵게 되었다.

"침입자는 모친의 집 열쇠가 어디 있는지도 정확히 알고 있었어요. 김형빈 씨도 물론 열쇠의 위치는 알고 있었죠?"

김형빈은 대답 없이 이유현을 노려보았다. 하지만 이유현은 또 밀어붙였다. 조금 전 그날 새벽 2시 이후의 행적에 대해 물었을 때 김형빈이 꾸물대는 것을 감지했기 때문이다.

"2시 이후에 알리바이를 대지 못한다면 일단은 혐의를 벗기 어려울 겁니다. 계속적인 조사 대상일 수밖에 없어요."

김형빈은 한참 이유현을 쏘아보다가 두 손으로 얼굴을 쓸어내렸다.

"도저히 안 되겠군요. 정말 끈질기시네요. 말씀드릴게요."

"솔직히 말씀하시는 게 모두에게 좋습니다."

"그날, 2차 나갔어요."

"뭐라고요?"

이유현은 놀랐다.

"잘 아시잖아요. 2차. 어차피 저한테 뭘 기대하셨어요. 배고파서 눈 딱 감고 돈 벌려고 뛰었어요. 솔직히 죽기보다 싫었어요. 상대는 서른 후반이고 술장사하는 여자였어요."

이유현과 유석태는 서로 바라보았다. 논쟁은 더 이상 의미가 없다. 확인만이 남았다.

"우린 절대 그런 거 안 해요!"

'아도니스'의 남자 마담은 얼굴이 벌개져서는 이유현과 유석태에게 대들었다. 곱상한 얼굴이 기묘한 붉은 빛을 띠었다. 손님에게는 결코 보여 주지 않는 일그러진 표정이 흘러나왔다.

그는 영업에 지장이 있다고 생각했는지 이유현과 유석태를 빈 룸으로 데리고 가 본격적으로 발뺌을 시작했다. 손님을 받기 전인 초겨울의 텅 빈 방은 한기가 돌았다. 남자 마담은 구두를 떡하니 테이블 위에 올리고 바짓단을 걷어 올렸다. 그러더니 양말 안에 끼워 놓은 담배 한 개비를 척 꺼내서 피워 물었다. 형사들 앞에서 위세를 과시하고 싶었던 것 같다. '나는 호스트바의 마담이지만 거친 남자다.'라는 표현.

"아, 엿 같네. 정말!"

남자의 거친 말투에 유석태의 이마에도 불끈 심줄이 돋아났다. 이유현은 조용히 손짓과 눈짓으로 그를 만류했다.

"지난번 제가 방문했을 때는 분명히 2차 영업을 나가는 것처럼 말씀하셨던 걸로 기억합니다만."

"······."

남자는 잠깐 침묵했다. 잔머리가 돌아가는 소리가 들려온 것 같기도 했다. 남자는 전략을 바꾸고 나왔다.

"그렇다면 형사님도 그때 분명 2차 나가는 거 문제 삼지 않겠다고 했죠. 그런데 이제 와서 왜 그런 걸 따지세요? 국민을 속인 거 아니에요?"

"신성하세요. 눈체 삼시 않셨다는 말은 지금노 유효합니다. 우린 2차 단속 다니는 사람들이 아니에요. 강력반이라고 분명히 얘기했잖습니까."

"그럼 왜 김형빈이 나흘 전에 2차 나간 걸 확인하려 드는 거예요?"

"다른 사건과 관련한 기초 수사입니다. 그런 정도도 협조 안 하시면 영장을 받아 올 수밖에 없어요. 피차 피곤해집니다."

이유현의 은근한 협박성 발언에 마담은 다시 머리를 굴려 열심히 손익계산을 열심히 하는 것 같았다.

마침내 계산이 끝난 그가 말했다.

"좋습니다. 얘기할게요. 형빈이는 2차 나갔어요."

이유현은 아찔했다.

갖은 협박과 회유에도 불구하고 이 남자 마담이 "김형빈은 그날 2차 나가지 않았습니다. 새벽 2시에 곧장 퇴근했습니다."라고 말해 주길 바랐다. 그래서 김형빈의 알리바이를 없애 주길 바랐다. 그런데 묘하게 신빙성 높은 상황에서 김형빈의 알리바이가 있다는 진술이 나오고 말았다. 이렇게 힘들게 구슬려 제3자로부터 얻어 낸 진술이라면 오히려 믿을 만하지 않은가.

"나흘 전 밤에 말입니까?"

이유현이 재차 확인했다.

"네. 2시에 룸 끝나면서 그 룸 손님하고 나갔어요."

"그 손님은 누굽니까?"

남자는 또다시 흥분했다.

"아니, 그것까진 안 되죠. 우리 영업을 끝장내려고 그럽니까? 손님 외박 나간 거 우리가 경찰에 알린 거 소문 나 봐요. 이 영업 못 하죠. 안 됩니다. 그건 못 알려 줘요."

이유현과 유석태는 서로 바라보며 입맛을 다셨다.

"영업과 관계없이 조용히 확인할 겁니다. 약속드리죠."

"아뇨, 우리도 원칙이 있어요. 영장을 가져오든 맘대로 하세요."

남자는 뻗댔지만, 이유현이 보기에 이 남자 마담이 그렇게 의리파는 아닌 것 같았다. 영업을 위한 허세가 분명했다. 이유현은 딱딱한 표정을 짓고 말했다.

"알겠습니다. 좀 귀찮지만 할 수 없죠. 정식 영장을 가지고 다시 오겠습니다. 아마 내일 밤 한참 영업 중인 시간이 될 것 같군요. 그 땐 관할서에서 단속반이 같이 출동할 수 있습니다. 우리가 요구하지야 않겠지만 영장 청구하면서 알려지게 되면 그쪽에서 건수 올리려고 나서겠죠. 그것까지 우리가 막진 못한다는 것만 알아 두세요."

실은 말이 안 되는 소리였다. 영장 청구하다가 타 관할서 단속반에 누설되어 경찰이 출동한다는 따위의 일은 있을 수 없다. 그래도 허세뿐인 소심한 남자에게는 충분히 먹혀들었다.

"잠깐요, 그런 식으로 하시면 곤란합니다. 지금까지 많이 협조했잖아요."

"협조한 김에 마지막으로 조금만 더 밝혀 주시면 됩니다. 그럼 감사하죠. 그런 도움은 반드시 기억해요, 우리는."

협박에 이은 구슬림. 가벼운 채찍질에 이은 당근. '아도니스'의 마담은 무너졌다. 귀찮은 영업 방해도 피하고, 잘하면 강력반 형사들에게 은혜를 입혀 놓을 수 있다. 그런 얄팍한 계산을 도와준 것이다.

"어쩔 수 없죠. 대신 정말 소문 안 나게 해 주셔야 돼요."

"걱정 말아요. 선수끼리."

이유현은 어울리지 않는 농담으로 분위기를 풀었다.

"양수련이라는 여자예요. 살도 많이 찌고 좀 밉상인데 외박 잘 안 나가는 김형빈이 오랜만에 2차를 나가려고 하더라고요. 돈 벌려고 이를 악문 거죠."

"김형빈이 여기에 적응하려고 애를 많이 쓴 모양이네요."

"애썼죠. 그래도 기본적으론 적성이 이쪽이 아니에요. 양수련이가 결국엔 다음 날 가게에 와서 진상 부리고 갔어요."

"왜요?"

"김형빈이가 돈값 못 했단 거죠. 자기는 그냥 하자 그랬는데, 김형빈이는 꼭 콘돔을 껴야 한다면서 둘 사이에 실랑이가 있었나 봐요. 기분 상했다며 돈 내놓으라고 소리를 박박 지르고 갔어요. 참 별 더러운 꼴을 봤어요. 원래 아무리 겁줘도 손님 얘기는 비밀로 하는데, 그 여자가 미워서 형사님한테 얘기해 주는 마음도 있어요."

"그래서 돈은 돌려줬습니까?"

마담은 갑자기 버럭 언성을 높였다.

"환불을 어떻게 해 줍니까? 말도 안 되는 얘기죠!"

"내가 환불해 달랬습니까?"

이유현도 드디어 짜증을 냈다.

"아니, 그만큼 말도 안 된다는……."

"김형빈이는 그 일에 대해서 뭐라던가요?"

"나도 그 여자한테 시달리고 나니까 화가 나서 나중에 김형빈이를 따로 불렀어요. 어차피 2차 나간 거, 손님 비위 좀 맞춰 주면 어디 덧나냐고. 그런 여자들 원래 병 같은 거 없다고. 콘돔 안 쓰고 적당히 눈치껏 하면 되지 않느냐고요. 근데 이 녀석 대답이 웃겨요. 성병이 겁난 게 아니래요."

"그럼요?"

"콘돔 안 쓰다가 임신이라도 하면 어떡하느냐는 겁니다. 소심한 놈."

말을 하면서도 남자 마담은 그게 우스운지 픽 웃었다. 이유현은 마담의 실소를 차가운 눈빛으로 받았다.

"그 양수련이란 여자는 뭐 하는 여잡니까?"

"역삼동 어디서 '봉봉'이라고 바를 해요. 가끔 오죠. 평소에도 김형빈을 특히 귀여워했어요."

'봉봉'은 길가 1층에 있었다. 두꺼운 유리문을 밀고 들어가면 바로 실내였다. 지나치게 어두웠고, 상큼하지 못한 냄새가 촌스러운 인테리어로 가득한 바 안을 유령처럼 떠돌았다. 뜨내기손님에게 가짜 양주를 팔 것 같은 분위기를 풍겼다.

"내가 사장 양수련이에요."

형사가 자신을 찾는다는 말을 종업원을 통해 전해 들은 뚱뚱한 30대 후반의 여자가 다가왔다. 원래가 사나운 인상인데 형사란 말에 양미간에 주름부터 잡고 있으니 아예 살기등등해 보였다. 양수련이란 이름이 가명일 거라는 확신이 들었다.

"나흘 전 '아도니스'에 가셨더군요."

"그래서요."

그녀는 도전적인 목소리를 냈다.

"김형빈 씨하고 외박을 나간 사실이 있습니까?"

"무슨 헛소리예요!"

목소리가 호전적으로 높아졌다.

"아닙니까?"

이유현은 바랐다.

확실히 아니라고 선언하고, 될 수 있으면 그 증거까지 보여 주기를. 그래서 김형빈의 말이나 '아도니스'의 마담의 말 모두가 김형빈의 거짓 알리바이를 대기 위해 서로 짜고 정교하게 조작한 것이란 걸 밝혀 주기를.

마담은 한동안 눈을 희번덕거리더니 거친 숨을 내쉬며 말했다.

"그래요, 갔어요."

이유현의 기대는 힘없이 무너졌다.

"도리 없겠죠. 형사님들 아마 신용카드 결제한 자료 갖고 있겠죠? 술값만으로는 그만한 액수가 안 나오니 발뺌해도 소용없을 거고. 그래도 그래요, 요즘 형사들이 겨우 그딴 거 단속하러 이렇게 밤중에 몰려다녀요? 참."

술집을 하는 마담의 오버센스가 수월하게 진술의 길을 터 준 모양이다. 형사가 확실한 자료, 이를테면 신용카드 결제 내역 같은 걸 가지고 왔을 거라고 지레짐작하고는 무기력한 저항을 관두고 쉽게 인정하고 나온 것이다. 이유현과 유석태가 그 답변에 속으로 실망하고 있다는 걸 알 리가 없다.

"그러셨군요. 확실합니까?"

"형사님들 다 알고 왔으면서 왜 자꾸 그래요. 날 넘기려면 빨리 넘겨요. 뭐 그깐 거 겁났으면 호빠 가지도 않았지, 내가 내 돈 내고 노는데 원 별……."

이유현이 그녀의 푸념을 가로막았다.

"김형빈이하고 그날 어디서 몇 시까지 있었습니까?"

"'아도니스' 바로 옆 카스피 모텔요. 한 새벽 4, 5시까지는 있었을걸."

양수련은 진술에 거리낌이 없었다.

마지막 실낱같은 희망을 안고 이유현과 유석태는 '아도니스' 옆 카스피 모텔로 이동했다. 모텔 종업원은 김형빈과 양수련이 그날 왔는지 확실히 기억하지 못했다. 아마 옆 '아도니스'와 연계해서 하룻밤에도 몇 건씩 투숙이 있을 테니 기억을 못 하는 건 당연한 일이었다. 입구와 엘리베이터에 각각 CCTV가 설치되어 있었는데, 강력계 형사라고 하니 영장 없이도 즉각 대령해 주었다. 모텔 카운터에 들어가 컴퓨터에서 직접 CCTV를 확인했다.

김형빈과 양수련이 있었다. 새벽 2시가 조금 지난 시간 둘은 팔짱을 끼고 휘청대며 들어왔고, 새벽 5시에 양수련이, 7시에 김형빈이 따로따로 빠져나갔다.

"김형빈이 진술이 전부 다 맞군."

이유현과 유석태는 두 손을 들고 말았다. 이 정도면 믿을밖에 도리가 없다.

이로써 정식 서초경찰서 관할 사건은 아니지만 김형빈의 모친 박청자의 강도 미수 또는 살인 미수 사건 역시 미궁으로 빠져들었다.

12

이유현은 심란해졌다. 고진이 말한 세 번째 가능성이 무얼까 자꾸만 신경이 쓰였다. 지난번에는 정유미의 204호 아파트 비밀번호로 장난을 치고 설명도 않고 사라져 버렸다. 결정적인 부분을 아직 모르겠다고 발뺌하면서. 얄미웠지만, 자신의 마음이 내킬 때까지는 입을 열지 않는 고진이었다.

집에 혼자 있는 밤은 휴식이 되지 못했다. 오랜만의 겨울비였다. 창문에 빗살을 그어 대는 물줄기가 답답한 마음에 파고들었다. 승용차가 가로등 사이를 헤집고 나찰처럼 빗속을 질주하는 광경이 아파트 거실 창 너머로 내다보였다. 사건이 막히면 무당을 찾았다는 선배 형사의 심정이 공감되었다. 목을 졸라서라도 고진의 괴상망측한 상상을 다시 한 번 들어 볼까. 비 오는 밤 혼자 집에서 미궁 같은 사건 생각에 빠져 있자니 꼭 용건이 아니더라도 은근히 술 한잔 생각도 났다.

고진의 휴대전화 번호를 누르는 이유현은 오히려 지난번보다 덜 주저했다.

"형님, 술 한잔합시다."

비 오는 거리가 내다보이는 삼성동 테헤란로 변 조그만 바의 창가였다. 자욱한 담배 연기 사이로 비친 고진의 얼굴은 이유현의 푸념 어린 사건 이야기에 지루해하고 있는 표정이 역력했다.

"이 집은 음악 선곡이 맘에 안 들어."

"맥캘란도 안 갖다 놓고 장사한다는 게 말이 돼?"

불평불만의 연속이었다. 이유현의 이야기가 따분하다는 증거다.

미라 같던 고진의 얼굴이 깨어난 것은 김형빈의 모친 박청자의 집에 강도가 들었다는 이야기를 듣고서부터였다.

"잠깐만, 그 이야기 좀 자세히 해 줘."

처져 있던 고진은 옆자리 손님이 돌아볼 정도로 톤을 높여 호기심을 표했다.

박청자 사건에 대한 이유현의 자세한 이야기를 다 들은 고진의 얼굴에 보일락 말락 한 미소가 어렸다.

"뭐 좀 짚이는 게 있으세요?"

"아니, 없어. 그렇지만 말이야, 뭔가 재미있지 않아?"

"재미있다뇨?"

"왠지 몰라도 난 김형빈이가 점점 재미있어지는데."

"뭐 사실 따분한 놈은 아니에요."

이유현은 김형빈에게 창피를 당하던 일이 떠올랐다. 고진은 강한 흥미를 보였다. 몸을 앞으로 숙이고 팔꿈치를 테이블 위에 올렸다.

"화장대 부근에서 강도가 머뭇거리다가 되돌아갔다고 했지? 거기서 무슨 일이 있었던 걸까?"

"그게 좀 괴이하기는 해요. 강도가 죽일 사람을 찾아 욕실 쪽으로 가려다가 여긴 없을 거라고 지레짐작하고 돌아가 버린 걸 수도 있고."

"……아니면, 화장대 위에서 마음을 돌리게 한 뭔가를 발견한 것일 수도 있을 테고."

"그럴 수도 있어요. 그래서 제가 직접 화장대를 살펴봤는데, 이상한 건 아무것도 없었어요. 화장품이 가득 있다는 것 말고는. 화장품이 화장대 위에 있다는 게 이상하다면 서점에 책이 있는 것도 이상하겠죠."

"침입자는 화장대 위를 유심히 보았다, 그런데 화장대 위는 화장품밖에 없었다, 이거지……."

"아, 떡집 장부하고 고지서도 몇 장 있긴 했죠. 휴대폰 요금 고지서하고 생명 보험료 납부 독촉장. 강도가 화장품을 보았을 리는 없으니 고지서 쪽을 본 게 아닐까 생각도 해 봤어요. 고지서를 보고는 범행을 포기하고 돌아섰다? 아무래도 이상해요. 상황도 이상하지만, 그 고지서는 김형빈이 덕을 보는 생명보험에 관한 거였거든요. 수익자가 김형빈이라는 것까지 표시된 건 아니지만. 만약 김형빈이 침입한 거라면 그 생명보험 때문인데 보험료 독촉장을 보고서 범행을 그만두었다는 건 말이 안 돼요. 김형빈은 바로 그 생명보험이 있기 때문에 침입한 거니까요. 보험료 독촉을 받았다고 보험 계약의 효력이 없어지는 것도 아니고."

고진은 엉뚱한 제안을 했다.

"한번 같이 가 볼까?"

"박청자 집에요? 지금?"

"그래, 지금. 박청자는 지금쯤 일 마치고 집에 있을 거잖아."

"형님이 직접 가면 뭐 찾을 수 있을 거 같아요?"

"아니. 그냥 가 보고 싶어졌어."

"형님의 호기심이 발동한 모양이네요. 그래요, 속는 셈 치고 한번 가 보죠. '현장 백 번'이란 말도 있으니까. 우리 형사들이야 비 오는 날 술 마시다가 출동하는 일은 흔하죠. 박청자 아줌마야 싫어하겠 지만."

"우리야 늘 불청객 아니겠어."

역시 그들은 불청객이었다. 박청자는 이유현을 썩 반기지 않았다. 밤늦게 남의 집에 찾아와서가 아니라 지난번 이유현이 아들 김형빈 의 범행을 의심하는 듯한 뉘앙스를 보였기 때문일 것이다. 하지만 그래서인지 더 이상 이유현의 심기를 건드려서는 안 된다고 생각한 모양이었다. 불편한 표정과 달리 순순히 협조해 주었다. 이유현과 동행한 고진도 형사라고 믿어 버린 눈치였다.

고진과 이유현은 박청자의 안내를 받으며 침대방으로 들어갔다. 박청자는 막 누우려는 참이었던 것 같았다. 다갈색 이불보가 단정하 게 덮여 있었다.

고진은 방문, 침대, 욕실과 박청자가 욕실 안에 숨어서 방 안의 침 입자를 엿보았던 유리 창문 틈새를 주의 깊게 살폈다. 창문 틈새로 는 한동안 눈을 지그시 대어 보기도 했다. 그건 모두 변죽이었던 듯 고진은 곧 화장대로 달려들었다. 놓인 화장품, 약병 들을 샅샅이 훑 어보았다. 무례하게도 화장대 서랍을 벌컥 열어 보기도 했다. 별 수 확이 없었는지 고진은 허리를 펴고 다시 방 안을 둘러보았다.

욕실 옆으로는 중간 크기의 장롱이 있었고, 화장대 맞은편 벽에는 왼쪽 끝만큼은 창문이 있고, 그 옆 빈 벽에는 19인치 모니터만 한 사진 액자가 걸려 있었다. 박청자와 김형빈 모자가 같이 찍은 큰 사진이 가운데를 차지한 가운데, 김형빈의 어린 시절, 중학생, 고등학생 시절의 사진 몇 장이 같이 테두리에 적당히 중첩되어 끼워져 있었다. 아버지는 거기에 없었다. 힘들고 외롭게 살아온 모자의 삶의 편린이 빛바랜 사진 속에서 전해져 왔다.

고진과 이유현은 협조해 준 것에 적당히 치하한 후 박청자의 집을 빠져나와 연신내 근처 술집으로 향했다.

고진은 자리를 잡고 앉자마자 맥주잔을 쭉 들이켰다.

"역시 없죠?"

이유현의 물음에 고진은 손바닥을 펴 내밀며 저지시켰다.

박청자의 침실

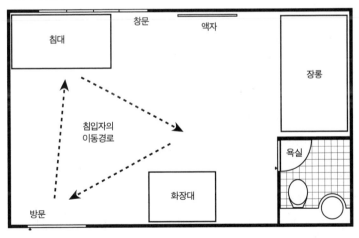

"잠깐 생각 좀 해 보고."

"아니, 있고 없고 얘기하는 데 생각할 게 뭐가 있습니까?"

고진은 쩝 하며 할 수 없다는 듯 말했다.

"강도가 무엇에 반응했는지 짐작 가는 건 있는데 그게 무슨 의미일까 생각해 보는 중이야."

"그럼 얘기하세요. 같이 생각해 보게요."

고진이 말했다.

"침입자는 욕실로 향하다가 화장대를 유심히 쳐다보고는 고개를 휘휘 젓고 나가 버렸다, 이건데……."

"그래서요."

"침입자는 화장대를 본 게 아니야."

"그러면?"

"화장대에 놓인 큰 거울을 본 게 아닐까 싶어."

"거울을요?"

"그래, 정확히는 거울에 비친 영상이지."

"거울에 비친 영상? 자기 얼굴을 봤단 건가요."

"아니, 그 화장대 맞은편에 뭐가 있었나 생각해봐."

"맞은편에…… 아! 사진 액자!"

"그래, 거울에 비친 사진에서 침입자에게 뭔가 전해진 게 있겠지. 침입자는 그 영상을 유심히 들여다보고는 다시 고개를 반대편으로 돌려 벽면의 사진을 확인했어. 그러고는 살인을 포기하고 뒤돌아 나가 버린 거지. 그게 박청자가 '고개를 휘휘 젓더니 나가 버렸다.'라고 진술한 부분이야. 박청자는 경황 중에 침입자의 이상한 행태가 이해가 안 갔을 테니 고개를 휘휘 젓고 나간 걸로밖에 안 보였을 거고."

"음, 확실히 범인이 화장대 쪽에서 본 거라면 거울에 비친 사진이 제일 유력하겠는데요……."

이번에는 이유현이 생각에 잠겼다. 고진은 그 틈을 타 맥주를 싹 비우고 있었다.

이유현이 고개를 번쩍 들었다.

"그렇게 보면 모든 게 들어맞아요. 사진을 보고 왜 돌아갔는지도 이해가 됩니다. 정유미 건은 몰라도, 박청자 집에 침입한 강도의 이상한 행동은 설명이 돼요."

고진이 고개를 들어 뜨악한 시선을 보내자 이유현의 말이 이어 졌다.

"정유미의 죽음으로 생활이 힘들어진 김형빈은 적성에 안 맞는 호스트바에서 괴로운 나날을 보내고 있었죠. 그러다가 모친이 들어 놓은 생명보험에 생각이 미쳤어요. 아마 처음부터 범행을 생각하고 생명보험을 들게 한 건 아닐 겁니다. 보험은 3년 전에 계약된 것이고 경제적으로 어려워져 동기가 발생한 건 최근의 일이니까. 짐승 같은 김형빈은 마침내 모친을 살해하기로 마음먹고 한밤에 칼을 품고 찾아갔어요. 어머니가 열쇠를 현관 앞 소화전 안에 두고 다닌다는 건 알고 있었다더군요. 현관을 열고 침대방까지 침입했어요. 침대에 어머니가 없자 당황했지만, 욕실 안에 있을지 모른다 생각하고 욕실 쪽으로 다가갔어요. 그러다가 화장대 거울에 비친 사진 액자가 눈에 들어왔어요. 집을 나오기 전에야 늘 보던 사진이었겠지만, 그 상황에서는 의미가 달랐을 겁니다. 순수했던 어릴 적 자신의 모습, 자신을 따뜻하게 감싸 주었던 모친과의 다정한 한때가 찍혀 있는 몇 장의 사진들이 그 순간 크게 와 닿은 거예요. 그걸 보고는 그 녀석에게 희미하게나마 남아 있던 인간의 마음이 고개를 들었을 겁니다. 후회와 회한이 몰려왔고, 칼을 거두고 급히 물러 나온 거죠."

고진은 시선을 아래로 내린 채 묵묵히 듣고만 있었다. 그러다가 불쑥 말했다.

"자넨 역시 센티멘털 휴머니스트야. 나한테 없는 그런 점 때문에 자넬 좋아하기도 하지만."

"네?"

"사진 한 장에 모친의 애정을 새삼 느꼈다, 순수했던 시절의 예전 추억이 되살아났다, 그래서 살인을 관뒀다라……. 감동적이군. 눈물 흘릴 뻔했어."

"비꼬지 마세요. 아니, 그럼 뭐 다른 설명이라도 있습니까?"

이유현이 발끈해서 언성을 높였다.

"미안. 실은 나도 자네처럼 인간을 믿고 싶어."

"그래요? 그럼 어디 삐딱한 형님 시선으로 해석해 보시죠. 사진을 보니깐 갑자기 보험금이 너무 낮다는 생각이 문득 들어 살인을 그만둔 건가요?"

"나도 정확히는 모르겠어. 그래도 그런 감동 스토리는 너무 어색해. 특히 이번 사건에서는 말이야."

이유현은 골이 나서 맥주를 벌컥벌컥 들이켰다. 이유현이 잔을 내려놓기 전에 고진이 말했다.

"김형빈이란 친구, 갈수록 흥미진진한 인물이야. 진심으로 궁금해졌어."

"그럼 한번 직접 만나 보시죠."

이유현이 도발적으로 말했다. 지금껏 발로 뛰어다니고 문전박대를 당하며 실컷 고생한 사람은 자신이다. 고진은 앉아서 이것저것 낚싯대를 걸치듯 가설만을 얄밉게 드리워 왔다.

"직접 만나기 전에 주변 사람들을 먼저 만나 보고 싶어."

"주변 사람들요?"

고진은 찡긋 눈웃음을 지었다.

"좋아. 오늘은 나도 수사관 흉내 내는 김에 좀 더 다녀 볼까."

"어디로요?"

고진은 갑자기 일어섰다. 그러고는 늘어져 있는 이유현의 팔을 억지로 잡아 일으켰다. 이유현은 재차 물었다.

"왜요, 어디 가시게요?"

"'엘라가발루스'로 가 보세."

"거긴 왜요?"

"좀 다른 관점에서 확인해 보고 싶은 게 있어. 아, 경찰처럼 딱딱하게 신문하러 가는 게 아니라 가볍게 염탐하러 가는 거야. 그래야만 사건의 진실을 캐낼 수 있을 것 같아."

이유현은 얼떨떨했지만 무언가 이유가 있을 거라고 생각하고 군말 없이 따라나섰다.

연신내에서 청담동까지는 먼 거리였지만 야심한 도로는 그리 붐비지 않았다. 초저녁부터 내리던 겨울비는 거의 그쳐 있었다.

도착했을 때는 밤 2시. 영업의 절정이 지나고 있는 때였다. '엘라 가발루스'는 과연 명불허전이었다. 호텔 복도처럼 수없이 늘어선 방들이 시야를 압도했다. 상호에 걸맞게 고대 로마를 콘셉트로 한 찬란한 인테리어에 퇴폐미가 한가득 녹아들어 있었다. 깍듯한 종업원들의 태도는 오히려 부담스러웠다. 방 안에서 간간이 울려오는 거만한 웃음소리와 밴드의 음악. 복도에서 휴대전화 통화를 하고 있는 남자의 팔목에서 바쉐론 콘스탄틴이 번쩍였다.

이유현은 심사가 뒤틀렸지만 고진은 즐거워하는 것 같았다.

"현대의 하렘인가. 난 룸살롱에서 아무런 교감 없이 돈 주고 여자의 서비스를 사는 건 끔찍하게 싫어하지만, 어쨌든 자네 덕분에 수사한다는 명분으로 좋은 구경을 해 보네."

수사상 간단히 물어보러 왔다고 했지만, 경찰과는 무조건 친분을 유지하는 것이 상책이란 걸 몸으로 체득하고 있는 지배인은 작은 방을 하나 내주었고, 극구 사양했는데도 맥주 몇 병을 가져다주었다. 이유현은 맥주도 돌려보내려 했지만, 고진이 "자넨 안 마시면 되잖아. 이건 내 술이야. 민간인인 고진이 마시는 거라고. 공무원 윤리하곤 관계없어." 하면서 이유현이 말릴 틈도 없이 덜컥 받아 마시고 말았다.

고진은 지배인에게 정유미와 가장 친하게 지냈던 명세인을 잠깐 불러 달라고 했다.

명세인을 기다리는 동안 이유현이 고진에게 물었다.

"그날 정유미 집 비밀번호 777777은 대체 뭐였습니까? 인제는 얘기하시죠."

"아, 그거? 장난 좀 친 거야. 김형빈이가 말한 게 원래 번호 맞아. 752690이었던가."

고진은 빙글빙글 웃었다.

"그럼 형님이 몰래 미리 번호를 바꿔 놓고서 저를 놀린 겁니까?"

"하하, 미안. 실은 그 며칠 전에 혼자 204호에 갔었어. 내가 추측한 비밀번호가 맞는지 확인해 보려고. 맞더군. 752690. 그 비밀번호를 이용해 다시 777777로 비밀번호를 변경시켜 놓았어. 시치미 떼고 그날 자네한테 장난 좀 쳤지."

"나, 참. 그런 게 재미있습니까? ……그건 그렇고, 원래의 비밀번호는 어떻게 알아내셨어요?"

묻던 이유현이 아하 하며 가볍게 테이블을 쳤다.

"형님이 미리 김형빈이한테 전화해서 물어봤군요."

고진은 도리질을 했다.

"김형빈은 만난 적이 없어. 얼굴도 몰라. 전화번호는 더더욱 모르고. 204호 비밀번호는 알기 쉬웠어. 자네가 들려준 수사 내용 속에 힌트는 다 있었거든. 그리고 비밀번호 자체를 알아내는 게 내 목적은 아니었어. 내 원래 의도는……."

고진이 막 입을 벌리려는데 문이 열리며 명세인이 들어왔다.

명세인은 일하는 중이었던 듯 가슴을 반쯤 드러낸 자색 드레스를 입고 모습을 나타냈다. 드레스는 예뻤지만 명세인의 깜찍한 외모와 그리 잘 어울린다고는 할 수 없었다. 명세인은 일하는 중에 경찰이 찾아와 다소 긴장한 듯 보였다.

명세인이 들어오자 고진은 급하게 웃는 얼굴을 지어 보였는데, 이유현이 한 번도 보지 못한 표정이었다. 고진은 호들갑스러울 정도로 밝은 어조로 칭찬하기 시작했다.

"드레스가 너무 잘 어울리네요. 이런 보라색은 로마 황제의 색이었죠."

"어머, 그래요? 감사해요."

긴장으로 딱딱하게 굳어 있던 명세인의 얼굴이 풀리며 살짝 미소가 머금어졌다.

"염료 한 방울을 얻기 위해 조개 수천 마리가 죽어 나가야 했죠. 세인 씨의 성숙한 분위기와 이 드레스하고 너무 잘 어울리네요. 최고예요."

프로인 명세인 역시도 칭찬에는 약했는지 아니라며 고개를 저었지만 환하게 웃었다. 귀여운 여자는 성숙해 보인다는 칭찬이 외려 먹힐 때가 많다. 미인의 웃음 한 번에 방 안의 얼음은 녹고 어디선가 봄바람이 불어왔다. 적당히 군불을 땐 고진은 곧 본론으로 들어갔다.

"우린 정유미 씨 주변 조사차 들른 거니까 가벼운 맘으로 얘기해 줘요."

"네."

"정유미 씨하고 가게에서 제일 친했다고 들었어요."

"그랬죠. 유미 언니는 정말 여자인 제가 봐도 멋있었어요."

그 말을 하면서 벌써 그녀의 눈이 빨개졌다. 감정의 기복이 심하고 진퇴가 빠른 여자다.

"정유미 씨를 많이 따랐나 봐요."

"네. 배울 점이 많았어요. 샘날 정도로. 웬만한 남자 이상으로 통도 크고."

"정유미 씨하고 김형빈 씨 사이는 어땠어요?"

"유미 언니가 형빈 오빠를 엄청 좋아했죠."

"정유미 씨가 김형빈 씨를 더 좋아했나 보군. 좀 자세히 얘기해 줘봐요."

"형빈 오빠는 사실 우리가 다 좋아했어요. 잘생긴 데다가 느끼한데가 전혀 없고. 사람이 담백하다고 할까. 여기 보셔서 알겠지만 유미 언니 말고도 예쁘고 섹시한 애들은 얼마든지 있거든요. 근데 형빈 오빠는 눈길을 안 줬어요."

"일편단심이네. 젊은 사람이 그러기도 쉽지 않은데."

"혹시 게이가 아닐까 하는 소문이 우리 사이에 돌 정도였어요. 사실 다른 여자한테 관심이 없는 그런 점 때문에 오히려 더 인기가 있었죠. 유미 언니도 그랬어요. 형빈 오빠는 내 몸만 탐내는 그런 남자가 아니라서 좋다고요."

고진이 놀랍다는 듯 어깨를 으쓱했다.

"정유미 씨의 마음을 얻기 위해서 억지로 욕망을 참은 건 아니었을까요?"

"무리해 가면서 신사인 척한 건 아녔어요. 너무나 자연스럽게 그런 모습이……."

"그럼 혹시 정유미하고도 애인이 아니라 순전히 사무적인 관계였던 건 아니었나요? 듣기로는 뭐 매니저였다든가 그러던데."

명세인은 정유미와 친했지만 시샘의 마음도 있었던 모양이었다.

그녀는 갑자기 새침한 표정으로 말했다.

"흥, 유미 언니가 연예인도 아니고 무슨 매니저예요? 그냥 오빠를 옆에 두려고 갖다 붙인 거지. 오빠를 독점하는 명분이었죠. 돈 주는 것도 어떻게 보면 독점료 같은 거랄까요?"

그녀는 자신의 표현이 좀 이상하다고 생각했는지 피식 웃었다. 고진은 재차 확인하듯 물었다.

"그래도 혹시 김형빈 씨가 마음만 먹으면 몰래 정유미 씨 외에 다른 애인을 만들 수는 있었겠죠? 그 정도 미남이."

"전혀요. 유미 언니가 출근할 때 형빈 오빠도 항상 같이 와서 거의 매일 보니까 잘 알아요. 그건 아닐 거예요."

고진은 집요하게 물었다.

"그래도 가게에서 그 정도 인기였으면 아가씨 중에서 김형빈 씨한테 적극적인 분들도 분명 있었을 것 같은데."

명세인은 조그맣게 웃었다.

"아가씨는 없었어요."

"아가씨는 없었다? 그럼 어떤 다른 분이?"

"마담 언니가 형빈 오빠한테 관심이 있어서 좀 찝쩍댄 적은 있었죠."

"아, 마담 언니요. 류경아 씨라는 분. 하긴 마담 언니가 그랬다면 아가씨들이 김형빈 씨 마음에 들어도 감히 나서지는 못했겠군요."

"꼭 마담 언니라 무서워서 그런 건 아니에요."

"그러면요?"

"마담 언니한테 이길 자신이 아무도 없는 거죠. 남자에 관한 한."

"그래요? 궁금하네요. 그 마담이란 분은 어떤 분인지?"

"마담 언니는 한때 밤의 세계에서는 황녀였어요. 지금도 얼마나 이쁜지 몰라요. 마담 언니하고 우리하고 들어가면 손님늘은 마담 언니가 아가씨인 줄 알고 먼저 지명할 정도예요. 언니는 마음먹어서 안 넘어온 남자는 없었다고 늘 호언장담했거든요. 우리도 인정해요, 그건. 근데 형빈 오빠가 무신경하니까 언니가 한번 꺾어 보려고 유혹했던 모양이에요."

"흥미진진하군요. 밤의 황녀와 목석 사나이의 대결이라. 결과는요?"

고진은 흥미로운 듯 눈빛을 반짝였다.

"오빠가 결국 관심을 안 보였어요. 마담 언니 코가 납작해졌죠. 나중에 그걸 유미 언니가 알아서 마담 언니하고 둘이 대판 싸우기도 했고."

"마담 언니와 싸웠다고요……. 그랬군요."

고진은 만족한 웃음을 지었다. 명세인의 말을 이끌어 내기 위한 사무적인 웃음이 아니라 진심으로 흡족한 듯한 미소였다.

"정말 도움이 많이 됐어요. 고마워요."

명세인을 보낸 후 이유현은 고진에게 말했다.

"형님, 정말 놀랐습니다."

"놀랄 것 없네. 내가 원래 여성을 대하는 건 자네보다 나아."

"그게 아니라 형님이 '솔' 이상의 음으로 말하는 걸 처음 들어서요."

"……이번엔 류경아를 만나 볼까."

고진은 모른 척했다.

이유현은 만만찮은 류경아를 상대하기 전에 고진에게 경고조로 말했다.

"무슨 얘길 들으시려는 건지 몰라도 류경아 입을 열게 하기는 쉽지 않을 겁니다. 지난번에 경찰에서 탐문 갔을 때도 사건에 연루되기 싫어서 내리 짧은 대답만 했다고 얘기했었죠?"

"그런가……."

마담 류경아는 새벽에도 돌봐야 할 손님이 많았는지 한참 후에야 방으로 들어왔다.

이유현은 지난번 탐문수사를 갔을 때도 본 적이 있었지만, 본업인 밤 업무를 위해 제대로 치장한 그녀는 마음을 두근거리게 할 정도로 아름다웠다.

새하얀 피부는 할로겐램프처럼 빛을 뿜었고, 센존 스타일의 베이지색 투피스는 피부의 질감을 한층 돋보이게 했다. 서른을 넘겼지만 타고난 아름다움은 세월의 손상을 입지 않았고, 오히려 거친 미의 원석이 솜씨 좋게 가공되어 농익은 몸짓 하나하나마다 강렬한 관능을 흩뿌렸다. 치명적인 매력을 가졌지만 결코 꺾어서 내 것으로 만들 수 없는 꽃, 한 사람이 완전히 소유할 수 없는 그런 여자.

그녀는 들어오자마자 허리를 90도로 꺾어 정중하게 절을 했다.

"안녕하세요. 실장 류경아예요."

고진은 눈이 휘둥그레져서 과장된 몸짓으로 반겼다.

"깜짝 놀랄 만한 미인이시네요. 영광입니다. 전 고진이라고 합니다."

고진이 이처럼 제대로 격식 갖춘 자기소개를 하는 모습을 이유현은 처음 보았다. 미인에게 마구 약해지는 고진의 모습을 제대로 본 이유현은 쓴 입맛을 다셨다.

류경아에게 미인이라는 칭찬은 매순간 숨 쉬는 공기마냥 당연한 것이었다. 그녀는 가볍게 받아넘겼다.

"별말씀을요. 제가 뭡게 되어 영광입니다, 고 선생님. 이 경위님하고 오신 걸 보니까 경찰 고위간부?"

"아뇨, 전 일개 재야인사입니다. 지금 이 자리에선 인스턴트 탐정이라고나 할까요?"

"탐정요?"

류경아는 가볍게 손을 모으며 박수를 쳤다.

"어머, 멋있어요. 저도 어릴 적 홈즈나 뤼팽 참 좋아했는데."

"그래요?"

고진의 입이 크게 찢어졌다.

"야, 이거 르누아르 그림 속 소녀 같으신 분이 의원데요."

"호호, 그 표현 괜찮네요. 예쁘다는 칭찬엔 질린 참이었는데."

류경아도 가볍게 고진의 너스레를 받아 주었다.

세 사람이 자리한 작은 룸 안에 류경아를 감싸고 있던 독특한 향수의 잔향이 퍼져 기분 좋은 환각처럼 공중을 떠돌기 시작했다.

고진이 놀랐다는 듯 양팔로 제스처를 취하면서 말했다.

"오, 역시 향수도 남다른 걸 쓰시네요. 튜베로즈 꽃향기가 강하게 납니다."

"어머, 예리하시네요. 맞아요. 라티잔에서 이번에 새로 나온 거예요. 튜베로즈 향을 위주로 해서."

류경아의 목소리는 평소와 다르게 들떠 있었다.

"튜베로즈. 장미와 재스민의 향을 모두 겸비한 꽃이죠. 그 꽃말도 제가 딱 좋아합니다. 위험한 쾌락. 핫핫핫."

고진은 과장되게 웃었고, 류경아는 만면에 미소를 지었다.

이유현은 속으로 코웃음 쳤다. 고진의 뻔한 수법을 알 것 같았다. 명세인에게 드레스 칭찬, 류경아에게 향수 칭찬. 여성이 자신만의 개성을 드러내기 위해 야심차게 준비한 의상과 액세서리를 알아봐 주는 남자……. 호감이 갈 수밖에 없다. 코웃음만 칠 수는 없는 것이, 그 뻔한 수법이 확실히 먹히고 있는 것이다. 류경아의 얼굴에서 판박이 같은 양산형 웃음이 사라지고 어느새 호기심 어린 미소가 떠올라 있었다.

고진은 류경아의 미모에 압도됐으면서도 방문 목적을 잊지 않은 건 분명했다. 훈훈해진 분위기 속에서 갑작스럽게 본론으로 들어갔다.

"실은 정유미 씨와 김형빈 씨와의 관계에 대해서 몇 가지 여쭤보려 합니다."

"형빈이요? 지난번에도 경찰에서 형빈이 얘기 물으셨는데, 혹시 형빈이가 의심을 받고 있나요?"

말투와 달리 류경아는 전혀 놀란 기색이 아니었다.

"그건 아닙니다. 원래 살인사건이 있으면 주변 인간관계를 철저히 조사하는 게 원칙이라서요."

"그래요? 물어보세요."

고진은 공손한 어투로 말했다.

"사실은 한 수 배우고자 합니다. 류 실장님 정도라면 아마 정유미와 김형빈 사이의 관계의 본질을 꿰뚫고 있지 않았을까 싶네요. 우매한 남성인 저는 잘 모르는 부분까지도요."

"제가 뭘 아나요."

"류 실장님이 제일 정확히 보시고 계시지 않을까요? 어땠습니까?"

"유미는 우리 가게에서도 탑이었어요. 형빈이는 유미의 든든한 흑기사였죠. 그 정도…… 훗."

류경아는 가벼운 웃음을 지었다. 그들의 관계를 비웃는 느낌도 들었다.

"그 웃음의 의미는?"

"순정파일 수도 있고, 아니면 유미밖에 모르는 바보일 수도 있고."

"그렇군요. 제가 듣기로는 류 실장님도 김형빈 씨를 유혹했다던데."

고진은 갑자기 과감한 질문을 던졌지만, 류경아는 전혀 흔들림이 없었다.

"동생들이 또 쓸데없는 얘길 했네. 맞아요. 착해 보여서 잠깐 꼬셔보려고 했어요."

류경아는 양해를 구하고 담배를 하나 꺼내 피우기 시작했다.

"쯧, 미남은 노력 없이도 절세미녀를 얻는 거군요. 이런 불평등은 누가 좀 국가에 항의 안 해 주나."

호호, 류경아가 담배를 떼며 가볍게 웃었다.

"김형빈 씨가 부럽군요. 그 사람은 뭐라던가요?"

"자기한테는 유미밖에 없다고 딱 잘라 말하던데요."

"류 실장님 같은 분을 거절했다고요? 이해가 안 가는군요."

류경아는 담배 연기를 길게 뿜어내고는 말했다.

"저도 그래요."

"실례지만, 류 실장님이 지금까지 타깃으로 택한 남자 중에 실패한 남자가 있습니까?"

"호호호. 절 과대평가하시네요."

"과대평가인 겁니까?"

"사실은 거의 없어요. 그중 하나가 형빈이죠. 유미한테 너무 빠져 있었어요."

"김형빈 씨는 바람둥이 같아 보이는데 오히려 제가 배울 정도로 순수한 면이 있었군요."

"사람이란 누구나 보기보다 다른 구석이 있는 게 아닐까요? 어머, 죄송해요. 주제넘은 소릴 해서."

류경아는 고진을 향해 미소를 지었다. 어딘지 '이 남자 귀여운데?' 하는 눈빛이 담겨 있었다.

"아뇨, 백번 맞는 말씀입니다. 그런데 혹시 김형빈 씨는 게이나 뭐 그런 쪽은 아니었을까요. 류 실장님 정도의 안목이면 절대로 그런 걸 잘못 보지는 않을 거라고 생각합니다만."

"호호. 물론 게이나 그런 쪽은 아니에요. 보통의 남자예요. 말씀대로 제가 그런 걸 착각하진 않죠."

"역시 그렇군요."

"형빈이가 프러포즈를 거절하기에 내가 에라 싶어서 관뒀어요. 기념으로 남성용 피임기구나 한 상자 선물했죠."

고진은 뭐가 만족스러운지 파안대소를 했다.

"핫핫, 센스가 마음에 듭니다. 콘돔을 선물하셨다고요?"

"훗, 장난이죠 뭐. 근데 형빈이는 참 고지식한 게 그걸 또 사양했어요. 자기는 파트너하고 할 때는 콘돔 같은 건 안 한대나."

"콘돔을 안 한다고요? 위험할 텐데. 엔간히 자신이 있었던 모양이 군요."

"글쎄요. 형빈이는 병이니 임신이니 뭐 그런 것도 전혀 생각 안 하고 마구 한다고 얘기하던데. 제 입으로 씩 웃으면서. 하긴 제가 남자들한테서 그런 얘기를 좀 잘 끄집어내요."

'분명히 그럴 것이다. 상대가 비록 스님이나 신부라 할지라도.'

이유현은 생각했다. 한편으로, 김형빈이 임신이 겁나 벌벌 떨었다며 비웃은 '아도니스' 마담의 말이 떠올라 의아한 생각도 들었다.

류경아는 가녀린 입술 사이로 다시 멋지게 담배 연기를 뿜어냈다.

"음……."

이상하게도 고진의 표정이 착잡해졌다.

"감사해요. 덕분에 거의 진실에 도달한 것 같습니다."

"어머, 그래요? 대단한 명탐정이신가 봐요. 그거 뭐더라, 안락의자 탐정?"

"탐정은 원래 의자에서 탄생하는 법이죠."

"하여튼 해결되면 저한테도 좀 들려주세요. 그럼 전 이만 실례."

류경아는 여유로운 표정으로 꾸벅 인사를 하고 방을 나갔다.

미녀가 나가자 고진은 본연의 자세로 돌아갔다. 소파에 비스듬히 기대어 다리를 꼬고 담배에 불을 붙였다.

입은 미소를 머금고 있었지만 미간에는 어쩐지 염세의 그늘이 드리워져 있었다. 고진은 한 개비가 다 타고 꺼지기 전 두 번째 담배로 불을 옮겼다. 곧 자신이 뿜어낸 자욱한 잿빛 연기에 휩싸였다. 이유현은 심해 생물을 보듯이 그를 바라보았다.

두 사람은 '엘라가발루스'를 나와 비에 젖은 거리를 걷기 시작했다. 겨울 밤공기는 냉랭하고 습했지만, 추위는 느껴지지 않았다. 이유현은 몇 마디 묻고 싶었지만 고진이 입을 뗄 때까지 기다리기로 했다.

말없이 걷기를 10분여. 터덜터덜 발을 내딛던 고진의 입에서 연극 대사 같은 나지막한 음성이 새어 나왔다.

"고해(苦海) 속에 반복되는 사랑과 미움…… 속세에서는 운명을 벗어나지 못하리니……"*

"웬 문학의 밤입니까."

고진은 멈춰 섰다.

이유현을 돌아보며 말했다.

"내일 김형빈을 좀 만나게 해 줘. 장소는 경찰서가 아니었으면 해. 내가 이 사건의 동기를 보여 주겠어."

이유현은 황당한 얼굴이 되었다. 그렇게 뒤졌건만 김형빈의 범행 동기를 밝혀내지 못했는데, 어이없게 룸살롱에 와서 동기를 찾아냈다는 말인가.

이유현은 반신반의했지만 군말을 덧붙이지 않고 일단 그러기로 했다.

---

* 당서침 사, 노관정 곡, 「일생소애(一生所愛)」에서.

13

약속 장소는 김형빈의 집 근처인 신천의 뒷골목 2층이었다. 이유
현이 정한 그곳은 젊은이의 거리에 걸맞지 않은 80년대풍 카페였다.
세련된 맛은 없지만 높은 칸막이와 편안한 의자, 높은 출력의 음악
이 자연스럽게 주변과 차단을 시켜 주어 비밀 이야기를 하기에 적합
한 장소였다. 실제로 부동산등기부 같은 것을 펼쳐 놓고 찌푸린 얼
굴을 맞대고 수상하게 소곤거리는 중년 남자들도 보였다.

카페를 둘러보더니 마음에 안 드는 표정을 짓고 돌아나가려는 고
진을 향해 이유현이 눈을 부릅떴다. 고진은 다시 등을 돌려야 했다.

카페 한구석에 자리를 했다. 고진과 이유현이 나란히 앉았고, 고
진의 건너편에 김형빈이 앉았다.

고진과 이유현이 전날 밤의 강남 밤문화 기행이 힘에 부쳤던 듯
피곤한 기색을 감추지 못하고 있는 건 도리가 없다 하겠으나, 김형
빈 또한 예전의 수수한 모습으로 돌아가 있었고, 어딘지 초췌했다.
그 이유는 곧 밝혀졌다.

"경찰들이 '아도니스'에 가서 2차니 뭐니 하고 묻고 다닌 통에 잘렸
어요. 2차 사실을 경찰에 알렸다며 사장이 어찌나 노발대발하는지."

김형빈은 이유현을 노려보았다.

이유현은 나 몰라라 하는 얼굴로 시선을 피했다. 지난번 망신당한
일도 있고 하여 말없이 앉아만 있을 작정이었다.

초면인 고진과 김형빈 사이에 수인사가 오갔다. 고진이 변호사라
고 소개하자 김형빈은 안심하는 것처럼 보였다. 그가 소위 '어둠의

변호사'라고 불리며, 범죄자와의 게임을 도락으로 삼는 인물이라는 것을 김형빈은 알 턱이 없다.

고진과 김형빈은 한참 동안 진지하지만 변죽을 울리는 뜻 없는 대화를 나누었다. 이유현은 고진이 왜 시간을 허비하고 있는지 답답하고 지루해했다. 하지만 나중에는 그것이 김형빈으로부터 어떤 대답을 끌어내기 위한 바람잡이용이란 걸 깨달았다.

고진은 김형빈이 순하거나 만만한 남자가 아니란 걸 한눈에 알아본 모양이다. 고압적으로 시작했다가 실패했던 이유현의 전철을 밟지 않고 차분하고 이성적인 대화를 이끌어 나갔다. 자신과 김형빈 사이에 공감대가 어느 정도 형성되었다고 판단했는지, 마침내 고진이 진지한 표정으로 용건을 꺼냈다.

"김형빈 씨, 경찰이 그동안 색안경 끼고 바라봐서 맘이 많이 상하셨죠?"

"네, 아무리 말해도 제 마음을 몰라주더군요. 도대체 왜 그런 편견에 집착을 하는지."

김형빈은 고진의 옆자리에 앉은 이유현에게 시선을 주지는 않았지만 그가 들으라는 듯 과장되게 말했다. 이유현은 맘이 편치 않았다.

"속이 많이 상하셨겠습니다. 그래도 저는 김형빈 씨가 정유미 씨를 진심으로 사랑했다고 생각합니다. 맞지요?"

"물론입니다."

김형빈은 크게 고개를 끄덕였다. 이유현은 고진을 힐끔 보았다. 경찰 면전에서 경찰을 뭉개면서까지 무슨 답변을 노리는 건가.

"정유미 씨도 김형빈 씨를 사랑했습니다. 김형빈 씨가 사랑한 이상으로."

"맞습니다. 유미의 사랑이 훨씬 컸어요. 저 같은 놈한테 과분했어요."

"정유미 씨는 실로 억울하게 흉기에 찔려 죽었습니다."

톤이 과장된 고진의 대사에 김형빈은 침통한 얼굴로 말이 없었다.

"어떻게 해서라도 그 한을 풀어 주고 싶지요?"

"당연하죠."

"저희는 거의 끝에 도달했습니다. 마지막으로 김형빈 씨가 작은 일 한 가지만 해 주시면 됩니다."

"제가 할 수 있는 건 뭐라도 다 하겠습니다."

김형빈은 주먹을 꽉 말아 쥐었다. 자못 결연한 자세였다.

"어려운 일은 아닙니다. 남자끼리의 솔직한 얘기, 그것만 해 주시면 됩니다."

'남자끼리의 솔직한 얘기'란 어구는 언제나 설득력이 높다.

김형빈은 완전히 무장 해제되어 자신의 목에 당장 밧줄이 걸릴 만한 이야기만 아니라면 뭐든지 할 준비가 된 것 같았다. 의외로 고진의 말솜씨와 설득력이 상당하다고 이유현은 감탄했다.

"솔직한 얘기요? 전 항상 솔직했어요. 경찰이 안 믿어 줬지만."

"약속합니까?"

"그게 사건 해결에 도움만 된다면요. 뭡니까?"

김형빈이 대답을 피하는 것이 어색한 상황이 슬그머니 만들어졌다.

물론 직접적으로 범행을 자백할 리는 없다. 하지만 언뜻 사건과 무관해 보이는 것이라면 어떤 대답이든 끄집어낼 수 있을 것 같았다. 그게 범인이 의식하지 못한 사이에 그를 치는 결정타가 되는 것이다.

이유현은 속으로 고진을 응원했다. 부디 저 미끌미끌한 김형빈의 꼬리를 잡아 보시오.

고진은 나지막이 이름을 한 번 더 불렀다.

"김형빈 씨."

"네."

고진은 마침내 이유현이 놀라 자빠질 말을 하고야 말았다.

"황금순 할머니하고 잤지요?"

자신도 모르게 턱이 쩍 벌어진 채 이유현은 두 사람의 얼굴을 번갈아 보았다.

하지만 김형빈이 입을 열기도 전에 그가 몹시 곤혹스러워하는 표정을 보고 이유현은 그 대답이 '예스'란 걸 알 수 있었다.

그래도 김형빈은 한동안 망설였다. 고진을 살피면서 그가 이미 다 알고 묻는 것인지 넘겨짚는 것인지를 재보고 있는 것 같았다. 고진은 나한상 같은 모습으로 무표정하게 대답을 기다리고 있을 뿐이었다.

김형빈은 가늘어진 목소리로 힘들게 대답했다.

"네……. 사실입니다."

그 말을 끝으로 고개를 푹 숙였다.

"네. 알겠습니다. 힘든 얘기 해 주셔서 감사합니다."

그를 내려다보는 고진의 얼굴에 희미한 미소가 떠올랐다. 이유현은 자신의 얼굴이 묘하게 일그러져가는 것을 느꼈다. 뒤죽박죽이다.

이런 경우 어떤 표정을 지어야 할지 전혀 학습이 되어 있지 않았다.

이야기를 마친 김형빈은 창백해진 얼굴로 도망치듯 카페를 나섰다. 고진은 무슨 생각인지 벌떡 일어나 그를 뒤따라나갔다.

잠시 후 카페 문을 닫고 들어온 고진이 자리에 앉자마자 이유현은 성난 황소처럼 다그쳤다.

"도대체 무슨 소립니까! 이거 원 황당해서. 지금 말한 황금순은 정유미 집에서 일하던 파출부 할머니 말하는 거 맞죠? 그 할머니가 김형빈하고 잤다니요? 형님은 또 그 사실을 어떻게 아셨습니까?"

"서둘지 마, 이 사람아. 숨넘어가겠어. 천천히 얘기하지."

고진은 의자에서 엉덩이를 쭉 빼어 옆으로 자세를 누이고는 앞에 놓인 레모네이드를 한 번에 쭉 들이켰다. 이유현의 초조한 얼굴을 앞에 두고서 질문에 대답은 않고 엉뚱한 말을 꺼냈다.

"'엘라가발루스'의 명세인이나 류경아를 보니 어떻던가? 형사가 아닌 남자로서 봤을 때 말이야."

이유현은 어리둥절한 얼굴로 대답했다.

"그야, 남자라면 다 꿈에 그리는 외모죠. 내면은 모르지만."

"바로 그거야. 나도 마찬가지야. 특히 류경아는 매미 껍데기 같은 나까지도 한순간 울컥해서 내 청춘은 쭉정이에 불과했다는 생각이 들게 할 정도의 미모였어. 그런데 그런 류경아가 유혹해도, 명세인이나 다른 여자들이 유혹해도 김형빈은 꿈쩍도 않았지. 물론 그 유혹은 몸의 유혹이야. 그렇다면 김형빈은 게이인가? 그건 아닐걸. 밤 세계에서 한창 뼈가 굵은 정유미도 그걸 몰라보고 1년이나 사귀진 않았을 거야. 아무리 자기 몸을 탐하지 않아서 좋은 남자로 보았다고 해도 말이지. 더구나 류경아 같은 프로가 상대방 남자가 게이인 지 아닌지를 착각할 리는 없어. 류경아가 김형빈에게 콘돔을 선물했을 때, 김형빈은 파트너하고 관계할 땐 콘돔을 안 한다고 했지? 김형빈은 분명 여자하고 자는 보통의 남자야.

그렇다면 정유미의 몸에도 잘 손대지 않고, 명세인이나 류경아 같은 아찔한 육감 미녀의 육탄공세에도 흔들리지 않으면서 게이도 아닌 이 미남자는 도대체 뭘까. 호스트바의 손님하고는 임신이 겁나서 콘돔 없이는 절대 관계를 하지 않겠다고 버텼으면서도, 자기 파트너와 관계를 할 때는 거리낌 없이 콘돔을 사용하지 않는 이 남자는?"

"뭡니까?"

이유현은 퉁명스럽게 던지듯이 물었다.

"나도 어제의 탐문으로 겨우 눈치챘어. 그리고 오늘 김형빈 본인의 확인으로 분명해졌지."

"뭐가요."

"이 모든 사실이 가리키는 결론은 하나뿐이지 않아?"

"그러니까 그게 뭐냐니까요."

답답해진 이유현의 입술이 괴롭게 뒤틀렸다. 고진이 던지듯이 말했다.

"김형빈은 노인성애자야."

의외의 단어에 이유현의 눈이 휘둥그레졌다.

"노인성애요? 노인들만 상대로 성욕을 느낀다는?"

"그렇지. 영어로는 제론토필리아라든가, 뭐 그럴 거야. 왜 해외 토픽에도 가끔 나오잖아? 7, 80대 할머니들만을 골라 연쇄적으로 성폭행한 젊은 녀석들 이야기 말이야. 그런 녀석들은 전형적인 노인성애자기. 할머니들 사진을 올려놓고 젊은 남자들한테 데이트 상대도 주선하는 영업을 하는 해외 사이트도 있더군."

"그…… 그런 일이……."

이유현은 말을 잇지 못했다.

"하여튼 김형빈이 사랑한 사람은 정유미일 거야. 뭐 사랑인지 아니면 돈 때문에 옆에 있었는지는 사실 모르겠지만 말이야. 뭐 세상을 긍정적으로 보자고. 그래, 김형빈은 정유미를 사랑했다. 하지만 성욕을 느끼는 대상은 따로 있었다, 이거야. 김형빈에게는 류경아보다, 명세인보다, 정유미보다, 황금순의 푸근하게 처진 몸과 푸석푸석한 피부가 훨씬 성적 매력이 있었던 거지. 류경아가 말한 김형빈의 '파트너'는 황금순이야. 이미 폐경기가 된 노인이니 임신 걱정도 없어. 그래서 콘돔 따위를 하지 않았던 거지. 그것밖에는 설명이 안 되잖나."

"정말 황당하군요. 그런 꽃미남이……."

"놀랄 것 없어. 이 범죄 자체가 세상에 없던 희귀한 범죄잖아? 희한한 일에서 희한한 범죄가 태어난 거야."

이유현이 충격을 추스르는 데는 상당한 시간이 걸렸다.

잠시 후 이유현은 돌변했다. 눈빛을 번뜩였다.

"김형빈의 범행 이유를 이제야 짐작할 수 있겠군요. 지금까지는 금전적인 쪽 위주로만 조사했는데, 진정한 동기는 엉뚱한 데에 있었어요. 김형빈은 황금순과 잔 것을 정유미한테 들켰던 거군요. 김형빈은 자신의 치욕스러운 비밀을 보이고 만 사실을 견디지 못했어요.

그래서 결국 정유미를 살해했다. 그런 거군요."

혹 하며 바람이 새는 듯한 웃음소리가 들렸다. 고진이 고개를 쳐들었다.

"범인은 그렇다 치고, 범행 방법의 수수께끼는 어떡할 거야?"

"범행 방법요? 아……."

역시 문제다. 동기는 명백해졌는지 몰라도 김형빈의 범행이 가능했는지는 여전히 의문투성이다. 고진이 말했다.

"역시 말로만 해서는 탁상공론이겠지? 실험을 해 볼까."

"또 무슨 실험입니까!"

지난번에도 한밤중에 실험한답시고 따라나섰다가 고진에게 희롱당한 적이 있는 이유현은 버텼지만 결국 고진이 이끄는 대로 일어설 수밖에 없었다.

'실험 장소'로 가는 택시 안에서는 둘 다 말이 없었다. 이유현은 범인의 동기에 관한 충격과, 설명도 하지 않고 실험한답시고 잡아끄는 고진에 대한 마뜩찮은 감정이 뒤섞여 입을 다물고 있었다. 고진은 뭐가 즐거운지 좌석에 몸을 파묻은 채 콧노래를 흥얼거리기만 했다.

택시를 타고 도착한 이번 실험 장소는 역시 정유미의 집, H 아파트 3동 204호였다.

"아무래도 사람이 죽은 집에 777777은 안 어울려. 원래대로 752690으로 하자고."

고진은 중얼거리며 현관 자물쇠 세팅을 바꾸어 비밀번호를 원래대로 복귀시켜 놓았다.

"여기서 대체 무슨 실험을 한단 겁니까?"

"하하하, 조금만 기다려 봐. 이래야 우리가 초대한 손님이 들어오실 수 있을 테니까."

고진은 그 말을 끝으로 전날 밤의 피로가 새삼 몰려오는지 소파에 반쯤 드러누워 눈을 감아 버렸다. 거실 안에서 살인의 흔적은 이제 찾아볼 수 없었다. 한낮 도시의 정적에 잠긴 아파트에 희미한 겨울 햇볕이 비쳐 들어 오붓한 느낌마저 들었다.

여기서 가만히 기다린다고 무슨 일이 일어날 것인가. 이유현은 불평이 치밀어 입이 근질거렸지만 특유의 인내심으로 견디며 난방도 안 된 거실에서 서성였다. 30여 분이 흘렀다.

계단을 올라오는 발소리가 들렸다. 탁탁탁탁. 가볍지는 않았지만 어떤 기대감에 차 있는 걸음 같기도 했다. 발소리는 현관 앞에 멈추더니 삑삑삑 하고 비밀번호를 누르는 소리가 들렸다. 이유현은 움직임을 멈추고 침을 삼켰다. 고진도 눈을 빛내며 소파에서 몸을 일으켰다.

"드디어 범인이 등장하시는군."

"범인요? 그럼 김형빈이……."

고진은 검지를 입술에 갖다 대 이유현의 말을 끊었다.

이유현의 긴장한 머릿속에 확실한 사실이 번개처럼 스쳤다. 이 사건의 범인은 기본적으로 이 204호 현관의 비밀번호를 알아야 한다. 지금 거침없이 현관의 비밀번호를 누르고 들어오는 사람은 범인의 최소한의 요건에 들어맞는다. 김형빈일 수밖에 없다. 그가 아니라면 또 누구란 말인가.

철컹.

현관문이 열렸다.

얼굴을 들이민 사람은 황금순이었다. 젊은 여자처럼 정장을 입고 빨간 립스틱을 바른 괴이한 형상이었다.

그녀는 이유현과 고진을 발견하고 현관에 얼어붙었다. 기쁨에 고조되어 있었던 표정은 두 남자를 보자 밀랍인형이 고열에 녹아내리듯 급격히 허물어져 내렸다. 다리는 그 자리에 못 박혀 움직이지 않았고, 눈동자는 튀어나올 듯 팽창했다. 쉭쉭. 맹수처럼 거센 콧김을 내뿜던 노파는 마침내 절규했다.

"형사가 왜! 왜 여기에!"

외치는 그녀의 눈에는 터질 듯이 핏발이 서 있었다.

"반갑습니다. 한번 뵙고 싶었습니다. 어떤 분인지."

고진은 황금순에게 다정하게 말을 건네고는 다시 이유현을 돌아보며 싱긋 웃었다.

"어때? 이분은 확실히 비밀번호를 알고 계셨어. 내가 아까 김형빈이 나갈 때 잠깐 휴대폰을 빌려서 할머니께 메시지를 보냈어. 정유미 집에서 조용히 만나자고. 이분은 김형빈을 만나러 냅다 달려오신 거야."

"도대체 어떻게 된 겁니까."

이유현은 그날 밤 교대역 근처 바에서 다시 고진을 만났다. 같은 시각, 서초경찰서 취조실에는 입을 다문 황금순과 형사들이 대치하고 있다. 팀장이 술이나 마시고 있을 때가 아니지만, 노파의 입을 열게 하려면 고진만이 아는 진상이 필요했다. 고진은 스카치를 앞에 놓고 가게에 전시된 엘피 레코드를 이것저것 들여다보며 여유를 부리고 있었다.

"원래 김형빈의 범행 동기를 밝히러 자리를 만들었던 거 아닙니까?"

이유현이 다그치듯 물었다.

"황금순하고 잔 걸 들켜 입막음하러 정유미를 죽였다는 동기?"

이유현은 멍하니 바라보았고, 고진은 답답하다는 듯 고개를 가로저었다.

"들켰으면 정유미하고 헤어지면 되지 왜 죽여? 성적 취향을 들킨 게 창피해서? 그렇다면 우발적인 살인이 어울리지, 그런 계획살인을 할 리는 없어. 더구나 김형빈에게 확실한 알리바이가 있다는 걸 자네가 발로 뛰면서 증명하지 않았나."

"그럼요?"

고진은 몸을 앞으로 기울이고 이유현의 눈을 정면으로 쳐다보았다.

"범행 방법, 침입 경로, 탈출 경로는 지금까지 얘기한 그대로야. 그건 증거와 정황과 진술에 비추어 보면 분명하지. 문제는 그러한 범행을 할 수 있는 사람이 김형빈 말고도 한 명 더 있다는 거야."

"그 사람이 바로 황금순?"

"그렇지."

"황금순이 이필호를 꾀어냈다고요?"

"사실 그 부분은 김형빈보단 황금순 쪽이 더 쉽다고 봐야겠지. 포주 노릇은 젊은 남자보단 할머니가 원래 더 어울리잖아? 황금순은 이필호의 스토커 짓을 잘 알고 있었어. 이필호는 정유미의 집에까지 여러 번 찾아왔다지? 황금순 정도 인생을 살았으면 이필호가 플라

263

토닉러브 따위가 아니라 정유미의 몸에 후끈 달아올라 있다는 정도
는 금방 알았을 거야. 이필호와 몰래 접촉해서 살살 달래면서 정유
미하고 자게 해 주겠다고 꾀는 일도 넉넉히 가능해. 갖다 붙일 말이
야 많아. 요새 남자친구 김형빈이 소홀해서 정유미가 몸이 달아 있
다, 돈도 궁한 형편이다, 김형빈 몰래 2차 뛰어서 용돈벌이를 좀 하
려 한다, 생각 없느냐 등등…… 욕정에 눈먼 물고기 이필호는 덥석
낚싯바늘을 물었겠지."

"음……."

이유현의 입에서 신음이 새어 나왔다.

"이필호가 자주 가던 카오디오숍 사장 말로는 이필호가 분명 '남
자친구가 자게 해 주었다'고 했다던데……."

"해석하기 나름이지. 실은 그거야말로 금방 내가 말한 대로잖아?
황금순은 분명 이필호한테 그랬을걸. '남자친구 김형빈이 정유미
를 너무 안아 주지 않아서 정유미의 몸이 많이 외롭다…….' 이러면
서 둘러댄 거지. 결국 김형빈이 무심해서 정유미가 아래층 남자한테
까지 딴생각을 품은 게 되니까, 배배 꼬인 이필호는 그런 걸 빗대서
'남자친구가 자게 해 주었다'고 표현한 거야. 직접 김형빈이 주선해
주었단 얘기가 아니라."

"그럼 김형빈이 이필호한테 했던 전화는 정유미를 안을 수 있게
해 주겠다며 꾄 것이 아니었단 말이 되네요."

"그래. 김형빈 말대로 진짜 항의 전화였어."

"……오해였군요. 역시 편견 때문에……."

"황금순은 이필호한테 몸값으로 50만 원을 불렀던 모양이지? 몸

이 단 이필호는 수요일에 정신없이 50만 원을 인출했어. 그걸 황금순한테 현금으로 전달했을 거고. 그날 이필호가 정유미를 우연히 만나게 되자 쌍방 간에 거래가 이루어진 상태로 믿은 나머지 '저기요.' 하며 말을 걸었고, 정유미는 불쾌해서 집으로 도망쳤어. 그래서 김형빈이 항의차 전화를 걸었지. 김형빈의 그 전화를 이필호를 유인한 전화로 해석한 건 그가 범인이라는 가정하에서의 설명이고, 황금순을 범인으로 보자면 그 수요일의 전화는 정말로 김형빈의 항의 전화였던 게 맞는 거야. 이필호는 황금순과 몰래 거래했으니 당연히 시치미 뗐을 거고. 다음 날 목요일에도 김형빈은 역시 여행 떠나기 전에 불안해서 전화를 했던 거야. 그런 해프닝이었던 거지. 어쨌건 황금순은 배고픈 이필호한테서 50만 원이란 현금까지 뜯어냈어. 뭐, 돈이 목적은 아니었지만."

이유현이 고개를 끄덕끄덕하는 동안 고진의 말이 이어졌다.

"황금순은 정유미의 거실 불이 꺼지고, 침실 불이 켜지는 걸 밖에서 확인한 다음 실행에 들어갔을 거야. 현관 CCTV를 피해 이필호의 도움으로 104호 베란다를 통해 들어왔어. 계단으로 204호로 올라와서는 비밀번호를 눌러 현관문을 몰래 열었어. 그러고는 복면 같은 걸 하고 안방에 뛰어들어 정유미를 찔러 죽인 거야. 하필 그때 정유미가 김형빈하고 통화하고 있었던 건 우연이었어. 황금순이 그걸 알았다면 통화가 끝난 후에 범행을 했겠지만, 정유미가 틀어 놓은 음악 소리가 컸던 탓에 방문 밖에서는 통화하고 있다는 걸 알기 힘들었을 거야. 이어 올라온 이필호를 습격해서 살해했어. 정유미의 시체를 거실로 옮기고, 지문과 발자국을 조작했어. 그다음 이필호의 열쇠를 꺼내고 104호로 내려가 베란다를 통해 탈출하고 열쇠는 위로 던져 넣은 거지. 그렇게 해서 현관 CCTV에 자신의 얼굴을 드러내지 않고 범행을 완성한 거야. 이필호는 104호의 베란다를 제공하고, 본의 아니게 범행을 뒤집어썼지. 철저히 이용당했어."

고진의 이야기 중에 이유현이 도리도리 고개를 저었다.

"……이 사건에서 지금처럼 그런 범행이 가능하려면 이필호를 구슬릴 필요도 있지만 204호의 현관 비밀번호도 알아야 해요."

"그래서 조금 전 실험했잖아. 황금순 할머니가 204호 비밀번호를 알고 있었단 사실을 증명하기 위해서 말이야."

"할머니가 그 비밀번호를 어떻게 알아냈을까요?"

고진이 비실비실 웃었다.

"내가 알아낸 것과 똑같이 알아낸 거야."

"형님이 알아낸 것과 똑같이요?"

"이 사건으로 처음 만났을 때 자네가 얘기했지? 명세인이 정유미한테 언니는 기억력 떨어지는데 비밀번호 여섯 자리를 어떻게 외우냐고 그랬더니 '내가 비밀번호야.'라고 웃었다며."

"그랬다죠."

"정유미가 웃으며 말했다는 걸 보면 말이야, '내가 비밀번호'라는 이야기를 명세인한테만 했을까? 그게 재미있다고 생각하고 주위 사람, 황금순 같은 파출부 할머니한테도 장난 삼아 얘기하지 않았을까 생각이 들었어. 아님, 다른 사람하고 그런 얘기하는 걸 황금순이 얼핏 들었을 수도 있고. 만약 그랬다면 내가 알아낸 비밀번호를 황금순이 못 알아내란 법이 없지 않은가. 상상력 풍부한 이 범죄의 여제

께서 말이야."

"그게 뭡니까. 어떻게 알아냈단 겁니까?"

고진은 비칠비칠 웃음을 흘렸다.

"반드시 논리적인 건 아니야. 하지만 약간의 연상력만 있다면 금방 추측할 수 있어. 마침 딱 들어맞는 쉬운 번호였고. 정유미는 그게 어렵다고 생각했겠지만."

"그만 즐기시고 빨리 말해 주세요."

"정유미는 '내가 비밀번호야.' 하면서 웃었다며. 웃은 걸 보면 심오한 의미가 있다기보다는 좀 민망하거나 기발한 숫자가 연상되어서 그럴 거란 생각이 들지 않나?"

"전 홍채인식이나 지문인식 같은 게 떠오릅니다만."

"……번호 키였잖아. 숫자가 필요해. '내가 비밀번호'라. 이걸 바꾸어서 '내 몸이 비밀번호'라고 생각해 본다면? 그럴듯하지 않나. 자, 그럼 여기서 몸에 숫자가 있다면 뭘까? 그것도 여섯 자리. 먼저 키나 몸무게를 생각해 봤는데 그건 자릿수가 들어맞지 않아. 그다음 떠오르는 게 그거더군."

"뭡니까?"

"여자들의 영원한 숙제인, 버스트, 웨이스트, 히프 말이야."

"흠."

"딱 여섯 자리잖아? 그리고 그 수치는 현대 여성의 몸을 완전히 말해 주는 숫자이기도 하고. 그래서 내가 처음에 204호에 갔을 때 정유미의 속옷하고 바지, 치마 따위를 뒤져 본 거야. 75, 26, 90이더 군. 룸살롱에 출근하며 헬스클럽에서 몸매 관리하는 정유미라면 저 정도 몸매는 항상 유지했겠지. 물론 여기서 가슴, 히프는 센티미터고 허리는 인치라서 단위가 섞이긴 하지만 그거야 옷 사이즈 표시의 관행이니까 이게 맞을 거라고 생각이 들었어. 실측한 몸의 수치는 아닐 거 같더군. 아무리 몸 관리를 한다고 해도 실제 치수는 수시로 변하는 거니까 비밀번호로 삼을 수는 없었을 거야."

"그러네요. 황금순도…… 그런 생각을 해 봤다면 알기는 무척 쉬웠겠군요. 정유미의 가사 도우미였으니 옷 치수 정도야……."

"그렇지. 내가 비밀번호를 확인해 보려 했던 의도는 '이런 숫자라면 누가 알 수 있었을까'를 생각해 보기 위한 거였어. 만약 내 가설대로 비밀번호가 정유미의 신체 사이즈라면, 황금순은 충분히 알 수 있었겠지. 사건 내용을 들었을 때 처음부터 제3의 범인, 즉 황금순이 비밀번호를 알아내 범행했을 가능성에 대해서 생각은 했어. 하지만 현실성이 없다고 내팽개쳐 두었지. 그러다가 설마설마 하면서 204호에 혼자 찾아가서 그 비밀번호가 맞나 실험 삼아 눌러 보았지. 한 번에 덜컹 열리더군. 물론 그것만으로는 황금순이 비밀번호를 알 수 있었다는 걸 확인했을 뿐이지, 범죄의 실체에 대해서는 그때까지 아무것도 이해할 수 없었어."

불편한 얼굴로 말이 없던 이유현이 힘들게 입을 뗐다.

"……결국, 지난번 형님의 첫 번째 추리에서 침입자를 김형빈에서 황금순으로만 바꾸어 넣는단 거죠? 범행 방법은 동일하고. 형님의 세 번째 가설은 황금순이 범인이라는 거였군요."

"그래. 자네한테 사건 내용을 들었을 때 추론은 어찌 보면 간단했어. 범인은 정유미의 집 비밀번호를 알고 있으면서 이필호를 끌어들일 수 있는 인물이야. 이론상 그런 범행이 가능했던 사람은 김형빈 아니면 황금순뿐. 김형빈일 가능성이 입도적으로 높았기에 그 얘기를 자네한테 했던 거고. 그런데 김형빈의 범행이 물리적으로 불가능하다는 게 수사에서 드러났잖아. 그렇다면 남은 건 하나, 황금순인 거지."

"김형빈의 신고가 5분 늦어서 의심을 샀던 것도 결국 오해였고?"

"김형빈이 범인이라는 1번 가설에서는 그건 범행 조작에 걸린 시간일 수밖에 없지. 하지만 황금순이 범인이라는 제3의 가설이 맞는 이상 그건 김형빈 말대로 단지 당황해서 그런 거야."

이유현이 원망 조로 목청을 높였다.

"아니, 그럼, 황금순이 범인일지 모른다는 걸 왜 진작 말 안 했습니까?"

"나도 처음엔 반신반의했다니까. 아니, 거의 그렇게는 생각할 수 없었어. 김형빈의 범행이라고 추리했던 첫 번째와 두 번째 가설은 가장 그럴듯하긴 했지만 모두 경찰의 수사를 통해 불가능하다는 게 밝혀졌잖아? 그렇다면 남은 세 번째 가능성은 황금순이 했다는 것뿐인데, 그게 도저히 납득이 안 가는 거야.

황금순이 범인일 가능성은 분명 있었어. 이필호를 꾈 수 있고, 현관문 비밀번호를 알 수 있었어. 범인의 조건을 충족했지. 하지만 그건 단순한 물리적 가능성에 불과했어. 심리적 가능성이 없었거든. 동기가 보이지 않았단 말이야. 황금순이 자신의 고용주인 정유미를 죽일 만한 이유가 없어. 더군다나 여자를 좀 지저분하게 짝사랑한 거 말고는 아무 죄 없는 아래층 이필호까지 속임수로 불러올려 같이 죽여야만 할 정도로 강한 동기란 게 도무지 짐작이 안 됐거든. 그 상황에서 범죄의 실행 가능성이 있었다는 이유만으로 황금순을 범인으로 지목하는 건 저항감이 너무 컸어. 내가 뭔가 잘못 생각하고 있을 거라고 스스로 머리를 저었어. 그래서 차마 말도 못 꺼냈던 거고. 그러다 어제 '엘라가발루스'에 들른 뒤 진상을 확실히 깨달은 거야."

이번엔 고진이 비난하는 투로 말했다.

"내가 처음에 범행 방법을 설명했을 때, 솔직히 자네도 입 밖으로 꺼내진 못해도 황금순 역시 이론상으론 범행이 가능한 인물이란 걸 암암리에 넘겨짚고 있을 거라 믿었네만. 자넨 혹시 파출부 할머니라고 아예 무시하고 처음부터 선입견으로 배제했던 거 아냐? 경찰이 그래서야 되겠어?"

고진의 생떼였다.

"그, 그건 아닌데요, 너무 의외라서 그렇죠."

비난을 위한 비난에 이유현은 머뭇거리며 할 말을 찾지 못했다.

잠시 어안이 벙벙해 있던 이유현이 정신을 차리고 물었다.

"근데 이상한 게 있어요. 이필호의 휴대폰 통화기록을 보면 김형빈과 통화한 기록은 몇 번 있지만 황금순이나 다른 관계자들하고 통화한 건 전혀 없어요. 황금순이 어떻게 이필호와 연락을 취했단 거죠? 일일이 집에 찾아갔을까요?"

"그러지 않았을 거야. CCTV를 피할 정도로 치밀한 할머니가 남의 의심을 살 근거는 안 만들었겠지. 엉뚱한 이필호 집에 자주 들락거리다가 남들 눈에 띄기라도 하면 사건 후에 경찰의 의심을 받을 수 있으니까 말이야. 편리한 도구가 있는데 그런 위험을 굳이 감수할

270

필요가 없지."

"편리한 도구요?"

"인터폰이 있잖아. 그 얼마 전에 경비실을 거치지 않고 입주자끼리 연락할 수 있도록 바꿨다면서. 경찰의 휴대폰 통화 추적을 피할 수 있는 아주 훌륭한 도구지. 황금순은 204호에서 일하면서 정유미가 없을 때를 이용해 104호로 인터폰을 해서 이필호하고 연락을 취한 거야. 애초에 범행 방법만으로 보면 김형빈과 황금순이 둘 다 가능하다고 생각했던 기술적인 이유도 그거야. 김형빈은 이필호와 유일하게 통화한 사람이었지만, 황금순에게는 인터폰이 있었거든. 연락이 자유로웠지."

"그렇겠군요."

이유현은 중얼거리듯 말했다.

"CCTV를 피하기 위해 104호를 이용하는 거라며, 이필호를 끌어들인 거라며, 위장공작까지…… 도우미 할머니가 어떻게 그런 정교한 범행을 생각해 냈을까……."

"이 사람아, 그건 선입견이야. 상상력은 학벌하곤 관계없어. 오히려 틀에 박힌 정규 교육 과정의 최고봉까지 간 사람들은 절대로 그런 파천황의 상상력을 발휘하지 못해. 가사 도우미도 보들레르의 독자가 될 수 있고, 구두닦이도 쇼스타코비치의 애호가가 될 수 있는게 현대 사회야. 스필버그가 하버드 나와서 「죠스」 만들고 「이티」 만들었나? 「마징가 Z」와 「데빌맨」의 아버지 나가이 고는 대학 따위 안나왔을걸. 공전절후의 영화 캐릭터를 창조해 낸 이소룡은 대학 중퇴야. 상상력은 시험 문제 달달 외워 성적 올리는 흔해 빠진 능력보다 훨씬 윗줄의 재능이라고."

이유현은 고진이 삐딱하게 누운 채 쏟아 내는 객담을 무시하고 혼자서 생각에 빠졌다. 그 끝에 의문에 휩싸인 얼굴을 하고 풀리지 않는 화두를 던졌다.

"도대체 동기가 뭔지……. 다른 집보다 월급도 두 배나 받았대요. 정유미를 죽여 봤자 자기 생계만 어려워지는데?"

"나도 그것 때문에 주저하다가 어제 '엘라가발루스'에 탐문까지 나간 게 아닌가. 동기는 내가 오늘 보여 줬지 싶은데."

"김형빈하고 황금순하고 잤다는 거요? 그렇다면 범행 동기란 건……."

"가장 솔직하고 단순하며 직선적이며 명백한 동기. 바로 질투야. 아님 독점욕이라고 할까? 김형빈을 독점하고 싶었던 거지. 할머니는 우리가 상상하는 이상으로 몸이 달아 있었던 모양이야. 주체하지 못할 만큼 질투가 활활 불타올랐던 거지. 정유미가 애인이랍시고 김형빈한테 찰싹 붙어서 돈의 힘으로 차지하고 매달리는 걸 도저히 못보겠는 거야. 정유미만 없으면 김형빈은 온통 내 것이 된다고 믿었겠지."

"질투라…… 그 할머니가……."

고진은 삐딱하게 웃었다.

"나도 처음엔 상상할 수 없었어. 근데 박청자 건 덕분에 황당하지만 가장 설득력 있는 가설을 세운 거야."

"그럼 박청자 건도 황금순의 짓입니까?"

"물론이지. 아님 누구겠나."

272

"황금순이 박청자를 살해하려 했다고요? 그럴 이유가 있을까요?"

고개를 갸우뚱하던 이유현이 소리를 높였다.

"아, 그렇겠군요! 정유미가 죽고 김형빈이 경제적으로 어려워진 것을 보고 그랬을 거예요. 김형빈의 엄마가 들어 놓은 생명보험을 어떤 이유로 알게 되었고, 그래서 김형빈의 엄마를 죽여서 김형빈한 테 보험금을 타게 해 주려는 거였어요. 자기가 김형빈의 돈줄인 정 유미를 죽여서 김형빈이 곤란해졌으니 그런 미안한 마음도 있었을 테고."

이유현의 말에 고진이 놀란 눈을 하고 입을 벌린 채 한참 쳐다보 았다. 이유현은 움츠러들었다.

"하긴 제가 생각해도 좀 말이 안 되는 상상이네요. 남자가 보험금 을 탈 수 있도록 그 남자의 엄마를 죽인다, 이런 건 소설로도 성립이 어렵죠. 개연성이 없어도 너무 없어요."

이유현이 자신의 말을 스스로 부정하자 고진은 벌렸던 입을 다물 고 말했다.

"자네가 탐문하고 다닐 때 김형빈이 그랬다며. 요즘 엄마가 가끔 와서 빨래나 청소를 해 주고 간다고. 박청자도 사건이 있던 날도 김 형빈 집에 들러서 정리해 주고 온 날이었고."

"그랬죠."

"황금순의 눈으로 그 장면을 보았을 땐 뭐라고 생각했겠나?"

"황금순의 눈으로……. 아!"

"그래. 황금순은 박청자가 김형빈의 모친인 줄은 모르고 자기처럼 김형빈의 또 다른 늙은 애인으로 생각했던 거야. 사건 전에는 박청

자가 김형빈 집에 들르지 않다가 정유미가 죽은 뒤부터 아들이 걱정
돼서 들락거렸잖아. 그걸 목격한 황금순은 필시 사건 후에 새로 만
든 늙다리 애인이라고 확신한 거지. 정욕에 불탄 눈으로는 오로지
그런 것밖에 안 보였을 테니까.

　박청자를 미행해서 연신내 집까지 알아 두었어. 그때 보니 박청자
의 집 현관은 바깥에서도 절반쯤 보이더구먼. 박청자가 현관 키를
갖고 다니지 않고 소화전에 넣어 놓는 것도 봤을 거야. 드디어 어느
날 장갑을 끼고 칼을 들고 죽이러 들어간 거야."

　"그러다 사진을 보고 돌아서 나온 거로군요."

　"그렇지. 화장대 거울에 비친 박청자, 김형빈 모자의 사진. 그리고
김형빈의 어릴 적 사진. 놀랐겠지. 반대편 사진 액자 쪽을 돌아보고
는 더 확실히 알게 됐을 테고. 자신이 중대한 오해를 하고 있었다는
걸 깨달았지. 박청자는 김형빈의 애인이 아니라 어머니였어. 그래서
범행을 중지하고 물러났던 거야."

　"형님은 박청자 집에 갔을 때 그걸 눈치채셨군요."

　"박청자 사건이 없었다면 범행 동기를 깨닫기 어려웠을 거야. 박
청자 집에서 범인이 본 것이 가족사진이라는 걸 알고는 그런 의심을
해 본 거야. 만약 황금순이 침입자라면, 그 할머니는 사진을 보고서
범행을 갑자기 중단했다는 건데, 어떤 의미일까……. 그건 박청자를
어떤 이유로 죽이러 왔다가 김형빈의 '가족'인 걸 알고 돌아간 건 아
닐까. 그렇다면 애당초에 박청자는 어떤 오해를 받아, 왜 죽음의 타
깃이 되었을까. 여기서 황금순과 김형빈의 관계에 대해 말도 안 될
상상이 떠오르더군. 처음엔 글자 그대로 말도 안 되는 생각인 것 같

았지만, 모든 상황과 동기가 설명이 되는 거야. 그걸 확실하게 알아보려고 '엘라가발루스'에 가서 주변 여자들 얘기를 늘어 봤던 거고. 엄청난 미녀들엔 도통 관심 없고, 그렇다고 게이는 아니며, 임신에 대한 공포감을 가지고 있으면서도 정작 파트너하고 관계할 때는 콘돔을 끼지 않는다는 이 남자. 그 사실들이 가리키는 건 하나였어. 임신 걱정 없는 늙은 여자에의 욕망. 그리고 오늘 오후 드디어 김형빈이 자신의 입으로 털어놨지."

고진의 말은 잠시 쉬었다가 이어졌다.

"생각해 보면 정유미도 참 불쌍해. 김형빈이 할머니만을 좋아하는 취향인 것도 모르고 예쁜 여자한테 안 넘어가는 순수하고 담백한 남자라며 착각하고 좋아했지. 송인혜라고 했던가? 젊고 예쁘다는 파출부. 김형빈과 어떻게 눈이 맞을까 봐 겁나서 해고하고 대신 황금순 할머니를 들였어. 이젠 김형빈이 집에서 한눈팔 위험이 없다고 좋아했겠지. 하지만 정유미는 제 손으로 가장 안전한 사람을 내보내고 마물을 집 안에 들인 거야."

이유현은 길게 한숨을 내쉬었다. 머릿속을 더듬는 것 같은 혼잣말을 되뇌었다.

"아무리…… 그 늙은 할머니가 그런 욕심을…… 어떻게 이필호까지…… ."

고진은 그런 이유현을 보며 웃음을 지었다. 짙게 음영이 드리워진 그 얼굴은 웃고 있었지만, 어딘지 오싹해 보였다.

"황금순 할머니. 얘길 들어 보니 힘들게 살아온 모양이더군. 그 힘들었던 인생 막판에 신이 걸쭉한 보상을 내려 준 거야.

늘그막에 자신의 육체에 불을 지펴 황홀경으로 이끌어 주는 절세의 미남자가 등장했어. 황금순 인생에 일찍이 없었던 환희였지. 남편은 죽은 지 15년, 자식들은 자기들 살길 찾아 다들 필리핀으로 가버렸고. 쓸쓸히 남의 집 일이나 하면서 어제가 오늘 같고, 오늘이 내일 같은 나날을 보내다가 인생의 마지막을 맞이할 수밖에 없는 신세였지. 그런데 강남 굴지의 미녀들도 몸이 달아서 갖고 싶어 할 정도의 미남자가 늙은 자신의 육체가 좋다며 여러 차례 탐해 왔어. 이 이상의 지복이 어디 있겠나.

이 남자를 독점하기 위해서라면 무슨 일이든 할 수 있었어. 너무너무 가지고 싶었겠지. 욕심에 목구멍이 꽉 막혀 버려 견딜 수 없을 정도로. 김형빈은 내 것이다, 그런데 미운 정유미가 자꾸만 침을 바르고 있는 거야. 질투의 불길이 얼마나 강렬한지 겪어 보지 않은 사람은 잘 몰라. 더구나 황금순은 이제 무서울 것도, 아쉬울 것도 없는 인생의 종착역에 거의 도달한 나이야. 그 노친네의 하나 남은 육욕에 불을 지핀 질투란. 난 상상만 해도 두렵네. 내가 그 대상이 될 일은 절대 없겠지만 말이야.

질투에 눈먼 뜨거운 정열의 노파, 늙은 카르멘 황금순은 마침내 정유미의 말살 계획을 세웠어. 김형빈이 해외여행 떠나는 걸 알고 그날을 실행일로 잡은 거야. 이필호? 걔한테야 억하심정은 없었겠지. 근데 정유미를 기껏 없애도 자신이 잡혀서 감옥에 가서야 아무 소용이 없잖아. 그래서 이필호를 이용하고, 살해하고, 뒤집어씌우는 연출까지 했어. 이 무섭고 영리한 할머니한테는 이필호를 죽이고 범행을 위장하는 데 아마 일말의 가책도 없었을 거네. 이제 김형빈은 나만의 것이 된다는 생각에 달뜬 몸으로 열락만을 꿈꿨을 거야. 하하하."

이유현은 눈을 감고 말았다.

마침 카페에서는 벨벳언더그라운드의 「비너스 인 퍼스(Venus in furs)」가 흘러나오고 있었다. 말을 마친 고진의 시니컬한 웃음이 그 외설스러운 사운드와 뒤섞여 변태적인 세상을 향해 비릿하게 퍼져 나가는 것 같아 이유현은 기분이 나빠졌다.

정감 넘치는 가사 도우미인 줄만 알았던 황금순은 젊었을 때 일본까지 나가 술과 웃음을 팔았던 만만찮은 전력의 소유자란 것이 수사 과정에서 밝혀졌다. 처음에는 완강하고도 격렬하게 범행을 부인해서 형사들이 무진 애를 먹었다. 하지만 범죄의 시작이 김형빈 때문이었듯, 그 종막도 김형빈이 가져왔다. 황금순이 정유미를 살해하고 자신의 어머니까지 살해하려 했다는 걸 알게 된 김형빈이 황금순의 면전에서 저주의 말을 남기고 떠나 버리자 노파는 모든 희망을 잃은 듯 술술 불기 시작했다.

"정유미를 죽이면 김형빈을 차지할 수 있을 거라 생각했어…….
그래서 죽였지. 아래층 이필호? 걔는 모자란 놈이야. 여자한테 홀딱 빠져 죽은 거야, 지 팔자라고 생각해야지 뭐……. 근데 김형빈이는 그 뒤로 집에 틀어박혀서 잘 만날 수도 없었어……. 연락도 없고…… 괴로웠어. 왜 이럴까. 김형빈이는 나를 정유미보다 백배는 더 좋아했는데. 젊은 애들한텐 도통 관심이 없댔는데……. 김형빈의 집 근처에서 어슬렁거렸어. 그러다 늙은 여자가 들락날락하는 걸 봤지. 저년을 새로 사귀었구나, 그래서 날 모른 척했구나, 그런 생각에 죽여 버리려고 했지. 어차피 둘이나 죽였는데…… 뒤를 밟아서 집에까지 갔는데 알고 봤더니 김형빈이 엄마데…… 그래서 그냥 나왔어."

이유현은 오싹함을 느꼈다. 이어 씁쓸한 뒷맛이 찾아왔다.

조사 도중 또 한 번 황금순의 치밀한 범행 수법에 놀란 것은 황금순의 휴대전화에 보관된 음성 메시지 때문이었다.

"이필호를 어떻게 꾀어냈습니까?"

"정유미한테 몸이 달아 있는 걸 아니까 평소에 슬슬 구슬렸지. 내가 남자들 다루는 건 이골이 났어. 특히나 여자한테 눈먼 남자는 금방 넘어와."

"그럼 사건 당일에는요?"

"그 며칠 전부터 인터폰으로다가 이필호한테 얘기했어. 내가 정유미를 잘 주물러서 기회를 만들어 주겠다, 뭐 그런 식으로. 정유미가 김형빈이 무심해서 요즘에 특히 몸이 달아 있다고 했어. 이필호는 기대에 부풀어 갖고는 정신을 못 차리데. 그리고 내가 이걸로 의심 못 하게 쐐기를 박았지."

황금순은 경찰에게 자기 휴대전화를 가져다 달라고 했다. 그녀는 거친 손마디로 휴대전화를 뒤적뒤적하더니 녹음된 파일을 들려주었다.

'모레 오세요.'

여자 목소리였다.

"이게 뭡니까? 누구예요?"

"정유미잖아. 파출부 일을 하니까 나한테 이런 통화나 음성메시지를 자주 해. 내일은 와라, 오지 마라, 며칠 뒤에 와라, 몇 시에 와라 같은 거. 나중에 쓸모 있을까 싶어서 미리 녹음해 놨지. 범행 전전날인 수요일에 이필호한테서 50만 원을 받고 104호로 인터폰을 했어. 그러고는 이 녹음된 메시지만 들려주고 끊었어. 정유미의 목소리로 직접 '모레 오세요.' 했으니 이필호는 거래가 성사된 줄 알고 뭐 죽을 둥 살 둥 올 수밖에 없지. 남자는 다 그래."

이유현은 혀를 내둘렀다.

이필호가 카오디오숍 사장 박종섭에게 '정유미가 직접 오라고 했다.'라고 자랑한 건 바로 이것이었다.

정유미가 파출부 황금순에게 "모레 오세요."라고 했던 일상의 건조한 대사는 이필호에게 들려주는 순간 따뜻하게 내려쬐는 복음으로 둔갑했다. 황금순의 주선으로 드디어 정유미가 자신에게 직접 연락했다고만 믿었다. 최종막이 내릴 때는 자신이 시체 역할을 하게 될 것도 모르고 곧 정유미와 밤을 보내게 된다는 기대로 한껏 들떴으리라. 황금순은 이런 이필호를 자유자재로 주무르면서 금요일 밤의 범행에 이용한 것이었다.

이유현은 사건이 종결된 후 야근을 하는 밤 시간에 고진에게 전화를 걸어 보았다. 예상과 달리 그는 기운이 없어 보였다.

"왜 그렇게 맥이 없으세요? 또 정서불안 증세인가요."

"황금순 할머니를 생각하니까 우울해. 아까운 인물을 잃었어."

'이 사람은 황금순과 같은 종류다.' 하고 이유현은 생각했다.

〈끝〉

279

라 트라비아타의 초상

1판 1쇄 펴냄 2017년 9월 14일
1판 3쇄 펴냄 2021년 2월 10일

지은이 | 도진기
발행인 | 박근섭
편집인 | 김준혁
펴낸곳 | 황금가지

출판등록 | 2009. 10. 8 (제2009-000273호)
주소 | 06027 서울 강남구 도산대로 1길 62 강남출판문화센터 5층
전화 | **영업부** 515-2000 **편집부** 3446-8774 **팩시밀리** 515-2007
홈페이지 | www.goldenbough.co.kr

도서 파본 등의 이유로 반송이 필요할 경우에는 구매처에서 교환하시고
출판사 교환이 필요할 경우에는 아래 주소로 반송 사유를 적어 도서와 함께 보내주세요.
06027 서울 강남구 도산대로 1길 62 강남출판문화센터 6층 민음인 마케팅부

㈜민음인은 민음사 출판 그룹의 자회사입니다.
황금가지는 ㈜민음인의 픽션 전문 출간 브랜드입니다.